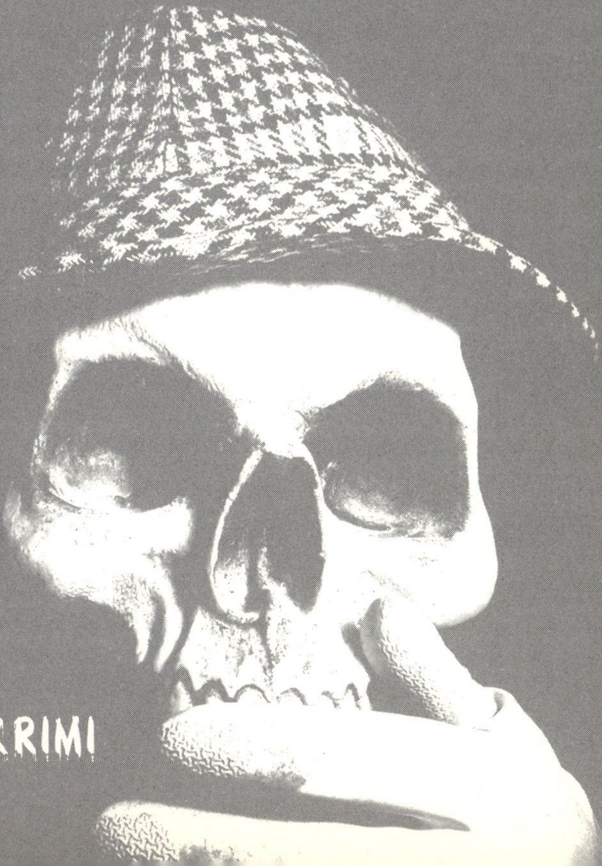

fhl - KRIMI

Sophie Sumburane (Hrsg.)

Wenn der Tod
lachen könnte

für Ariane

*Spannende Unterhaltung
wünscht,
Eva Lidot*

30. 08. 2014

fhl Verlag

ISBN 978-3-942829-53-3

1. Auflage 2013
© 2013 by fhl Verlag Leipzig UG
Alle Rechte vorbehalten.

Lektorat: Susanne Richter
Titelbild: spacejunkie/photocases.com
Satz: fhl Verlag Leipzig UG
Druck & Bindung: AALEXX Buchproduktion GmbH

Ein Verlagsverzeichnis schicken wir Ihnen gern zu:
fhl Verlag Leipzig UG
Gerichtsweg 28
04103 Leipzig
www.fhl-verlag.de
kontakt@fhl-verlag.de

TATBERICHTE

VORWORT

Kann es sein, dass auch der Tod etwas Lustiges hat? Oder sagen wir es lieber so: Dass auch der Tod Humor hat? Vielleicht macht es ihm Spaß, statt des gewünschten Mordopfer den Mörder mitzunehmen? 25 Autorinnen und Autoren haben sich diese Frage gestellt, herausgekommen ist ein buntes Ideen-Potpourri, von klassischen hakenden Waffen bis Gift in der falschen Tasse.

Aber was wäre schon eine Anthologie über das Lachen des Todes, ohne den Tod zu Wort kommen zu lassen? Schließlich ist das schon ein dreckiges Geschäft, da muss man sich selbst als Tod ab und zu seinen Humor bewahren können. Wie sonst sollten seine Mitarbeiter die Griesgrämeleien ihres Chefs auf Dauer ertragen können? Vielleicht haben sie schon die Nase voll und planen einen Putsch, wer könnte es ihnen verdenken?

Sie, liebe Leserinnen und Leser, sollten sich beim Lesen dieser Anthologie auf alles gefasst machen. Ernste Klänge, zynisches Augenzwinkern und fieser Galgenhumor, ironisches Abrechnen, überspitzte Weisheiten oder einfach viel Phantasie, zeichnen die 25 kurzen Episoden über den lachenden Tod aus. Eines ist ihnen allen gemein: das Morden ist einfacher, als es klingt und missglückt eben gern auch mal. Darüber kann sich der Tod dann totlachen, aber nicht zu sehr, schließlich wird er für die nächste Geschichte wieder gebraucht.

Mit dabei sind im Krimi-Getummel bekannte Namen, genreübergreifende Ersttäter und talentierte Neuautoren.

Als ganz besonderen Gast komplettiert die Sammlung die Kurz-Krimi-Glauserpreisträgerin 2013 – Regina Schleheck – als Highlight zum Schluss.

Viel Spaß beim Lesen, Wundern, Ärgern, Verzweifeln, Lachen und Grübeln, wünscht Ihnen Ihre Herausgeberin.

Sophie Sumburane

Eva Lirot

IRGENDWANN SIEHT MIR JEDER INS AUGE

Gestatten, ich bin der Tod. Wir kennen uns, ich spiele in fast allen Kriminalromanen mit. Und nicht nur da. In anderen Büchern ebenso. In Filmen. Und im Leben. Auch in Ihrem. Früher oder später …

Aber bleiben Sie ruhig sitzen, ich bin heute inkognito hier. Die Sense steht daheim. Ha, ha, ha, kleiner Scherz. An sich mag ich es gar nicht, wenn man Witze über mich macht. Galgenhumor an den Tag legt. Das ziemt sich nicht, ist meiner Leistung nicht angemessen. Oder glauben Sie tatsächlich, ich meuchele nur sinn- und planlos herum? Gut, manchmal mag es so aussehen, Fehler passieren, nobody's perfect. Auch ich habe mal einen schwarzen Tag. … Noch ein Scherz – gemerkt? Nein? Schade.

Zurück zu mir. Und meinem Job. Bitte denken Sie in Ruhe darüber nach. Meinen Sie wirklich, es ist leicht, so ein Firmen-Imperium zu leiten? Betrachten Sie sich die Produktpalette, ohne ein diffiziles Management sind derart mannigfaltige Sterbemöglichkeiten gar nicht zu steuern: Kurz und schmerzlos, langsam und qualvoll, mit oder ohne Würde, spektakulärer Unfall, Pfusch am Körperbau, Einzeltod oder Gruppenbuchung, raffinierter Mord, das Seuchenangebot … die Liste ist lang. Und wird länger. Da muss ich schon am Ball bleiben, um den Leuten auch heute noch einigermaßen hipp das Licht ausblasen zu können. Pocken, Pest, Cholera – das sind alles längst Ladenhüter, die ein paar der besonders Pfiffigen unter Ihnen mit einem präventiven Spritzchen müde lächelnd abwehren.

Wissen Sie, als der langweilige Alte da oben im Himmel mich anlässlich seines einzigen, schöpferischen Akts, den er je vollbrachte, mit dieser Aufgabe betraute – nun, da war es ja noch nicht absehbar, dass speziell Ihre Gattung sich wie die Fliegen vermehren würde. Und mich dann auch noch bekämpft! Mit Medikamenten, komplizierten, technischen Geräten, die die Todgeweihten meinem Zugriff entziehen. Wenn auch nicht für lang … Aber wie dem auch sei. Während Ihro Gnaden also seit Jahrmillionen träge in den Wolken gammelt, sich durch sein Schöpfungsprogramm zappt und so tut, als ginge ihn das alles nichts mehr an, musste ich schon bald expandieren, um die Sache noch einigermaßen im Griff halten zu können.

Ich schaute mich um auf Gottes Erden. Und ich sage Ihnen, was ich sah, war gut. Zunächst … Fressen und gefressen werden, im Tierreich lief alles prima, es regulierte sich quasi von selbst. Nur hier und da musste ich eingreifen, zum Beispiel bei der Saurierplage. Hatten sich irgendwie zu Ende evolutioniert, die Biester, wurden immer größer und träger. Selten so ein langweiliges Programm gehabt, Saurier morgens, Saurier mittags, Saurier abends und auch des nachts. Irgendwann wurde es mir zu blöd, und ich habe sie mittels eines kleinen Meteoritenhagels vom Planeten geputzt, weiter kein großes Problem.

Auch mit Ihnen lief es lange Zeit reibungslos. Im Altertum. Da hatten Sie noch Respekt. Vor mir. Kamen gar nicht auf die Idee, sich mir zu widersetzen. Führten allenfalls ein paar ulkige Tänze zwecks meiner Bannung auf oder murmelten mehr oder weniger witzige, religiös-philosophische Sprüche.

Ja, damals konnte ich noch lachen. Oft und häufig lachen. Damals, als Sie ins Gras bissen, wenn ich verfügte, dass Ihre Zeit um war.

Und bereits da arbeitete ich nicht mehr allein. War als

Einzelner gar nicht zu bewerkstelligen, selbst als Tod kann man nicht überall gleichzeitig zuschlagen. Aber unter Ihnen gab es zum Glück sehr fähige Leute: Alexander der Große, Attila der Hunne, Dschingis Khan, Julius Cäsar – ganz großes Kino, das war schon beeindruckend, was die in nur einer Schlacht wegschafften. Da mussten Sie sich schon ordentlich reproduzieren, sonst wäre die kritische Schrumpfmasse Ihrer Population schnell erreicht worden.

Ich konnte mich also meist bequem zurücklehnen und den lieben Tod 'nen guten Mann sein lassen.

Heute ist alles ganz anders. Ich habe zwar mehr Mitarbeiter denn je – aber keine ruhige Minute, denn es ist wirklich unglaublich, was alles schief läuft! Man kann sich wirklich auf nichts und niemanden mehr verlassen. Hitler, Stalin – freilich, das waren Profis, leisteten selbständig ganz hervorragende Arbeit. Trotzdem musste ich sie abberufen. Nachdem sie jedes Augenmaß verloren hatten.

Wissen Sie, das A und O in dieser Branche, das ist die Sache mit dem Balance halten. Wenn alle auf einmal dahingerafft werden, wäre ich arbeitslos. Und dann? Was mache ich dann? Schließe mich ein im Hades und hänge stumm unten ab wie das Engelsprekariat im Vorhimmel? Nutzlos geworden und vergessen? Wegrationalisiert von irgendwelchen, der Situation nicht gewachsenen Zauberlehrlingen? *In die Ecke, Besen! Besen! Seid's gewesen! Denn als Geister ruft Euch nur, zu seinem Zwecke, erst hervor der alte Meister.*

Goethe. Der hatte es kapiert. War ja auch nicht gerade unkapriziös, der olle Dichterfürst und Schwerenöter – aber ich sage Ihnen: Gegen das Klientel, mit dem ich heutzutage Vorlieb nehmen muss, war der Mann die reinste Wonne. Schrieb den Werther in jungen Jahren. Und gab damit das Vorbild für den Suizid eines knappen Dutzend unglücklich Verliebter. Klein, aber fein. Elegant. So habe ich's gern.

Und heute? Bilden Sie sich selbst eine Meinung. Fehler

passieren, das ist normal, wie gesagt. Da bin ich tolerant. Es macht mir nichts aus, wenn eine Krankheit mal nicht wie vorgesehen funktioniert. Dann lasse ich eben noch etwas nacharbeiten. Zum Beispiel durch den Arzt. Hier und da ein kleiner Kunstfehler ... Ich mache den Retter zum Mörder. Finde ich lustig. Aber keiner lacht mit. Was soll's. Dabei bin doch wirklich kein – wie nennen Sie das? Ach ja, ›Unmensch‹. Denn wenn ich's gut meine mit meinem neuen Mörderarzt, mähe ich ihn kurz darauf auch gleich mit um. ... Nein, nicht mit der ollen Sense, das ist finsteres Mittelalter. Er kriegt eine Überdosis Drogen ab. Morphium oder so, was beruhigendes jedenfalls. Damit er nicht von seinem Gewissen erdrückt wird, wenn's ein zu moralischer Charakter ist. Das ist doch nett von mir, oder? Alles eine Frage des persönlichen Arbeitsstils.

Das Problem heute, das ist ein ganz anderes. Das Problem sind die Leute, die ihre Arbeit schlecht machen, weil sie zu sehr damit beschäftigt sind, das Rampenlicht zu suchen. Was mittlerweile leichter denn je ist. Ich rede von den One-Hit-Stümperern, die mein Unternehmen bevölkern. Und das en masse! Sie lauern in Schulen oder auf Inseln, ballern wahllos in die Menge, richten sich dann auch noch selbst oder lassen sich schnappen und faseln fortan nur noch wirres Zeug. Diese Leute sind ein Griff ins Klo, das kann man nicht eleganter ausdrücken. Charakterlich nicht geeignet für das Amt des Vollstreckers, ruinieren sie nicht nur zahllose Existenzen, sondern auch das Ansehen der Firma! Kulturelle Barbarei, ein gewaltiger Rückschritt auf der Schöner-Sterben-Skala, auch nicht aufzuhübschen mit farbbearbeiteten Bildern im TV wie beim Flug in die Zwillingstürme, New York.

Sinnloses Massaker bleibt sinnloses Massaker. Das hat immer ein Geschmäckle. Die Menschen wollen nicht so sterben, wollen sich nicht zu stillen Opfern einer narzisstisch gestörten Persönlichkeit machen lassen, die ihnen die letzte Ehre verweigert, weil sie sich schamlos in den Vordergrund drängt. Ein Krieg macht Sinn. ... Na ja, früher jedenfalls. Da stürzten sich die Leute enthusiastisch in meine weit gespreizten Arme. Für eine ›bestimmte Sache‹. Was immer das war. Hauptsache, es war überhaupt ›etwas‹. Woran sie glaubten.

Ich predige es meinen Angestellten wieder und wieder: Gerade wir müssen auf unser Image bedacht sein, das Geschäft muss man langfristig denken, denn gestorben wird immer. Auch wenn das keiner so wirklich will. Aber das ist wie bei den Steuern. Ein notwendiges Übel, das niemand je beseitigen wird, solange dieser Planet sich dreht.

Das ewige Leben? Wachen Sie auf! Das ist nichts weiter als ein leeres Marketingtool des alten Sacks, der euch erst in die Welt geworfen hat, unvollkommen wie ihr seid, und dann auch noch blöde Regeln aufstellt für sein Scheißparadies! Todlangweilige Angelegenheit, glaubt mir, da ist es schon besser, wenn ich euch hole. Oder holen lasse.

Und um eine möglichst hohe Kundenzufriedenheit erreichen zu können, verkauft der Tod sich am besten dezent. Schrille Massaker gehen auch mal, sicher, aber daran sehen sich die Leute schnell satt. Das ist wie bei der Mode. Mag sein, dass ein neongelber Pullover gerade ›en vogue‹ ist. Damit meine ich zum Beispiel so etwas wie ein Busunglück. Doch was ist der Klassiker? Das kleine Schwarze, genau. Respektive der Herzinfarkt. Augen zu und tot.

Nur Herzinfarkte im Programm geht wiederum auch nicht, klar, Abwechslung muss sein, Uniform wird schnell langweilig, es kommt auf die Mischung an: Hochhausbrand, Hirnschlag, Schiffsunglück, Sturz in die Gletscherspalte, eine hübsche Embolie, Haiattacke, Schlaganfall, sanftes Entschlafen, Bombenunglück, Jack the Ripper-Neuauflage – so in der Art eben. Bunte Highlights im Sterbeprogramm.

Überraschend, insgesamt aber halbwegs ausgewogen. Das ist das Betriebsgeheimnis, nur so konnte ich die Jahrmillionen erfolgreich überdauern.

Ich kann aber nicht ständig nur arbeiten. Und dabei noch stets kreativ sein. Also habe ich mal ein paar Jahrzehnte Urlaub gemacht. Wellness. Unten im Hades. Nahm Urschlammbäder und experimentierte mit Höllenfeuer. Sie haben davon kaum etwas gemerkt. Mir ist dabei ab und an zwar mal kurz eine der Kontinentalplatten verrutscht, aber ich hab's jedes Mal gleich wieder hingebogen. Es sind nur ein paar Leute mehr ertrunken, als sonst – ich glaube, das war in Thailand – und im Iran war ein bisschen was zusammengefallen, Schwamm drüber – ach ja, und dann entstand noch der atomare Kollateralschaden an dieser japanischen Küste. Das nur fürs Protokoll, alles Peanuts im historischen Kontext gesehen.

Das laufende Geschäft delegierte ich in der Zeit an meine rechte Hand. Kein größeres Risiko. Dachte ich. Aber von wegen. Ein Desaster, sage ich Ihnen! Kriegt noch nicht mal eine ordentliche Seuche hin, diese Null. Probierte sich erst letztens an einer Neuauflage der Vogelgrippe. Und schaffte es damit noch nicht einmal in die Presse. Ist das peinlich?

Na jedenfalls, ich war kaum zurück, frisch gestärkt aus der Unterwelt – und was finde ich vor? Das blanke Chaos! Meine Firma, voll von diesen One-Hit-Stümperern, Rückfall in die religiös motivierte Meuchelei in weiten Landstrichen des Orients, immer mehr Hungernde, weil das Essen lieber vernichtet wird, wenn's gut für die Börse ist, die Patienten sind jetzt Kunden – und Ihre Spezies fängt mehr und mehr an, sich selbst zu vergiften wegen der Nahrungsmittel-Panscherei. Das geht doch wohl gar nicht, oder? Wie soll mich denn da noch jemand fürchten? Da kann ich ja gleich Insolvenz anmelden, so nach dem Motto: Bemüh dich nicht, Gevatter, wir erledigen uns schon selbst. Ich erkannte sofort: So

ernst war die Lage schon lange nicht mehr. Mein altehr-
würdiges Traditionsunternehmen als billige Do-it-yourself-
Bastelbude?

Ich sage Ihnen, ich habe getobt! Die ganze Erholung, sogleich wieder dahin, ich bin am Rotieren, weiß gar nicht
mehr, wo ich zuerst Ordnung schaffen soll. Burnout, mir
schwirrt der Kopf, ich merke, wie mir das auf die Laune
schlägt. ... Sie, und ich weiß nicht, ob mir Ihre Lache grad so
gut gefällt ...

Hughes Schlueter

SAG' NOCHMAL, DASS ICH NICHTS TAUGE

Oh, mein Gott, wie ich ihn hasse!

Warum muss ausgerechnet ich in einem Unternehmen arbeiten, in dem der Chef ein noch schlimmeres Patriarchat führt, als ein chinesischer Spielzeugproduzent? Selbst ein Schraubenhersteller auf der schwäbischen Alp, der seinen Angestellten die Maultäschle mittags in der Kantine vom Lohn abzieht, geht fairer mit seinen Leuten um. Manchmal wollte ich, ich könnte wieder bei *Foxconn* faulenzen …

Sie machen sich ja keine Vorstellung davon, welchem Druck man in unserem Despotentum ausgesetzt ist. Allem voran durch die Zahlen, die man bringen muss. Zahlen sind heilig. Darf man nur nicht so sagen. Bloß nicht. Aber liefern schon. Und wehe, die Quoten stimmen nicht beim nächsten Meeting. Dann rollen Köpfe. Und nicht nur im übertragenen Sinne, das kann ich Ihnen versprechen.

Aber dafür könnte man ja noch Verständnis haben. Wir arbeiten schließlich nicht zum Spaß. Na ja, der Alte vielleicht schon. Und je älter er wird, desto störrischer setzt er seinen Willen durch. Immer unnachsichtiger. Und das drückt sich in den Quoten aus. Doch leider sind die nicht alles, was zählt. Er hat was Neues: Seit kurzem müssen wir alle auch noch auf ›unsere Werte‹ achten. Das ist aber keine seiner Ideen, sondern hat ihm diese neue, junge Schnöselette, die von der Unternehmensberatung kommt, eingeflötet. Wichtig sei das alles zum Markenaufbau und zur langfristigen Steigerung des Unternehmenswertes – schließlich würden wir permanent von Analysten beobachtet. Okay. Könnte man so sehen. Was jedoch stimmt: Profis und Amateure wollen uns dauernd überlisten und ständig ein Schnippchen schlagen. Viele Scharlatane dabei, aber auch ein paar ganz pfiffige Köpfe. Leider. Weil anstrengend. Spionieren, was und wie wir arbeiten und was sie dagegen tun können. Ganze Länder schnüffeln uns aus. Arbeiten international zusammen, gründen Organisationen, um uns die Arbeit schwer zu machen. Immer frontaler Gegenwind. Überall. Je mehr man sich anstrengt, desto mehr Widerstand gibt es. Und hinten treibt der Alte. Ein echter *Teufels*kreis. Darf man aber auch nicht sagen.

Ich muss endlich aufhören, mit meinem Schicksal zu hadern. Zu lange träume ich schon davon, den Alten zu entmachten und den Laden zu übernehmen. Nun aber ist der Moment gekommen, die Gelegenheit günstig. *Jetzt vollend' ich's.* Diesem ganzen Goethegetue kann man nur Schiller entgegensetzen. Aktion ist gefragt. Ich habe alles durchdacht. Sauber vorbereitet. Mein Netz ausgelegt. Was ich millionenfach erledigt habe, muss jetzt nur einmal mit Einem gelingen.

Und dann werde ich *Tod*, anstelle des Tod!

* * *

Wie ich hier hereingekommen bin, weiß ich schon selbst gar nicht mehr. Ist einfach zu lange her. Spielt auch gar keine Rolle. Wichtig ist nur, dass ich das Imperium endlich unter *meine* Kontrolle bringe. Die Voraussetzungen sind ideal. Als rechte Hand am Puls der Macht habe ich alle Freiheiten. Er vertraut mir. Weiß – oder besser: *meint* – dass er sich auf mich verlassen kann. Denn meine Zahlen haben immer gestimmt. Immer. Ohne Ausnahme. Beim Verteilen der Projekte in der Montagsrunde und den Statusberichten in der Woche darauf, hatte ich meine Quoten stets so sicher erfüllt, wie das *Amen* in der Kirche. Das man dann auch überall gehört hat. *Job geschafft: Dahingerafft.* Mit dieser Maxime habe ich mir meine Position über die Zeitläufe erarbeitet.

Gut, das mit der Neuauflage der Vogelgrippe. Ja, sicher. Könnte man rummaulen. *Könnte.* Dabei hatte ich das Produktmanagement sicher im Griff. Bei unserer Entwicklungsabteilung ein Upgrade von *H5N1* auf *H7N9* beauftragt, mich von der Wirkung persönlich vor Ort in China überzeugt. Es wurde erst gekotzt, dann umgefallen. Recht so. So muss das sein. Also, dort fleißig in den Hühnerbatterien verbreiten lassen und dafür gesorgt, dass die Chefeinkäufer der wichtigsten Nahrungsmittelkonzerne schön im Reich der Mitte shoppen. Jede Tiefkühlpizza *con pollo* musste auch einen anständigen Batzen Viren enthalten. Dazu noch die Nachfrage stimuliert. Ging *easy-peasy* durch das Schalten von Bannern auf nerdigen Web-Seiten. Lief hervorragend an. Die Teile haben sich verkauft wie geschnitten Brot. Wie konnte ich wissen, dass die gierigen Konzerne von einem auf den anderen Tag umgestiegen sind, auf noch billigeres Analoghuhn? Was die bis heute nicht zugeben. Dann zerrissen sich alle das Maul, dass es im meinem Bereich wohl nicht mehr so laufen würde. Dabei hatten alle in ihrer eigenen Abteilung selbst Chaos genug. Und der Alte fuhr mich vor allen an, dass ich auch meine Pressearbeit nicht anständig gemacht hätte. Aus dem Ersatzhuhnskandal in den Medien hätte man ja wohl noch ein paar Selbstmorde aus Scham herausholen können. Wo seien die denn gewesen? Wäre auch mal wieder was Neues, Überraschendes gewesen. Unser Markenkern eben: *Überraschend, insgesamt aber halbwegs ausgewogen.* Und absolutes *No-Go,* dass ich ein wirkungsloses Virus habe entwickeln lassen. Teure Forschungskapazitäten verschwendet. Ein bisschen Übelkeit sei ja ganz bestimmt nicht das gewesen, mit dem wir als Unternehmen assoziiert werden wollten. Und kam mir dann am Ende sogar noch mit ›Nachhaltigkeit‹.

Oh, wie ich es leid bin! Aber es ist ja bald vorbei. Das Konzept steht, jetzt wird umgesetzt. Natürlich stellen Sie sich die Frage, die mich auch umtrieb. Der Dreh- und Angelpunkt. Ihre ganze Spezies beschäftigt sich seit Anbeginn der Zeiten damit. Wissenschaftler aller Wahnsinnsfacetten ertüfteln Strategien, entwickeln komplizierte Apparate und leiern Forschungsbudgets heraus. Heilsbringer und Religionsstifter sichern so ihr Einkommen. Philosophen theoretisieren ohne Resultat. Keiner kommt zu einem Ergebnis. Für mich aber ist es eine ganz praktische Frage: *Wie bringt man eigentlich den Tod um?*

Noch dazu einen so Erfahrenen wie ihn? Eigentlich den Erfahrensten überhaupt. Sieht man zum Beispiel auch daran, dass er dafür sorgt, dass die Forschungsbudgets stets kleiner sind als der Verteidigungshaushalt.

Aber der Irgendwaste zu sein, ist ja nicht weiter schwer, wenn es nur einen gibt. Gab, natürlich. Denn ich will ja seinen Job. Aber Obacht! Bei einem solchen Diktator darf man einen Putsch nicht aus der Hüfte schießen. Ewigkeiten des Nachdenkens, Verwerfens, Wiederaufnehmens, Verbesserns, Ertragens von Demütigungen des Alten und Spott in den Meetings, weil es manchmal nicht so lief (obwohl die Quoten immer stimmten) und meine aufgestaute Wut brachten mir endlich die Antwort: Ich musste es schaffen, ihn an seinem eigenen Anspruch und seiner eigenen Selbstherrlichkeit ersticken zu lassen.

Ein guter Ansatz! Ab an die Planung. Detailliert. Logisch einwandfrei. Eine Stufe muss zum nächsten Schritt führen. Zwingend. Und, entscheidend für eine effektive Machtübernahme: Mit niemandem darüber reden.

Denn diesen Fehler habe ich einmal und nie wieder gemacht. Den Alten abends an der Bar auf die Idee gebracht, man könnte ja mal was mit dieser neuen Nukleartechnologie machen. Spektakulär, Masseneffekte, überraschend, obwohl später jeder behaupten würde, es wäre absehbar gewesen. Und nachhaltig sei es sowieso. Er bekam leuchtende Augen, ließ mich ohne jedes weitere Wort stehen und am nächsten Tag konnten Sie das mit Tschernobyl überall lesen. Glauben Sie, dass *ich* einmal lobend erwähnt wurde? Eher ziehen die Apokalyptischen Reiter den Eselskarren an Weihnachten beim Krippenspiel.

Ein fängiger Köder musste her. Seine Schuld, wenn er an dieser smarten Schnöselette einen Narren gefressen hat. Beeindruckendes *Curriculum Vitae* hatte sie ja schon, das gebe ich zu: Kadettenausbildung auf der *Titanic*, Fluglotsin in Lakehurst, Au-Pair bei den Mansons, dann College und Elite-Uni in Rekordzeit mit Auslandspraktika in Vietnam und bei der *Hisbollah*. Gefährlich, weil sie gut und rücksichtslos ist. Aber sehr geeignet für unseren Job, die junge Dame. Und auch für meine Zwecke. *Wenn Du einen alten Sack loswerden willst, nimm eine junge Frau dazu.* Ist jetzt nicht direkt Schiller, aber vielleicht werde ich auch einmal zitiert werden.

Motiv klar, Methode auch, jetzt die Gelegenheit. Der Alte hatte seit Äonen keinen Urlaub gemacht. Er musste für ein paar Jahrzehnte hier verschwinden, damit ich meine Weichen stellen konnte. Bei einem misstrauischen Wesen wie ihm sollte man verdammt vorsichtig sein. Ein Wunsch, eine Andeutung und schon lief es garantiert nicht. Lieber sublim arbeiten. Also mal hier und da Prospekte vom Hades und von Lava-Anwendungen und viel Höllenfeuer mit schönen Bildern liegen lassen. Wirkte. Er fuhr in den Urlaub und ich hatte freie Bahn! Noch mehr wirkten meine fein gesponnenen Bande, dass Fräulein *Ivy League* mehr als nur berufliche Bewunderung für unseren despotischen Silberrücken hegte. Er biss an und nahm sie mit.

Als rechte Hand war ich auch für den Auftragseingang und die Ressourcenplanung zuständig. Schon seit langem hatte ich die Marktentwicklung beobachtet, also die *Bevölke-*

rungsexplosion in Ihrer Sprache. Da zeichnete sich was ab, am Horizont. Und tatsächlich. *Zack* – war er da: Der Großauftrag unseres wichtigsten Kunden. Der auch unser einziger ist. Den durfte man natürlich nicht enttäuschen. Auch wenn unser Firmentyrann sich immer über den ›Wolkenpupser‹, wie er ihn nannte, lustig machte. Er wusste genau, dass er seinen Laden zu machen konnte, wenn diese Aufträge ausblieben. Und dieses Wissen war seine schwache Stelle. Den Großauftrag hielt ich natürlich zurück, bis er weg war.

Ich musste zweigleisig fahren. Auf der einen Seite während seines Urlaubes dafür sorgen, dass wenig lief. Fehler passierten. Das Unternehmen in Richtung Wand fuhr und die entscheidenden Stellen es auch mitbekamen. Schnell ging es los mit der Kritik: *Wie konnte in dieser Situation der Chef nur Urlaub machen? Noch dazu mit dieser jungen Tussi? Alles klar! Trotzdem Skandal! Hätten wir niemals für möglich gehalten … Auch nur ein alter Gockel, dem der Kamm zum letzten Male schwillt. Enttäuschend! Und der Großauftrag? Höchst gefährdet! Unverantwortlich! Ob er noch der Richtige für diesen Job ist? Nein … NEIN … NIEMALS!*

Die Sache lief. Ich hörte schon die empörten Stimmen, die seinen Rücktritt forderten, ach was, auslösten. Würde er nie verkraften mit seinem Ego, sondern daran ersticken. Gut. Sehr gut, sogar!

Auf der andere Seite musste Plan B stehen. Kurz vor dem Aufprall an die Wand smart herausgezogen, wenn keiner mehr daran dachte, dass es eine Rettung geben könnte. Im Detail durchdacht, exzellentes Projektmanagement. Die Ressourcen effizient verteilt. Den Großauftrag sauber getaktet und mit Präzision und Qualität ausgeführt. Von mir aus auch *überraschend und insgesamt halbwegs ausgewogen.* Aber *zero tolerance* bei Fehlern. Ich hatte ja bei ihm gelernt. Und der Unternehmensberater-Slang, auf den man hier neuerdings so stand, ging mir auch flüssig von den Lippen. Alle würden sich auf diese Lösung stürzen. Und er? Lächerlich gemacht beim Kunden und in der Öffentlichkeit. Soo mächtig, sooo erfahren ... und dann über eine junge Berufsanfängerin im Lavapool gestolpert. Den Laden nicht im Griff und gleichzeitig des Riesenprojekt in den Sand gesetzt. Das hält der stärkste Tod nicht aus. Anders als bei Euch.

Und was ist nun passiert?

Im entscheidenden Meeting ging das *death bashing* los wie geplant: Verunsicherung beim Kunden, Irritation bei den Stakeholdern. Vorwurf schwerster Managementfehler, Vernachlässigung der Aufsichtspflicht, süffisante Bemerkungen vom Denken mit kopffernen Körperteilen – äußerste Zweifel an seiner Fähigkeit, das Unternehmen weiter zu führen. Den Todesstoß aber gab der Wolkenpubser, in dem er dem Tod sein vollstes Vertrauen aussprach.

Jetzt war mein Auftritt gekommen. Das Ende jahrmillionenalter Tyrannei. Und genau in diesem Moment, als ich aufstehen wollte, drückte mich jemand wieder auf meinen Stuhl zurück, keinen Widerspruch zulassend. Die Schnösellette riss das Wort an sich. Mit einer brillanten Präsentation. MEINER Präsentation! Ok. Fast ... Sie hatte hie und da etwas verbessert. Stellte zehn *Company Values* vor und den Entwurf für ein überarbeitetes Logo mitsamt einer neuen *Corporate Identity*, was mit beifälligem Gemurmel vom Großkunden aufgenommen wurde und der seinen Stellvertreter auf Erden sogleich mit einem Seitenblick bedachte, dass dieser sich unter seiner Mitra und mit dem goldenen Kreuz ziemlich altbacken und tuntig zugleich vorkam. Nach dem Konzept für den *Relaunch* der Sieben Siegel und dem *Open-Air-Event* Armageddon 2.0 hatte sie es endgültig geschafft. Das waren Inhalte und Metaphern, die prächtig ankamen. Sie leider auch. Und so wurde sie noch vor Ort zur Nachfolgerin ernannt. Jetzt haben wir *eine* Tod. *La Mort*. Als ob die

Franzosen es gewusst hätten. Den Megatrend *Female Shift* hatte ich mir jedenfalls anders vorgestellt.

Als ich in meiner Mappe kramte, um meine Präsentation zu suchen, damit ich klar stellen konnte, *wer* hier die Ideen hatte, fand ich nur einen Haufen alter Prospekte eines Lavakurortes. Irgendwo in einer entlegenen Ecke des Hades.

Oh, mein Gott, wie ich sie hasse ...

Sophie Sumburane

HOCHZEIT

Ihre Füße standen wackelig auf der feuchten Wiese, in Schuhen, die sie normalerweise niemals trug. High Heels, teure sogar, *verspielt* hatte die Verkäuferin ihren Stil genannt. Sportlich dagegen fanden ihre Freunde ihren Look. Was soll's, heute war ein besonderer Tag. Ihr Tag. An dem sie sich nicht fühlte, wie sie selbst. An dem sie nicht aussah, wie sie selbst. An dem Fotos geschossen wurden, auf denen sie aussehen würde, wie eine Prinzessin. Auf denen sie sich nicht wiedererkennen würde. Also vielleicht doch eher deren Tag?

Ihre teuren High Heels waren zwar verspielt, aber nicht wasserdicht. Der Tau auf der Wiese kroch langsam aber stetig durch den Stoff, färbte die Spitze grau. Kälte kroch ihre Fußknöchel hinauf über die Beine bis zu ihrem Strumpfband. Das nicht ihres war. Es stammte aus einer Tradition, die sie nicht gekannt hatte, sie brauchte etwas Geborgtes, hatten ihre Freundinnen gesagt. Das Strumpfband gehörte seiner Mutter, in ein paar Stunden sollte ihr Ehemann es ihr mit den Zähnen vom Bein ziehen. Der Gedanke half, dass die Kälte das Strumpfband überwand und ihren Rücken hinauf kletterte. Gänsehaut überzog ihren Körper, sie versuchte das leise Zittern zu unterdrücken.

Plötzlich beschlich sie der Gedanke, sie sei in eine Falle getappt. Nicht die Ehefalle, sondern die Strumpfbandfalle. Was hatte sie vor ihrem großen Tag heute nicht schon alles überleben müssen. Ihre Schwester hatte versucht sie zu ertränken, weil sie den Mann wollte. Ihre Schwiegermutter hatte Sarin in ihren Kaffee gekippt, den sie dann aus Versehen ihrem Mann hingestellt hatte. Diese Beerdigung kurz vor einer geplanten Hochzeit war wirklich traurig gewesen, vor allem für ihn, da sein Vater noch gar nicht auf der Liste gestanden hatte. Nun gut, das passiert eben, wenn man Sarin trinkt, damit kennt Schwiegermama sich eigentlich bestens aus, aber offensichtlich wird sie langsam alt.

Aber dieses Strumpfband, an das die junge Braut plötzlich unaufhörlich dachte, könnte ein zweiter Versuch … Schließlich ist es von ihr, sie glaubte zu spüren, wie es sich um ihren Oberschenkel zusammen zog. Einbildung.

Der Standesbeamte sprach derweil leere Worte. Sie verstand keines von ihnen. Ließ stattdessen die letzten Tage Revue passieren. Selbst ihre eigene Mutter war nicht einverstanden: »DEN?«, hatte sie entsetzt ausgerufen. »Um Gottes Willen, Kind! Du findest doch einen Besseren, wenn du unsterblich werden willst! Guck doch mal Fernsehen, die jungen Dinger hängen sich doch jetzt an Vampire! Versuchs doch damit mal, statt dich gleich an den zu binden!«

»Vampire? Spinnst du?«, hatte sie sich an die Stirn tippend gefragt. »Ich will doch nicht ewig aussehen wie eine Kalkwand.«

»Findest du diesen Bademantellook etwa besser?«

Kopfschüttelnd hatte sie die Diskussion abgebrochen, war zu ihrer Schwiegermutter gefahren, die dann ihren Mann vergiftet hatte. *Wiedergeburt* hieß ihr Zauberwort. »Wenn du die Welt erst Mal aus neuen Augen siehst, überlegst du dir das mit der Hochzeit sicher noch mal«, hatte diese verkündet, während sie an ihrer Kaffeetasse nippte. Als ihr Mann zu krampfen anfing, hatte sie den Wink mit dem Zaunpfahl verstanden.

»Ja, vielleicht. Vielleicht überlegt er es sich aber auch anders, wenn ich dann als Heuschrecke wieder komme«, sagte ich, während sein Vater vom Stuhl rutschte und Schwiegermutti ihren Irrtum bemerkte.

»Wenn er dich wirklich liebt, nimmt er dich auch als Heuschrecke. Ich muss jetzt offensichtlich auch mit einer neuen Gestalt klar kommen!«

All das waberte durch ihren Kopf, während sie die Bewegungen der Lippen verfolgte, die vor ihr Worte formten. Ihre Hand lag in seiner, mit jedem Gedanken war sie sich ihres Planes sicherer. Ewiges Leben. In ihrer Gestalt gab es das eben nur durch die Hochzeit mit dem Tod. Wenn sie ehrlich waren, wollten sie alle, was sie wollte. Mitleid bekam man geschenkt, Neid musste man sich erarbeiten. Oder erheiraten.

Ihre Freundinnen waren plötzlich unheimlich nett zu ihr, hatten Schuhe, Kleid und die Party für sie bezahlt, aber der Tod hatte keinen Bruder.

Plötzlich drehte er sich zu ihr, in der Dunkelheit seiner Kapuze schien ein Lächeln zu strahlen. »Ja, ich will.«

Die Worte führten zu einem Gemisch aus Murmeln und Applaudieren, sie fügte ihr Bekenntnis hinzu: »Ja, ich will auch!« und erntete Stille.

Niemand ahnte ihren wirklichen Plan. Unsterblichkeit ist was für narzisstische Nekrophile! Sie hatte höhere Pläne, sie wollte sich anders unsterblich machen: Als Schriftstellerin! Heirate einen berühmten alten Sack und du bist schneller ganz oben, als du ›Trivialliteratur‹ überhaupt sagen kannst. Das klappt immer wieder, doch sie war etwas besseres, als die holen Blonden, die sich tote Teile in den Körper stecken ließen, um den perfekten Geldsack zu bekommen. Sie hatte sich das tote Teil an sich geangelt!

›Die Braut des Todes‹, so würde er heißen, ihr Thriller. Eine wahre Geschichte, ihre Biografie, sie würden sie ihr aus den Händen reißen. Auf dem Cover ein Hochzeitsfoto von ihr, die Hand im Schritt des Todes, gestylt als verspielte Prinzessin. So klappt das, mit dem Buchverkauf. So und nicht anders!

Alle werden sie sterben im Buch, nur sie und der Tod wären am Ende die Lachenden!

Christiane Nitsche

MABEL'S SWEETEST

Mabel rührte in ihrem Tee. Er würde jeden Moment kommen. Sie sah der Milch dabei zu, wie sie in der goldbraunen Flüssigkeit Schlieren zog und rührte. Zum Tee kam er nie zu spät. George war ein Mann mit Prinzipien. Und mit Leidenschaften.

»Ich würde sterben für deinen Cream Tea, Mabel!« Das sagte er oft. Auch nach fünfundzwanzig Jahren Ehe sagte er das noch. Mabel seufzte und legte den Teelöffel sanft auf der Untertasse ab. Sie hatte das beste Geschirr aufgedeckt, das sie besaßen. Das, für das sie damals eigens zur Poole Pottery gefahren waren. Den weiten Weg von Stoke Gabriel bis fast nach Bournemouth hatten sie gemacht, in einem alten Morris Minor, um ihr Glück und ihr kleines Cottage mit dem schönsten zu dekorieren, das sie finden konnten.

Mit einer kurzen Bewegung wischte Mabel eine Falte aus der Tischdecke.

Er sagte nicht mehr: »Ich würde sterben für Dich.« Das hatte er zum letzten Mal in der Nacht gesagt, als er ihr den Heiratsantrag machte. Oben auf den Klippen am südlichen Ende der Torbay, wo sie den schweren Atem des Atlantik spüren konnten. Er hatte geschnauft, geächzt und gestöhnt vor Wollust, ihre kaum entblößten Brüste geknetet und aus allen Körperöffnungen ihren Duft, ihren Atem, ihren Schweiß, Speichel und Unsagbares gesogen, als müsse er sich betrinken mit ihrem Lebenssaft. Der Nebel hatte sie vor den Blicken der wenigen Spaziergänger geschützt, die in der Dämmerung nach ihren Hunden riefen. Und er hatte alles gedämpft, dieser feuchte, salzige Nebel – ihre lustvollen Schreie genauso wie ihren Verstand. Gleichsam benebelt hatte sie sich aufgelöst unter seinen Händen und seinem nimmersatten Mund. Regelrecht einverleibt hatte er sie sich. Nichts war von ihr geblieben als ein seliger Hauch von Nichts, der mit dem Nebel um die Wette über dem früh-feuchten Moos schwebte. Sie hätte zu allem »Ja« gesagt am Ende dieser Nacht.

So glücklich war sie nie wieder gewesen. Nie wieder. Fünfundzwanzig lange Jahre nicht. Nur manchmal erinnerte sein tiefes Stöhnen an damals, wenn er in einen ihrer selbst-gebackenen Scones biss, die Nase tief in Clotted Cream und Erdbeermarmelade versenkt. Er war verrückt nach den Wohlgerüchen und Aromen ihrer Küche. Der Verlockungen ihres Körpers war er dagegen schnell überdrüssig gewor-den.

Mabel wusste von Muriel. Sie wusste es schon lange, auch wenn sie nicht wusste, seit wann genau George ein Verhält-nis mit ihrer Cousine hatte. Vielleicht hatte es angefangen, als Muriel das Erbe ihrer Eltern antreten sollte und Georges Hilfe als Anwalt beanspruchte. Muriel fragte nicht, ob sie etwas haben könnte. Sie erklärte, dass sie es brauche – in ei-ner Weise, die für Widerspruch keinen Raum ließ. Und George war nur allzu willig ihrer Aufforderung und dieser neuen Duftspur gefolgt.

Dann war Muriel von Plymouth auf das verwaiste Anwe-sen ihrer Eltern übersiedelt, das kaum eine Meile von dem Cottage entfernt lag, in dem Mabel und George ihre kinder-lose Ehe fristeten.

Sie hatten stillschweigend ihre Arrangements getroffen. Samstags fuhr George zum Lunch zu Muriel, »um Erb-schaftsangelegenheiten und Bankdokumente zu bespre-chen«. Manchmal gab es »besonders heiße Eisen zu behan-deln«, wie George sich ausdrückte. Dann fuhr er auch zum

Dienstagsdinner zu Cousine Muriel. »Es gibt Dinge, die vertragen keinen Aufschub, Mabel«, erklärte er, als sie aufbegehrte. »Davon verstehst du nichts.«

Doch sie verstand. Sie verstand das Drängen der Begierde noch genauso wie die Zweiundzwanzigjährige, die damals mit George auf der Klippe die Aggregatzustände der Leidenschaft erforscht hatte.

Was sie nicht verstand war, warum er so schnell und so gründlich das Interesse an ihren vollen Brüsten, ihren weichen, runden Hüften und ihrer weißen Haut verloren hatte. Nur um einer breitschultrigen, flachbrüstigen Hünin mit hektischen, roten Flecken im Gesicht den Vorzug zu geben. Muriel war nicht einmal blond.

Mabel rutschte auf ihrem Stuhl hin und her. Sie fühlte sich ausgelaugt. Den ganzen Vormittag hatte sie gearbeitet, um rechtzeitig fertig zu sein. Alles war vorbereitet, bis ins kleinste Detail.

Vorsichtig justierte sie den Löffel, der auf dem Rand des Marmeladenglases balancierte. Sie hatte ihn bereits gefüllt, es durfte ja nichts schief gehen. Die Erdbeermarmelade hatte sie nachgezuckert, damit sie ihm auch sicher schmeckte. ›Mabels Sweetest‹, verriet das selbst geschriebene Etikett am Glas. ›Mabel`s Sweetest‹ stand auch auf den Kärtchen, die auf Georges Gedeck lagen und zwischen den Hefebrötchen steckten. Der Korb mit den frischen Scones stand gleich links neben seinem Gedeck, die Kristallschale mit dicker Clotted Cream neben der Marmelade im Zentrum der Tafel. Sie hatte duftende Jasminzweige in eine Vase gesteckt und den Tisch mit Lavendelblüten bestreut. Ein Duftlämpchen verbreitete Marzipanduft. Heute musste einfach alles stimmen.

Einmal hatte sie versucht, ihn zurück zu gewinnen. Eine Eiswaffel mit ihrer legendären Cream und einem Klecks ›Mabel's ambrosial Jam‹ steckte in ihrem Dekolleté, als er nach Hause kam. Dafür hatte sie sich extra einen neuen BH gekauft. Einen mit schwarzer Spitze, die aufreizend mit ihrer Haut und der duftenden Süßigkeit zwischen ihren Brüsten kontrastierte. Sündhaft teuer war er gewesen.

Sie hatte ihn nie wieder getragen. »Was soll denn das?«, hatte George gefragt. Und als er begriff, dass seine Mabel ihn mit einer süßen Schweinerei dazu bringen wollte, sie zu vernaschen, war er geradezu empört. »Mach Dich nicht lächerlich, Mabel.« Sie hasste diesen nasalen Anwalts-Singsang, den er kultivierte, seit er durch Muriel seinen Mandantenkreis auf die Upper Class ausgeweitet hatte: »Das ist ja peinlich, wie du dich aufführst. Beinahe schon ekelerregend.«

Sie hatte sich im Bad eingesperrt und gewartet, bis er das Haus wieder verlassen hatte. Es wurde sein erster Mittwochabend bei Muriel.

Als er irgendwann in der Nacht zurückkam, roch er aus dem Mund nach gebackenen Innereien und aus dem Anzug nach ihr: Aufdringlich, fleischlich, nach Moschus und Leder. Mabel hatte sich schlafend gestellt und die Nase in ihr Kissen vergraben. George hatte auf seiner Seite des Bettes das Laken zurecht gezogen, war in den Pyjama und neben ihr ins Bett gestiegen, als sei es das Normalste der Welt. »Ich werde die Ehe nicht aufgeben. Niemals. Das kommt in einer Position wie der meinigen nicht in Frage«, erklärte er. Und nach einer Kunstpause: »Das habe ich im übrigen auch deiner Cousine Muriel sehr deutlich erklärt. Ich lasse mich keinesfalls scheiden.« Nüchtern. Kühl. Endgültig. Mabels Kissen duftete nach Lavendel und Rosen. Sie hatte sich gezwungen, tief und ruhig zu atmen und sich mit Gedanken an Marzipanduft und Bittermandelaroma in den Schlaf geträumt. Drei Tage war das her. Drei lange Tage.

Mabel stand auf und ging zum Fenster. George würde nie zu spät zum Tee erscheinen. Die Teestunde war ihm heilig.

Noch dazu, wenn es Devon Cream Tea gab. Sie schüttelte den Kopf und wandte sich wieder dem gedeckten Tisch zu.

Die Teekanne steckte im Wärmemuff. Eine gute Viertelstunde konnte der Tee so die Temperatur halten. Dann würde sie neuen aufsetzen müssen. George hasste lauwarmen Tee.

Unschlüssig blieb sie am Tisch stehen. Vielleicht hatte er sie nun doch verlassen. Ohne Ankündigung, ohne Abschied. Ohne seine Golftasche und gar nicht nach Art eines Gentleman. Vielleicht war es doch zu spät.

Als es klingelte, erschrak sie so heftig, dass sie beinahe die Teekanne samt Muff vom Tisch gefegt hätte.

»Constable Philips«, stellte sich der Mann in Uniform vor. »Und dies ist Detective Collins.«

Sie schafften es mit Mühe, Mabel an der Ohnmacht zu hindern. Constable Philips geleitete sie zu ihrem Ohrensessel und tätschelte ihre Hand. »Er ist sehr schnell gestorben. Jede Hilfe kam zu spät, wissen Sie. Das Gift war hoch dosiert und offenbar hat er die Kidney Pie sehr hastig gegessen, die sie ihm serviert hat.«

Mabel japste. »Muriel ...«

»Sie wurde bereits festgenommen, Madam«, erklärte Detective Collins, der sich einen der Essstühle unter dem gedeckten Tisch herauszog. »Es ist sicher kein rechter Trost, aber seien Sie versichert, dass seine Mörderin ihrer gerechten Strafe entgegen sieht.«

Muriel. George war in ihrem Haus gestorben, an ihrem Tisch, an ihrem Gift. Zum ersten Mal spürte Mabel, dass sie wirklich und wahrhaftig hassen konnte. Sie schloss die Augen und lauschte auf ihr heftig pochendes Herz.

»Hmmm«, hörte sie zwischen zwei Schlägen. »Hmm!«

Georges leidenschaftliches, genüssliches Seufzen drängte sich in ihre verstörten Sinne. Aber George war tot. Der Detective hatte es gesagt.

Sie öffnete die Augen.

Detective Collins leckte sich einen Rest Clotted Cream von den Lippen und wischte verstohlen einige Krümel von seinem Schoß. »Verzeihen Sie, Madam, ich konnte nicht widerstehen«, murmelte er undeutlich, den Mund immer noch voll. Mabel starrte ihn an. Sie nickte stumm.

»Soll ich einen Arzt rufen?«, fragte der Constable teilnahmsvoll. Mabel reagierte nicht. Sie konnte den Blick nicht von Detective Collins lösen. Entgeistert beobachtete sie, wie sich der Mann erhob, den Stuhl wieder ordentlich unter den Tisch schob und räuspernd sein Jackett zurecht zog. »Wenn ich das sagen darf, Madam: Ihre Scones sind die besten, die ich je aß«, erklärte er steif. »Leider vertrage ich keine Erdbeeren, darum kann ich nicht von ihrer sicherlich vorzüglichen Marmelade kosten.« Mabels aufsteigendes, hysterisches Kichern quittierte er mit einem Seufzer. »Philips, ich denke, Sie bleiben hier bis der Arzt eingetroffen ist. Madam hat ganz offensichtlich einen Schock.«

Volly Tanner

SCHÖNES BILD, NICHT WAHR?

»Verdammt, ich war's nicht! Ich wollte ich wär's gewesen aber ich war's nicht!«, fauchte Weiterraum gepresst. Zitternd lag er in den Laken, sein Gesicht voller Hämatome, die Augen adernrot.

»Regen Sie sich doch nicht so auf, Herr Weiterraum.«

Kenntermich blätterte in seinen Notizen. Er wusste, wie er seine Klienten zu behandeln hatte – beruhigen und dann auspressen, alle Informationen abzapfen. Und der alte Mann hier vor ihm war auch nur ein Klient. Für einen scharfen Hund mit Kenntermichs Nase waren alle Menschen Klienten, Informationsansammlungen in Wasser mit Haut drumherum. Jeder hatte eine Geschichte und Kenntermichs Talent war es, die Geschichten zu finden und unters Volk zu schmeißen. Dafür bekam er seine Kohle und damit kaufte er sich sein Leben frei. Frei von Kind und Kegel und frei von lästigen Emotionen.

»So, Herr Weiterraum, nun entspannen Sie doch erst einmal. Ich wollte Sie wirklich nicht aufregen. Das ist ja auch gar nicht gut für Sie. In Ihrem Zustand müssen Sie aufpassen. Aufregung ist nicht förderlich für Ihre Heilung. Sie sehen mir doch ganz schön ramponiert aus.«

»Ahhh, ramponiert. Ich bin am Ende. Haben Sie sich mal meine Hände angeschaut? Die brauche ich doch noch! Verdammte Scheiße. Wie soll ich denn mit diesen Krüppelfingern noch malen?«

Tränen flossen ungehemmt über Weiterraums furchiges Antlitz.

Er war wirklich am Ende. Ausgeknockt. Bildschirminkompatibel, wie Kenntermich so gern sagte.

»Und alles wegen diesem Eventolino. Aber nun ist der ja hin. Und dieser kranke Kunstmarkt saugt jetzt dessen ganzen alten Dreck auf und verdient ein Heidengeld. Zum Kotzen. Ich könnte Ihnen Geschichten erzählen – aber das interessiert ja keine Sau da draußen. Alle wollen sich nur sonnen in des toten Künstlers Schatten – schönes Bild, nicht wahr? Zum Erbrechen schön.«

»Oh doch, Herr Weiterraum, mich interessiert so etwas – und ich glaube, meine Leser interessiert so etwas auch.«

Weiterraum quälte sich in eine etwas bequemere Postion. Das Schmerzmittel wirkte noch und die Kanülen in den Armen waren gut befestigt. Irgendwann musste er ja alles loswerden und warum nicht gegenüber diesem schmierigen Journalisten. Sollten doch diese ganzen Pappnasen da draußen erfahren, was Eventolino für eine Null war.

»Gut, hören Sie gut zu, Kenntermich – oder schreiben Sie mit, ach verdammt, machen Sie doch was Sie wollen. Zum Schluss ist sowieso alles egal. Ein Knall und alles ist vorbei. Was soll's?«

Die Gardinen im Krankenzimmer flatterten leicht. Weit weg von Weiterraums klinisch sauberer Zelle, irgendwo in der Abteilung für Neugeborene, schrie ein Baby einem neuen Leben entgegen. Auf dem Bild über Weiterraums Bett lächelte Mutter Maria mit dem kleinen Jesus im Arm mitleidsvoll, als ob sie ahnte, was ihrem Sohn noch so bevorstand.

»Wissen Sie, ich mache seit vierzig Jahren in Kunst. Malen, ausstellen, selber Vernissagen veranstalten, das ganze Paket. Ich habe mit Yoko Ono zusammen in München ausgestellt, in den Achtzigern und in den Neunzigern waren meine Bilder Gold wert, die gingen weg wie warme Semmeln. Frauen hingen an mir wie Kletten, der Wein floss in Bächen. Ich war dieser berühmte, gern gesehene Gast auf allen möglichen, offiziellen Empfängen. Man schmückte sich mit mir. Diese ganze undankbare Bagage. Doch seit dem Millennium lief es nicht mehr ganz so gut. Geliebt und vergessen. Na ja, ich hatte mein Auskommen, man kam immer noch zu meinen Ausstellungen – aber irgendwie wurden die Blicke eher mitleidig als fasziniert und die Frauen rannten auf einmal diesen kirren HGB-Studenten nach, diesen völlig lebensuntüchtigen Nichtstuern. Wissen Sie, was die da in ihrer Hochschule den ganzen Tag machen? Saufen und Drogen nehmen! Von denen hat noch nie einer wirklich Dreck gefressen. Alles Mittelstandsbubies, von ihren westdeutschen, reichen Eltern durchgefütterte Langweiler. Wo soll denn da Kunst raus kommen, die haben doch gar kein Leben gelebt.«

Kenntermich spürte, dass Weiterraum sich in Wut hineinredete und brachte, leise nachhakend, das Gespräch auf den Verschiedenen.

»Ja, doch – und dann traf ich diesen Eventolino, Pietro Eventolino, zugehackt bis ins Gesicht, diese neumodischen Riesenlöcher in den Ohren, schlabbrig-farbbespritztes Shirt und eine bekleckste Hose an, auf einer Vernissage des Kunstraums der Sparkasse. Rebellisch, dachte ich, unkonventionell. Wie ich, als ich jung war. Mir ging das Herz auf als ich ihn das erste Mal sah. Eine Type, wissen Sie?«

Weiterraum bat um ein Glas Wasser und beugte sich verschwörerisch in Kenntermichs Nähe.

»Aber das war alles Fassade, wissen Sie? So sehen die da alle aus. Das ist irgendwie Marketingkonzept an dieser Hochschule. Verlumpte, bedröhnte Provokateure – alles Fassade, das können Sie mir glauben – dahinter ist nichts!

Naja, ich wusste es ja noch nicht, ich dachte, der Junge hat was, so eine abgehangene Coolness und seine Bilder waren wild. Große, fette Striche auf Riesenformat; krasse, grelle, ineinander gestoßene Symbole. Nur eben kein Inhalt. Aber das braucht's ja heute auch nicht mehr. Wer will schon Inhalt, wenn die Verpackung so schön groß ist?

Und ich weiß, wovon ich rede, Herr Kenntermich, seit Jahren geht der Absatz meiner Bilder zurück. Braucht niemand mehr, muss man ja nachdenken. Politische Bilder, paaah! Kritische Bilder, solch ein Unsinn. Und die neuen Käufer, die durch diese ... verdammt, ich komme nicht auf das Wort ... Genter, Gentrie, jaaa, Gentrifizierung – also durch diese Gentrifizierung in die Stadt gespült werden, die gehen Sonntags doch zu Mario Barth. Das ist deren Niveau.«

Wow, dachte Kenntermich, *der alte Herr zieht ja ganz schön vom Leder, den darf ich jetzt nicht von der Angel lassen.*

»Das verstehe ich gut, dass Sie das wütend macht, Herr Weiterraum. Ich komme ja selbst aus einer Zeit, in der Lieder noch Texte hatten, die etwas erzählten. Da haben Sie völlig recht, der Geschmack ist desaströs mittlerweile.«

»Ja, stimmt. Also ich kam mit Eventolino ins Gespräch bei dieser Vernissage. Wie das eben so geht. Und ich bot ihm an in meiner Galerie auszustellen. Ich dachte ja noch, der Junge verdient seine Chance. Wir hätten so eine Partnerausstellung machen können: ›Der alte Mann und der Lausbub‹ oder so etwas, hahahahaha ...

Aber der Eventolino wollte nur Solo, war der Meinung er wäre die Nummer in der Stadt. Er hatte auch schon ganz schön was intus – und das war nicht nur Alkohol, das können Sie mir glauben. Dieses Crystal, dieses fiese Zeug, dass so erbärmliche Menschen macht, wie den Eventolino – na ja, ich wusste es ja noch nicht, jetzt kann ich mir alles zusammenreimen, auch warum der solche Höhenflüge hatte, der Knilch.

Und dann fing der an, mir das Leben und das Geschäft erklären zu wollen – einige Tage später, als wir die Ausstellung entwickelten in meinem Laden – und da war er auch total breit und lachte und lachte und nannte mich ›Alter Mann‹ – andauernd – aber nicht charmant oder so, nein, eher so herablassend, so wie diese Nazitypen damals im Dritten Reich, die ja auch alles Alte völlig neu erfinden wollten.

Und dann fing er an, so bedröhnt wie er war, Kunstmarkt und Business und Klientelanalyse, all so einen Manipulationsmist, es ging kein einziges Mal um Kunst, verstehen Sie, Kenntermich? Der redete nur von Vermarktung von Produkten. Produkte sagte der zu seinen Bildern. Was für ein Arschloch!«

Weiterraums Augen glänzten irre. Schweiß glänzte auf seiner Stirn. Alles leuchtete unwirklich. Nur die Sonne glänzte nicht. Sie hatte sich unter dem Horizont verkrochen, um all das Elend nicht mehr sehen zu müssen.

»Nun ist er aber tot. Mausetot.«

»Ja, ich weiß. Und wie ich das weiß. Ich habe ja alles hautnah miterlebt. Das war seine eigene Idee, alles. Wirklich! Als er schon kaum noch stehen konnte – er hatte meinen guten Wein, den ich mal bei einer Vernissage auf Schloss Goseck bekommen hatte, weggesoffen, als ob das Wasser wär' – da faselte er die ganze Zeit nur noch von Wertsteigerung und dass das Non Plus Ultra der Wertsteigerung der Tod des Künstlers wäre! Künstler, ha, welcher Künstler? Eventolino war ein Aufschneider, ein Hans Wurst, ein Comedien, nichts weiter. Und als er sich dann in Rage phantasiert hatte, meinte er noch: ›Der künstlerisch wertvollste Tod wäre die persönliche Selbstauflösung des Kreativen!‹. Genau das hat er gesagt. Es war wie eine Erleuchtung.«

Ich habe ihn! Ich habe ihn, dachte der Journalist erregt. Er war es doch! Natürlich. Soviel Hass und Wut. Das hält ja niemand aus ohne verrückt zu werden.

»Ich verstehe Sie voll und ganz, Herr Weiterraum. Und deshalb haben Sie ihn umgebracht?«

»Nein, natürlich nicht. Dazu wäre ich nie in der Lage gewesen. Ich bin Künstler, verstehen Sie? Ich protokolliere die Realität, ich arbeite mit Bildern, mit der Wirklichkeit. Ich entwickele Neues, Innovatives aus Seiendem. Aber ich greife nicht ein. Ich bin Künstler, Herr Kenntermich, kein Revolutionär.

Natürlich habe ich auch mit dem Gedanken gespielt. Es wäre so einfach gewesen, ihn umzubringen und es so aussehen zu lassen, als ob es Suizid gewesen wäre. Diese ganze HGB-Bagage gehört doch gesammelt in die Klapper, gezüchtete Depression, wissen Sie, die haben alle einen an der Klatsche. Ich hatte auch schon ein bisschen herumgehorcht, wie es am Besten zu bewerkstelligen sei – ich habe einen Freund, der ist Schriftsteller, der hat irgendwie von allem eine Ahnung – aber dieser beschissene Eventolino ...«

Weiterraums Gesicht schien um Jahre gealtert. Die Haut hatte die Farbe von Pergament, etwas gelblich, mit rötlichen Flecken. Das aus den Illustrierten bekannte, wohlgeordnete Haar stand wirr in alle Himmelsrichtungen. Er schnappte nach Luft, wie ein Goldfisch auf dem Trockenem. Ein Don Quichotte, dessen Windmühlen sich nicht in wunderschöne Burgfrauen, sondern in die traurige Wirklichkeit eines cleanen, hintergrundweißen Hospitals verwandelt hatten.

Er tat Kenntermich sogar etwas leid.

Aber ein Kühlschrank wollte gefüllt werden und der Vermieter wollte auch seinen monatlichen Obolus. Es gab kein Entrinnen. Es durfte kein Mitleid geben.

Eine Geschichte war erst gut, wenn der Klient splitterfasernackt in den Ringen lag.

»Und was geschah dann? Ich meine, fantasiert wird viel den lieben langen Tag!«

»Ja. Fantasiert wird viel. Am Abend der Soloausstellung ›Eventolino im Weiterraum‹ kam ich vom Weinkontor Haase, da hole ich immer den guten Wein, hoch in meine Galerie und hörte schon im Treppenaufgang diese laute, bassende Musik, diesen Urwaldtanz. Das ist ja keine Musik mehr, das ist doch nur noch Rhythmus. Und ich wollte schon für Ruhe sorgen – aber in diesem Moment hat dieser drogengefüllte Trottel sich selbst in die Luft gesprengt – und seine ganzen neuen Bilder, der Bekloppte. Keine Wertsteigerung. Alles weg! Und nicht nur sich, der hat meine Galerie, in der ich ja auch wohnte, weggesprengt und alle meine Sachen und Bilder – und mich hätte es auch fast erwischt. Meine Hände sind jetzt für immer verkrüppelt, wäre ich nur drei Minuten später gekommen, wären wenigstens noch meine Hände heil – aber ich hatte gerade die Klinke in den Händen, nicht so eine normale Klinke, ich hatte so eine riesige Schlosstorklinke bei mir an der Tür – und *Krach*, alles weg … alles weg … alles weg …«

Ja, alles weg, alter Mann, dachte Kenntermich und packte sein Diktiergerät und das Notizbuch ein. Alles weg, so schnell geht es.

Und während sich Weiterraum in den Schlaf weinte, schlich sich der Journalist aus dem Zimmer in den Krankenhausflur, wo gerade eine junge Hebamme mit ihrem Freund schwatzte und lachte. Sie hatte gerade Pause, zwischen zwei Entbindungen. Und ihr Freund wiederum hatte gerade das Konto ihrer Mutter, die mit Alzheimer ans Bett gefesselt war, geräumt und ihre 18jährige Schwester unter der Dusche des heimatlichen Reihenhäuschens sabbernd und enthemmt angefasst – aber das wusste die junge Hebamme noch nicht.

Zwei Wochen später wird sie alles erfahren. Sie wird sich sehr gedemütigt fühlen und sehr viel Wut bekommen. Und sie wird nachdenken, nachdem sie ein Interview über den Selbstmord eines jungen Mannes in der lokalen Zeitung findet und verschlingt.

Und sie wird eine Entscheidung fällen …

Maria Schmidt

FLEDERFANTEN

Manchmal wunderte sich Viktor Bertram Schnuck ein wenig darüber, dass Verbrechen immer eine ähnliche Dramaturgie aufwiesen. Es erschien ihm, als wären alle Kriminellen zu bequem für eine neue Form. Ein guter Vergleich waren seiner Meinung nach Groschenromane, die zwar in den meisten Fällen nicht besonders aufregend und vorhersehbar verfasst waren, aber trotzdem oder gerade deshalb ihr Publikum fanden.

Wir wären vielleicht alle nicht so müde, wenn nicht ständig sämtliche schlimmen Dinge auf dieselbe Art und Weise geschehen würden, dachte Schnuck, als er sich an einem Aprilmontag – die digitale Anzeige hinter dem Lenkrad zeigte 5.30 Uhr – auf dem Weg zu einem Leichenfundort befand. Der Anruf der Kollegen hatte ihn aus dem Schlaf gerissen, welchen er, wie in fast jeder Nacht, erst nach stundenlangem Wälzen von Gedanken und Theorien zur Natur eines Straftäters gefunden hatte. Schnuck war eigentlich nur Polizist geworden, weil er gehofft hatte, so irgendwann verstehen zu können, weshalb es Verbrechen überhaupt gab. Schon nach kurzer Zeit hatte er jedoch erkannt, dass die menschliche Psyche nicht zu erklären und schon gar nicht zu verstehen war. Hinter vielen Taten steckte schlicht und einfach Wut oder Habsucht oder Neid oder Langeweile oder eine schlimme Kindheit oder eine lockere Schraube im Kopf des Täters. Die Liste der Motivationen für eine Gewalttat war mindestens genauso lang wie die Grausamkeiten, die sie hervorbrachten.

Morde geschehen meistens nachts und im Morgengrauen fin-
det irgendein Hundebesitzer beim Gassigehen die Leiche in einem
abgelegenen Waldstück oder auf einer Müllkippe, dachte Schnuck,
als er seinen Wagen auf einen düsteren, vom Morgennebel
eingehüllten Waldweg lenkte.

Etwa fünfhundert Meter weit musste er das Auto nahezu
blind steuern, weil sich das Sichtfeld vor der Frontscheibe in
graue Ungewissheit hüllte, dann tauchte im Kegel der
Scheinwerfer ein Wagen des örtlichen Polizeipräsidiums
auf.

»Guten Morgen, Schnucki«, begrüßte ihn einer der beiden Kollegen, die mit dampfenden Thermobechern in der
Hand in geringem Abstand zu den Autos auf der Wiese
standen. Der Andere kommentierte den Gruß mit einem
Grinsen, das Schnuck allerdings aufgrund der Sichtverhält-
nisse mehr erahnte als sah.

Den Spitznamen übergehend – mit dem sämtliche Kollegen ihn seit Jahren vergeblich versuchten, zu ärgern – kam
Schnuck sofort zur Sache.

»Wo ist die Leiche?«, fragte er.

Er hoffte darauf, hier schnell fertig werden zu können.
Die Kälte kroch bereits durch seine Jacke und den Pulli.
Dieses Jahr weigerte sich der Winter vehement dagegen,
dem Frühling zu weichen.

»Es gibt keine Leiche«, sagte der Kollege, der eben vermutlich blöd gegrinst hatte und hielt Schnuck einen blauen
Plastiksack entgegen.

»Das hier ist alles, was von ihr übrig geblieben ist.«

»Ansonsten haben wir nur dieses Portemonnaie gefunden«, fügte der andere Kollege hinzu.

Als Schnuck einen Blick in den Sack warf, war er dankbar
dafür, noch nicht gefrühstückt zu haben. Im Sack lag ein
Paar blutiger Füße in Turnschuhen, die dem ersten Eindruck

nach nicht sauber mit einer Klinge oder dergleichen abge-
trennt worden waren, sondern abgefressen sein mussten. Es
handelte sich angesichts der Größe und Form der Turn-
schuhe – weiß, schmal und mit pinkem Logo – eindeutig um
Frauenfüße.

Mit einer Handbewegung gab Schnuck seinem Kollegen
zu verstehen, dass er den Sack wieder schließen konnte.

»Und wo ist der Rest?«, fragte Schnuck.

Beide Kollegen machten ratlose Gesichter.

»Wir haben nur die Füße und das Portemonnaie gefunden«, sagte einer der beiden. »Gleich hier vorn.«

Er deutete auf eine Stelle zirka zwanzig Meter weiter
links. Dort fand Schnuck ein weitflächig blutiges Stück Wiese vor, aber ansonsten: Nichts. Keine Knochen, keine Klamotten, keine Zähne.

»Wer tut so etwas?«, fragte der Kollege mit dem Plastiksack, der Schnuck mittlerweile gefolgt war.

»Ich weiß nicht, wer so etwas tut«, sagte Schnuck. *Wer
oder Was*, fügte er in Gedanken hinzu, sprach es aber nicht
aus.

In den Folgetagen wurden weitere Leichen gefunden, nicht
unweit vom Fundort der ersten Leiche entfernt. Auch von
ihnen waren nur noch die Füße in Schuhen übrig. In gerin-
ger Entfernung entdeckten die Ermittler ein Auto. Es lag
quer am Rande des Waldweges. Aus dem Inneren des Wagens konnten zwei Brieftaschen geborgen werden. Die darin
befindlichen Ausweise ermöglichten den Schluss, dass die
gefundenen Fußpaare dem Ehepaar Unfroh-Stirn gehört
hatten.

Während die Kollegen den Wald nach Spuren des Täters
durchkämmten, zerbrach sich Schnuck den Kopf über einen
Zusammenhang zwischen den drei Toten.

Alle Spuren jedoch, denen er im Fall der ersten Toten,

Lisa Mauer, nachgegangen war, liefen letztendlich ins Leere. Er hatte mit ihren Eltern, ihren Freunden und ihren Lehrern gesprochen, und alles, was er herausfinden konnte, war, dass Lisa am Tage ihres Todes wie jeden Morgen ins Waldstück nahe ihres Elternhauses zum Joggen aufgebrochen war.

Eine Verbindung zum Ehepaar Unfroh-Stirn konnte nicht hergestellt werden. Weder hatten sich die Opfer gekannt, noch in entfernter Weise miteinander zu tun gehabt. Es blieb also erst einmal nur die Möglichkeit eines Täters, der scheinbar wahllos seine Opfer auswählte. Schnuck konnte sich an keinen vergleichbaren Fall in seiner Laufbahn als Polizist erinnern und heimlich hatte er darauf gehofft, niemals in einen solchen verwickelt zu werden.

Natürlich hatte es schon Morde in der Stadt und der Umgebung gegeben, aber einen derart grausamen, unerklärlich scheinenden Sachverhalt kannte Schnuck bislang nur aus dem Fernsehen. Dementsprechend wusste er gar nicht, wo er ansetzen sollte. Zu allem Übel gingen nacheinander einige Vermisstenmeldungen ein, die zwar in keinem direkten Zusammenhang zu den Morden standen, die aber durchaus damit zu tun haben konnten. Es handelte sich bei den Vermissten zum einen um zwei junge Männer, die laut den Angaben ihrer Freundinnen auf dem Weg zu einem illegalen Rave im Wald gewesen waren – was sie Schnuck sehr widerwillig und erst nach mehrmaligen Nachfragen seinerseits verrieten – und die nun schon seit zwei Tagen spurlos verschwunden zu sein schienen. Die andere Vermisstenmeldung betraf eine junge Frau, die mutmaßlich ebenfalls zur selben Party unterwegs gewesen war und von der seitdem auch niemand mehr etwas gehört hatte. Einer bösen Vorahnung folgend, erkundigte sich Schnuck gleich nach besonderen Merkmalen an den Füßen der Vermissten, doch bis auf eine Schmetterlingstättowierung am linken Knöchel der jungen Frau, konnte ihm niemand etwas nennen.

Über dem Täterprofil brütend, bemerkte Schnuck seinen Kollegen und engen Freund Alfred Haas gar nicht, der schon seit geraumer Zeit in der Tür stand. Erst durch ein beherztes Räuspern schaffte es dieser, die Aufmerksamkeit auf sich zu ziehen.

»Ich geh dann mal nach Hause«, sagte Haas. »Meine Frau wartet mit dem Essen. Du solltest auch mal Feierabend machen.«

»Auf mich wartet doch niemand«, sagte Schnuck. Es sollte locker und unbeteiligt klingen, aber auf Haas wirkte es eher traurig.

Als Haas die Tür hinter sich geschlossen hatte, wendete sich Schnuck wieder seinem Computer zu. Mit müden Augen versuchte er, sich auf den Bildschirm zu konzentrieren, doch seine Gedanken ließen sich nur schwer zusammenhalten.

Mal dachte er darüber nach, was er sich wann und wo zu essen besorgen könnte, dann spielte er in Gedanken den Fall durch, dass sie niemals einen Täter würden fassen können, bzw. dass dieser bereits in einer ganz anderen Stadt sein Unwesen trieb. Dann kam ihm ein Anruf in den Sinn, von dem Haas ihm am Vortag erzählt hatte. Der männliche Anrufer hatte anonym von der Sichtung eines fliegenden Wesens über dem Wald berichtet, das er sogar mehrmals hatte beobachten können.

Schnuck hielt die Bearbeitung dieser Sache eigentlich für Zeitverschwendung.

»Als hätten wir gerade keine anderen Sorgen«, meinte er.

Aber Haas hatte trotzdem alles wortwörtlich protokolliert. Sogar die Bezeichnungen ›elefantös‹ und ›fledermausbeflügelt‹ hielt er in seinem Bericht fest.

Schnuck gähnte wiederholt. Viel mehr, als die Tatsache, dass der Täter nur die Füße seiner Opfer zurückließ, hatte er in seinem eigenen Bericht noch nicht aufschreiben können.

Erst hielt er es für ein Sandkorn im Augenwinkel, doch als es sich durch Wischen und Drücken nicht besserte, und er den Kopf ein paar Mal in alle Richtung gedreht hatte, konnte Schnuck nicht mehr zweifelsfrei sagen, dass er eben nicht etwas Großes am Himmel hatte vorbeifliegen sehen. Irgendwie schwerfällig und sehr langsam.

In großer Eile hechtet Schnuck in seinen Wagen. Dreht den Schlüssel, startet. Fährt so zielstrebig, als wäre es das Selbstverständlichste von der Welt, zum Haus von Haas. Springt aus dem Wagen, klingelt Sturm.

Zieht den perplexen Kollegen mitsamt seiner Hauspantoffeln zum Auto, nötigt ihn zum Einsteigen und würgt vor lauter Aufregung den Wagen ab. Beim Wegfahren winkt Haas seiner Frau entschuldigend zu, die verwundert im Türrahmen erschienen ist.

Das, was die beiden im alten Steinbruch finden, soll in den darauffolgenden Wochen weltweit für Aufsehen sorgen und namhafte Wissenschaftler dazu bewegen, sich gegenseitig in diversen Sendungen die Butter vom Brot stehlen zu wollen. (Aber wie das mit Sensationen eben so ist, verliert die Öffentlichkeit schlagartig das Interesse daran und wendet sich von Jetzt auf Gleich anderen Dingen zu).

Im Inneren des Steinbruchs, dort, wo früher Bergmänner ihren Schweiß mit dem Schmutz des Berges vermischten, stoßen die beiden Kriminalpolizisten auf die wohl unglaublichste Spezies, die bis dato je einem Menschen untergekommen ist. Beide, Schnuck und Haas, scheinen angesichts der von den Gerüsten baumelnden Elefanten auf die Sprachstufe von Kleinkindern zurückgefallen zu sein. Stammelnd – aber flüsternd und sich völlig des ausgeliefert Seins größter

Gefahr bewusst – machen sie sich gegenseitig auf Details der Szenerie aufmerksam.

»Flügel, sieh, Ohren, Kopf, nein da, Ohgottohgott, Füße, viele Füße …« Schnuck übergibt sich angesichts der vier oder fünf Fußpaare, die angefressen unter den schlafenden Ungeheuern liegen und die er als Überreste der vermissten Personen zu erkennen glaubt. An einem Knöchel meint er, den lila Flügel eines Schmetterlings gesehen zu haben.

Langsam und leise verlassen die beiden Polizisten den Steinbruch. Sie haben Glück, dass sie zur Mittagszeit ins Revier der Ungeheuer eingedrungen sind, wenn diese tief und fest schlafen und durch nichts und niemanden aufzuwecken sind.

Kaum im Wagen sitzend, kommt Leben in die beiden. Schnuck fährt wie ein Irrer, während Haas ein Telefonat nach dem anderen führt.

»Und wieder einmal haben Schnucki und Hasi einen Fall mit Bravour gelöst«, sagen die Kollegen und klopfen den beiden auf die Schultern. Anerkennung drückt dieses Klopfen aus, aber Schnuck ist in diesem Moment eigentlich alles egal.

Ich bin müde, denkt er, während er durch die Tür des Präsidiums tritt. Jetzt begreift er, warum alle Dinge immer einer ähnlichen Dramaturgie folgen: Weil Veränderung noch müder macht als Routine. Draußen ist es stockfinster. Der Mond wird durch eine schwarze Wolkenwand verdeckt. Kein Auto kommt Schnuck auf der Straße entgegen. Plötzlich, als er gerade an einer roten Ampel steht, bricht die Wolkenwand auf. Alles ist in ein gleißendes Licht getaucht und blendet ihn. Innerhalb weniger Augenblicke verdunkelt sich die Welt erneut. Ein Knall. Der Wagen wackelt. Schnuck weiß es schon, bevor er in den Außenspiegel schaut. Er tritt aufs Gas. Der große, breit geflügelte Schatten folgt ihm. Die Straße ist auf einmal wieder in gleißendes Licht getaucht. Trotz der zusammengekniffenen Augen erkennt Schnuck: Ein Gebirge aus Aktenordnern und einem überdimensional großen Computerbildschirm versperrt seinen Fluchtweg.

»Du bist unmöglich«, sagte Haas, während er Schnuck sanft an der Schulter wachrüttelte.

»Wie Wo Was«, rief Schnuck.

»Guten Morgen«, sagte Haas.

»Ich bin hier eingeschlafen«, murmelte Schnuck.

»Ach was«, sagte Haas.

Und dann kam Haas ohne Umschweife darauf zu sprechen, dass sich in dieser Nacht der Täter von selbst gestellt hatte.

»Und weißt du was?«, sagte er und Schnuck fiel auf, dass der Freund sehr müde aussah, obwohl er versuchte, das mit einem Lächeln zu kaschieren. »Es handelt sich doch tatsächlich um den Typen, der hier neulich angerufen und uns die Geschichte von den fliegenden Monstern erzählt hatte. Hat viele Jahre in Therapie verbracht, wurde letztes Jahr erst entlassen. Fühlt sich seit seiner Kindheit verfolgt von mutierten Zootieren und glaubt, sein Schutzschild durch den Verzehr von Menschen aufrecht erhalten zu können. Hat viel gefaselt von der Überführung menschlicher Energie in den eigenen Organismus und war fast beleidigt, als ich ihn nach den Füßen gefragt habe. Ob ich denn nicht wisse, wie unrein und giftig menschliche Füße seien.«

Haas fuhr sich durch die Haare.

»Ist ziemlich groß und kräftig, der Kerl. Da kann man sich schon vorstellen, dass der allein zwei Leute überwältigt. Hat mal geweint, mal geschrien und Dinge gerufen wie: ›Sie müssen mich einsperren, sonst holen *die* mich!‹, dann war er plötzlich ganz ruhig und wirkte fast so, als könne er keiner Fliege was zu leide tun. Laut seinen Therapieakten verfällt er häufig in wahnhafte Rauschzustände. Seine Betreuerin ist völlig außer sich und hat immer wieder beteuert, dass sie niemals auf die Idee gekommen wäre, dass er zu so etwas fähig sein könnte. Er selbst macht nicht den Eindruck, als ginge ihn die ganze Sache groß etwas an. Hat mehrmals gesagt, dass ihm seit Tagen leicht übel wäre. Konnte jeden Mord im Detail beschreiben und zeigte auch dabei kaum emotionale Beteiligung. Warum er sich selbst gestellt hat, konnte er nicht richtig begründen.«

Schnuck hörte sich Haas' Ausführungen an und schwieg dazu. Da er keine Anstalten machte, etwas zu sagen, fuhr Haas fort.

»Die anderen Vermissten sind übrigens auch wieder aufgetaucht. Muss wohl eine tolle Party gewesen sein, dort im Wald. Können froh sein, dass sie im Drogenrausch nicht unserem irren Freund in die Arme gelaufen sind.«

Auch dazu äußerte sich Schnuck nicht.

»Ich geh dann mal, hab viel Papierkram auf dem Tisch«, sagte Haas nach ein paar Momenten der Stille.

Er klopfte Schnuck noch einmal kameradschaftlich auf die Schulter und verließ dann den Raum.

Lausig, lausig, diese Dramaturgie, dachte Schnuck.

Jan Flieger

TODESSCHREI

»Dein geliebter Mann ist jetzt unterwegs«, witzelte Mario.
»Vor drei Stunden kommt Andreas nicht zurück. Er hat eine
neue Handelskette mit vielen Supermärkten am Haken. Ein
dicker Fisch. Da gibt`s eine lange Verhandlung.«

Sie mochte diese Arbeit ihres Mannes nicht, aber die Be-
spitzelung von Menschen brachte Geld, viel Geld, spähte er
doch all die Mitarbeiterinnen und Mitarbeiter eines Unter-
nehmens, all seine Supermärkte und Standorte aus, überall –
an der Kasse, in den Lagern, sogar auf den Toiletten. Seine
Kameras vergaßen keinen Ort, waren überall dabei, bildeten
ein Netz aus tausend Augen, das nachts installiert und kontrolliert wurde.

Sie spürte Marios Hand auf ihrem Po, seine zärtliche
Hand, seine bittende, seine drängende Hand. Mario war so
anders als Andreas, so zärtlich, so liebevoll, ein mögliches
Leben mit ihm schien wie ein Traum vor ihr zu liegen. Seit
Monaten nutzte sie mit Mario jede Stunde, in der sie unge-
stört zusammen sein konnten.

Mario, als Stellvertreter ihres Mannes, kannte dessen zeit-
liche Planungen genau, fand immer die Stunden für ihre so
innige Gemeinsamkeit. Und erst bei Mario hatte sie endlich
die Höhepunkte kennengelernt, die sie beim Sex nie und
nimmer erwartet hätte und nur aus Büchern kannte, diese
unbeschreibliche Lust. So liebte sie Mario bedingungslos,
aber Andreas stand wie ein Fels im Strom ihres Lebens, an
dem sie nicht vorbei kam. Nie würde er sie kampflos aufgeben. Das wusste sie sehr wohl.

Aber in der neuen Wohnung hoch oben, mit dem Blick über die ganze Stadt und in die Ferne aus Grün, wollte sie mit Mario leben, in der Wohnung, die so aufwändig saniert wurde, mit allem Luxus, den man sich denken konnte, und in der nur noch der große Balkon fehlte, zu dem die Tür, von innen durch einen Schlüssel gesichert, schon vorhanden war, eine Tür, die sich nur nach außen öffnen ließ. In dieser Traumwohnung mit Mario zu leben – was für ein unvorstellbar schöner Gedanke! Für dieses Ziel aber musste sie Andreas aus ihrem Leben entfernen, und zwar so, dass er nie wieder zurückkommen konnte.

Und so begann sie, sich mit Giften zu beschäftigen, mit ihrer Wirkung, mit ihrem Nachweis. Es gab das Internet und es gab Fachbücher, und es gab als Freundin eine Apothekerin, die wohl ahnte, um was es ging, aber ihr doch half.

Sehr langfristig musste sie das Gift dosieren, das wusste sie nun, bis die Wirkung, vielleicht sogar auf der Autobahn, einzusetzen begann.

Heute, nachdem sie beim Frühstück mit der Dosierung des Giftes begonnen hatte, war sie in der neuen Wohnung, schon die Standorte für all die Möbel planend und die Plätze für die Farbholschnitte aus dem fernen Japan, alles Originale von Utamaro, Kuniyoshi, Chikanobu und anderen, zweihundert Jahre alt und durch ein besonderes, teures Glas geschützt, das all die Farben hervorhob.

Sie war in der künftigen Küche, die plötzlich von zwei Männern betreten wurde, von Andreas und Mario.

»Hallo«, sagte Andreas laut.

»Hallo«, sagte Mario gedämpfter.

»Ich zeige Mario die Wohnung«, hörte sie Andreas sagen. »Hast du etwas dagegen?«

Sie lachte verwundert auf, um ihre Verlegenheit zu verbergen. »Wieso sollte ich?«

Andreas öffnete die Tür zum Wohnzimmer und Mario folgte ihm, der sie mit einem verschwörerischen Blick streifte, ehe er die Tür hinter sich schloss.

Ein wenig verwundert starrte sie auf das weiße Holz der Tür. Ihr Mann und ihr Liebhaber waren gemeinsam in der neuen Wohnung, was für eine seltsame Konstellation.

Sehr schwach nur vernahm sie Stimmen aus dem Nachbarraum, so ein Murmeln, und die Geräusche einer Tür, die geöffnet wurde, aber doch verschlossen bleiben sollte.

Dann aber hörte sie einen Schrei, gellend vor Entsetzen und langgezogen, der sich im Nichts zu verlieren schien, da er leiser wurde und jäh erlosch.

Sie erstarrte entsetzt. Was war geschehen? Sollte Mario etwa die Initiative ergriffen haben? Oh Gott! Hatte er sie nicht so seltsam angesehen?

Sie presste die Hände auf ihr wild pochendes Herz, als die Tür zur Küche, nahezu lautlos und übertrieben langsam, geöffnet wurde.

Sie schaute in ein Gesicht. In das Gesicht ihres Mannes!

Der Boden unter ihren Füssen schien sich zu senken und der Raum begann sich zu drehen, schneller und schneller.

Doch während die Ohnmacht ihr die Sinne nahm, sah sie den Kopf ihres Mannes als Totenschädel.

Und der Totenschädel grinste.

Christiane Geldmacher

FAMILIENBANDE

»Schnell! Schnell!«, waren die letzten Worte, die Lucia hörte, bevor Rupert Philippis Stimme brach. Es war ein heißer Sommer, Mitte Juni, morgens um sieben, ihre Fenster waren weit offen. Die Zeit, die Lucia für sich hatte, bevor Rupert Philippi wach wurde. Bevor er anfing, mit seinem Vater zu telefonieren. Bevor er anfing, Fernsehen zu schauen. Rupert Philippi war der lauteste Mensch, den Lucia kannte.

Die Sicht auf sein Haus war ihr vom Garten aus durch einen Holunder verstellt. Manchmal sah sie Philippis Silhouette, wenn er auf den Balkon heraus stapfte. Ein großer, kräftiger Mann mit Walrosskopf, Frührentner, um die sechzig. Lucia konnte das Alter von dicken Menschen nur schlecht einschätzen. Im Gesicht sahen sie immer jünger aus, fand sie.

Philippi konnte sich nur noch schwer atmend bewegen. Meistens warf er einen kurzen Kontrollblick in den Hof und verschwand gleich wieder in seiner Wohnung.

Sein Bett stand direkt hinter dem Fenster. Im Herbst, wenn der Wind das Laub von dem Holunder fegte, konnte Lucia sein Profil sehen. Sie teilte das Leben dieses Mannes, ob sie wollte oder nicht. Er schaute ›Sat1‹, lauter Schrottsendungen, mit viel Werbung dazwischen. Immer hatte Lucia den ›Sat1‹-Jingle im Ohr. Es war so, als lebte sie mit ihm in einer Wohngemeinschaft, Tür an Tür.

Seine Wohnung verließ er nie. Er brauchte familiäre Hilfe. Um acht Uhr morgens wählte er die Nummer seines Vaters und rief ihm »Aufstehn! Aufstehn! Warum liegst du noch im Bett?« zu. Philippi schrie ins Telefon, um die Werbung aus seinem Fernseher zu übertönen. Einmal zählte Lucia die Anrufe mit, sie kam auf dreiundvierzig. So begann Lucias Tag: Mit Schreien und Werbesendungen.

Lucia liebte ihre Wohnung. Sie lag in einem alteingesessenen Wohnviertel und hatte einen Hinterhofgarten. Als Lucia eingezogen war, hatte es nur diesen Holunder in der Ecke gegeben. Der größte, den Lucia je gesehen hatte, fast zehn Meter hoch; Lucia konnte nicht glauben, dass die Botaniker ihn einen Strauch nannten. Sie war eine Guerillagärtnerin. Sie pflanzte Obstbäume und -sträucher. Seit Mai machte sie auch Experimente mit Kartoffeln. Es war ihr kinderleicht geschildert worden von ihrer Nachbarin Ingrid: Nur eine ausgetriebene Kartoffel mit den Augen nach oben in die Erde stecken und dann sechs Wochen warten. Zwischendurch die Kartoffeln immer wieder ›anhäufeln‹. Das hatte Lucia gemacht, aber jetzt fragte sie sich, woran sie merken sollte, ob die Kartoffeln unten in der Erde reif waren? Sie googelte nach ›Kartoffeln, wann reif?‹ und erhielt die Antwort ›Reif, wenn verwelkt‹.

Okay. Aber Lucias Kartoffeln welkten nicht. Wochenlang grünten und blühten sie nur. Als die sechs Wochen um waren, grub sie die erste Pflanze aus – grün, blühend – und zum Vorschein kamen nur kleine, unscheinbare Kartoffeln. Behutsam steckte sie sie in die Erde zurück.

Lucia nähte Kleider. Nur Unikate, Einzelanfertigungen, für vierhundert Euro das Stück. In einem kleinen Zimmer ihrer Wohnung hatte sie sich ein Atelier eingerichtet, in dem sich nur ein Schreibtisch und ein Regal befanden. Vor dem Fenster stand ein Flieder, den Lucia nie herunterschnitt und der immer weiter in den Himmel wuchs. Er duftete kaum noch zu ihr herunter. Sie hatte Ingrid von ihrem Plan erzählt, ihn zu kürzen und war auf heftigen Widerstand gestoßen.

»Zu mir duftet er sehr schön auf den Balkon!«, meinte Ingrid.

»Aber es ist *mein Flieder*. Er sollte auch in meine Richtung duften!«

»Wenn du ihn runter schneidest, duftet er weder zu dir noch zu mir! Diese Bäume sind sehr empfindlich. Das verkraftet er nicht!«

Also schnitt Lucia ihn nicht herunter. In der Zwischenzeit nahm er ihr so viel Licht weg, dass sie tagsüber in ihrem Arbeitszimmer die Lampe einschaltete.

Immer hatte sie die Stimme des telefonierenden Nachbarn im Ohr.

»Wo bleibst du?«, brüllte er den Vater an.

»Ich arbeite.«

»Was?«

»Ich arbeite!«

»Aber *was*?«

Darauf folgte eine Schilderung, was der Vater den ganzen Tag lang so trieb. Er ging einkaufen, zur Bank, war im Garten. Ein Rentner eben.

Lucia hätte ihm etwas mehr Ruhe gegönnt, vor allem vor diesem Sohn.

Und sich auch. Das zwischen die Erzählungen des Vaters gerufene *Was?!* klang jedes Mal wie ein Pistolenschuss.

Zum ersten Mal war ihr der Nachbar aufgefallen, als Bauarbeiter eine Brücke unten auf der Hauptstraße abrissen. Die Brücke war eine klassische Fehlplanung der 70er-Jahre gewesen, sie sollte den Verkehr aus der Innenstadt heraushalten, stattdessen holte sie ihn herein. Das Schreien des Nachbarn wechselte sich nun mit dem Krachen der Abrissbirne ab und Lucia spielte mit dem Gedanken, auszuziehen und sich ein Haus auf dem Land zu suchen. Freistehend, irgendwo, auf einem Berg, die nächsten Nachbarn erst in zwei Kilometer Entfernung. Flexibel war sie ja. Ihr kleines Unternehmen lief gut an. Lucia hatte sich eine Webseite eingerichtet und erhielt dreißig Prozent ihrer Aufträge über das Internet. Sie war mit ihren Entwürfen auch der *Brigitte* aufgefallen, die demnächst eine Homestory über Lucia in ihrer Onlineausgabe bringen wollte.

Wie auch immer. Einen Umzug konnte sie sich nicht leisten. Sie war froh, wenn sie finanziell einigermaßen zurecht kam. Außerdem hatte sie keine Lust, allein in einem Haus auf dem Land zu wohnen. Das würde sich in Nullkommanichts herumsprechen und Lucia würde sich nicht mehr sicher fühlen.

Einmal waren sie und Rupert Philippi sich begegnet. Lucia hatte gerade die Holunderernte eingebracht und war mit ihrem Korb die Leiter heruntergestiegen, als sie den Nachbarn auf dem Balkon bemerkte. Ein sanfter Riese mit Kaiser-Wilhelm-Bart und rot-weiß kariertem Sommerschlafanzug. Eigentlich ganz lustig.

Er lächelte zu ihr herüber: »Ihr Garten ist sehr schön, Frau Nachbarin! Ich beobachte seit Jahren, wie er wächst und gedeiht. Früher stand hier nur der Holunder!«

Sie lächelte zurück. »Ja, Großstadtgärten muss man in Besitz nehmen! Die meisten liegen brach, weil sich keiner dafür interessiert! Schauen Sie nach rechts und nach links … die Leute warten alle darauf, dass die Vermieter sich einschalten. Aber man muss selbst anfangen, schöne Pflanzen zu kauf …«

Der Nachbar unterbrach sie nickend. »Sie sehen hinreißend aus! Wie eine Elfe! Vielleicht haben Sie Lust, mich auf einen Kaffee und Kuchen zu besuchen?«

Lucia murmelte hastig eine Entschuldigung und beeilte sich, in ihre Wohnung zu kommen.

Danach mied sie den Kontakt mit Philippi.

In den folgenden Jahren sah sie ihn selten. Nur wenn es draußen etwas Interessantes zu beobachten gab, tauchte er auf dem Balkon auf. Ein Sturm, ein Hubschrauber, ein Aufruhr im Hof, das zog ihn hinaus. Jedes Jahr wurde er dicker, unbeweglicher. Er hustete oft, er schnaufte bei jeder Bewegung.

Nach wie vor telefonierte er und schaute Fernsehen. Es war nervtötend. Wenn Lucia im Garten lag und sich nicht auf ihr Buch konzentrieren konnte, weil Philippi telefonierte, machte sie sich Vorwürfe, dass sie so kapriziös war. Hier lag sie, mitten in der Großstadt, in einer Gartenoase, umgeben von Rosen, Hortensien und Obststräuchern, und konnte einen kranken Nachbarn nicht ertragen. Der sich offensichtlich quälte. Ein schweres Leben hatte. Sie dachte an Großstadtmoloche wie Bombay oder São Paulo, wo die Menschen in Slums leben mussten. Wie eng es dort war. Wie sie sich gegenseitig umbrachten.

Obwohl. Das könnte mir mit der Zeit auch passieren, überlegte sie.

Dauernd hoffte sie, dass ein Blitz in Philippis Wohnung einschlüge. Oder dass er tot am Telefon umfiele. Er sollte keine Schmerzen haben, aber er sollte aufhören, zu existieren.

Sie hörte sich im Haus um. Ja, die Nachbarn kannten ihn. Nein, keiner hatte je mit ihm geredet. Aber ja, alle hielten ihn für einen Verrückten.

»Er telefoniert den ganzen Tag!«, rief Lucia. »Er tyrannisiert seinen Vater! Ich weiß nicht, wie der das aushält! Nie hat er eine Sekunde Ruhe! Wenn er mal eine halbe Stunde außer Haus ist, muss er sich beim Sohn abmelden! Jeden Tag kauft er ihm ein, kocht ihm was! Dreiviertel der Telefongespräche drehen sich darum, was sich der Kerl für ein Menü wünscht!«

Besorgt klopften die Nachbarn des Hauses Lucia auf die Schulter. Ging es ihr gut? War sie in Ordnung? Oder hatte sie sich schon ein Gewehr besorgt?

Ungefähr um diese Zeit zeigte ›Arte‹ eine Don-Camillo-und-Peppone-Retrospektive. Don Camillo, ein schlagkräftiger Priester aus Norditalien, lag in ständigem Clinch mit dem nicht minder schlagkräftigen, kommunistischen Bürgermeister seiner Stadt, Peppone. Beide waren während des italienischen Faschismus Partisanen gewesen und verfolgten unterschiedliche Konzepte, wie soziale Gerechtigkeit im Dorf herzustellen sei. Eine dritte Rolle spielte das Kreuz der Dorfkirche und wann immer Don Camillo einen Sieg über Peppone erringen konnte, fing der HERR ihn ab und kritisierte ihn.

Lucia fühlte sich mit Fernandel seelenverwandt, wenn sie zu Hause im Garten lag und Böses gegen den Nachbarn ausheckte. In ihrer Phantasie durchsetzte sie die Telefongespräche des Nachbarn mit Anschlägen auf sein Leben. Sie sah sich selbst, wie sie unter dem Holunder stand und mit einer Steinschleuder auf Philippis Balkon zielte. Zehn Mal am Tag schoss sie dem Nachbarn zwischen die Augen und er sackte leblos um. Oder sie jagte Strom zu ihm hinüber.

Das führte unweigerlich zu Diskussionen mit dem HERRN, der ihr bedeutete, dass der Nachbar zu den Kranken und Beladenen zählte. Lucia ihrerseits bedeutete ihm, dass sie ihn – eben! – von seinem Elend zu befreien gedenke. Schließlich beendete der HERR das Gespräch mit dem Vorschlag, dass Lucia dem Nachbarn etwas von ihrem Obst abgäbe, was wiederum dazu führte, dass Lucia voll schlechten Gewissens ihr Obst mit *Ingrid* teilte.

Lucia rief ihre Mutter an. »Ich denke mir lauter Szenen aus, in denen ich versuche, meinen Nachbarn umzubringen!«

»Was?«, rief ihre Mutter. »So löst du Konflikte? Ich möchte nicht wissen, wie oft du mich schon umgebracht hast!«

»Aber, Mama! Natürlich nie!«

Einmal schrieb sie dem Nachbarn einen anonymen Brief. Sie erklärte die Lage. Man könne sein Fernsehen und seine freigeschalteten Telefonate mit anhören. Das könnte ihm doch auch nicht recht sein. Vielleicht könne er beim Telefonieren die Fenster schließen? Auch, wenn er die ganze Nacht hindurch Fernsehen schaue? Oder sich einen Kopfhörer aufsetzen? Damit auch die *Kinder* im Viertel ruhig schlafen könnten?

Lucia tat so, als ob sie selbst Kinder hätte und ergriff leidenschaftlich deren Partei. Dann unterschrieb sie unleserlich und schlich sich in der Dämmerung zum Nachbarn. Als sie vor der Tür stand – Lucia hatte sich die Kapuze ihres Pullis tief ins Gesicht gezogen – fand sie nicht den richtigen Briefkasten, weil keine Namen daran standen. Nervös trat sie vom Haus zurück und zählte die Stockwerke. Schließlich warf sie den Brief in einen Kasten ohne Namen ein und wusste nicht, ob es der richtige war.

Die Aktion brachte gar nichts.

Sie notierte in ihrem Tagebuch:

Philippi stand heute schon um sechs auf. Hochgradig reizbar. Alles hochfrequent. Er bringt keinen geraden Satz heraus. Der Vater kommt um zehn. Das gekochte Essen verweigert er, nimmt nur Schokolade. Der Vater klingt erschöpft. Nachdem ich jahrelang dachte, der Tod des Sohns wäre meine Rettung, denke ich jetzt, der Tod des Vaters wäre meine Rettung. Wie lange hat der Alte noch zu leben? Ich hatte keine Minute des Morgens für mich.

Im Herbst ging es Rupert Philippi schlechter. Sein Vater kam manchmal drei Mal am Tag. Pfleger gingen in der Wohnung ein und aus. Lucia fragte sich, wann sie ihn endlich mitnahmen.

Wahrscheinlich wollten sie den Krach nicht im Heim haben.

Rupert Philippi schaute immer noch ›Sat1‹ und er verbrauchte sehr viel Schokolade. Wie oft musste der Vater extra wegen der Schokolade kommen! Manchmal stellte er sich dumm, als verstünde er ihn nicht. Aber dann wurde er angeschrien. Der Sohn wurde immer fordernder.

»Warum gehst du nicht ans Telefon?!«

»Ich bin doch dran!«

»Wo bleibst du? Ich warte hier seit Stunden!«

»Ich komme gleich!«

»Bring Schokolade mit!«

»Was?«

»Schokolade!« *(Hustenkaskade)*

»… verstehe nicht …«

»Komm jetzt! Sofort!«

Eines Sonntag morgens war Lucia schon sehr früh im Garten. Es war ein herrlicher Tag. Der Himmel war blau, kein Wölkchen war zu sehen. Und es war still. Auffallend still. Nach einer Weile horchte Lucia fragend zur Wohnung des Nachbarn hinüber. Kein Laut. Kein Fernseher. Kein Telefonat.

»Genieße die Ruhe«, mahnte sich Lucia. »Was geht dich der Nachbar an!«

Und sie las weiter in ihrem spannenden Buch. Wer hätte gedacht, dass das nochmal möglich wäre, so entspannt im Garten zu liegen!

Plötzlich hörte sie Philippi doch. Er telefonierte, seine Stimme war sehr schwach. Lucia verstand kaum etwas, nur am Schluss sagte er *Schnell, schnell!*

Schnell, schnell? Was sollte das heißen? Hatte der Mann einen Herzinfarkt? Sie kannte ihn doch gar nicht.

Ach was. Besser nicht einmischen! Lucia war nicht der Mensch, der Nachbarn gleich die Behörden auf den Hals schickte, nur weil sie sich unklar am Telefon ausdrückten. Außerdem wusste der Vater ja Bescheid.

Wieder las sie sich in ihrem Buch fest. Als sie das nächste Mal hochsah, weil sie über eine Stelle nachdachte, fiel ihr auf, dass drüben immer noch nichts zu hören war. Nichts passierte. Kein Vater tauchte auf, kein Rettungswagen.

Schließlich wurde es Lucia zu bunt und sie rief die 110.

Es war höchste Zeit für Rupert Philippi. Ohne sie hätte er diesen Tag nicht überlebt.

Ein paar Tage später erfuhr sie, dass Philippi nicht in die Wohnung zurückkehren würde. Er war allein nicht mehr lebensfähig. Man brachte ihn im Betreuten Wohnen unter.

Und so kehrte wieder Ruhe bei Lucia ein. Wie früher konnte sie ihre Wohnung und ihren Garten genießen. Keine ›Sat1‹-Jingles mehr, keine lauten Telefonate. Voller Lebenslust kümmerte sie sich um ihre Obstbäume und schnitt endlich den Flieder herunter. Im Frühjahr schlug der Flieder wieder aus, er hatte Blütenstände wie ein Hochstämmchen, kräftig wie nie zuvor.

Einmal begegnete Lucia dem Vater in der Stadt. Er war ein sympathischer Mann, sehr freundlich. Ilse hatte ihr erzählt, dass er früher als Konditor gearbeitet hatte. Er war der beste der Stadt gewesen. Auch seine Frau hatte Ilse sehr gern gemocht, eine kleine, rundliche Blonde. Sie war schon 1994 bei einem Autounfall am Frankfurter Kreuz ums Leben gekommen.

Als der Vater auf dem Bürgersteig an ihr vorbei ging, fragte sich Lucia, ob er damals mit Absicht den Rettungswagen nicht gerufen hatte. Mit Absicht nicht zu seinem Sohn gegangen war. Ob er ihn hatte sterben lassen wollen.

Sie hätte ihn verstanden. Der Vater hatte in den letzten Jahren ein Martyrium mit seinem Sohn erlebt und Lucias Empathie hatte ihm gegolten, nicht Rupert Philippi.

Nachdenklich sah sie ihm hinterher. Wer will schon, dass ein Leben so endet: mit dreiundvierzig Telefonanrufen am Tag? Sie hoffte, dass der Vater jetzt mehr Zeit für sich hätte. Dass sein Leben noch einmal eine positive Wendung genommen hatte.

Habe ich ein Glück gehabt, dass Rupert Philippi diesen Herzinfarkt hatte und in das Heim gekommen ist, sollte Lucia noch Jahre danach denken, wenn sie im Sommer zum ersten Mal ihre Liege im Garten aufklappte. Sie hätte nie wieder Ruhe gefunden. Sie wäre verrückt geworden.

Der Balkon Philippis war jetzt von Wein und Clematis überwuchert. Dahinter saß ein Ehepaar, von dem nur noch gelegentlich eine Unterhaltung mitzuhören war.

Frank Kreisler

ICH HASSE SPARGEL!

Über ein Jahr haben Rosalie und Gernot Mitternich eine neue Wohnung gesucht und nun endlich gefunden. Das strahlend weiße Mehrfamilienhaus inmitten einer weitläufigen Parkanlage und überbrückten Flussläufen ringsum erinnert an ein Märchenschloss. Die Bauarbeiter räumten ihren Kram erst vor wenigen Wochen weg. Der Rasen atmete grün auf, bald würden auch frisch gepflanzte Blumen blühen.

Rosalie und Gernot sind total aus dem Häuschen, gewissermaßen.

Die Anlage besteht aus weißem Sandstein, das Karree umschließt einen hellen und geräumigen Innenhof, den die zukünftigen Bewohner durch eine Einfahrt, die an einen Burgzugang erinnert, erreichen. Zu jeder Wohnung gehört ein Parkplatz vor dem Haus und ein Dachgarten, der über die Haustreppe oder den Fahrstuhl erreicht werden kann. Über den Gärten ist ein gläsernes Pultdach montiert, nach außen hin angehoben und zum Hof hin schräg abfallend. Das Dach kann partiell oder vollständig geöffnet werden.

»Stell dir mal vor, der alte Claussen hätte so ein Haus. Sobald er sich mal wieder zu einem Monster aufplustert, könnte er sich in den Innenhof stellen und sich auf das Dach wie auf einen Pult stützen, um seine langweiligen und endlosen Tiraden zu schwingen«, meint Rosalie lachend.

Beim alten Claussen hatten sie viel zu lange eine Wohnung gemietet. Der Mann war unmöglich. Bei jedem Krümel auf der Treppe, bei jedem Geräusch in den Wohnungen über

vierzig Dezibel und bei jedem länger als zehn Minuten ge-
öffnetem Fenster probte er den Aufstand gegen seine Mieter
und erntete nur Verdruss. Tagein, tagaus. Die Miete war
zwar günstig, die Fluktuation enorm. Der Mann hatte eindeutig den falschen Arbeitsplatz. Er sollte Gräber vermieten.
Kein Lärm, keine offenen Fenster, keine Auszüge. Nur feier-
liche Einzüge und dann war Ruhe für immer. Die Totenstille
des Friedhofs wäre genau sein Ding.

Aber seine Frau besitzt neun Häuser und der alte Claussen muss sie verwalten. *Das würde mich auch anstinken*, denkt
Gernot.

»Auf so ein Monster mit riesigen Latschen, das meine
gute Laune zertrampelt, kann ich gern verzichten«, scherzt
Gernot brummig. »Ansonsten ist jeder willkommen.«

Die beiden beziehen eine Drei-Raum-Wohnung, zwei
Stockwerke unter dem Dachgarten, dritte Etage.

Da baue ich für das nächste Frühjahr Spargel an, nimmt sich
Gernot vor. *Ich liebe Spargel. Ich könnte ununterbrochen … mit
Hollandaise oder zerlaufener Butter.*

Rudolf Mannig, der Eigentümer und Vermieter, drückt
dem Paar zum Einzug eine Flasche teuren Champagner in
die Hand.

»Nicht das Haus taufen, sondern trinken – hahaha!«

Nobel, nobel, denken sie und freuen sich.

»Wann kommen die nächsten?«, erkundigt sich Rosalie
gut gelaunt.

»Och, bald«, entgegnet Mannig knapp. Sein Blick flackert
stark und das rechte Auge zuckt wie unter Strom.

Oh oh, denkt Gernot. *Voll den wunden Nerv getroffen.*

*Da sind wir wohl erst mal die Einzigen. Kein Plausch unter
Nachbarn und so. Na ja, dann eben später.*

»Eine dreiköpfige Familie, in ein paar Tagen. Die ziehen
auf der anderen Seite ein«, fährt Mannig wider Erwarten
fort. Das Zucken seines rechten Auges kann er nicht mehr

kontrollieren. Als würde ihn unter der Haut hundert winzige Käfer piesacken.

Wer weiß, was ihn plagt, denkt Gernot. *Stress oder so.*

Innerhalb von zwei Wochen richten sie sich ein. Die Ausstattung ist vom Feinsten und die Miete nicht billig. Aber die beiden verdienen gut. Auf dem Konto sorgt ein mittlerer, fünfstelliger Betrag einigermaßen für Gelassenheit. Weiteres Bargeld, ein nicht unerheblicher Betrag, Schmuck und andere Wertgegenstände deponieren sie in einem Safe, der sich gut getarnt im Bad unter dem Fußboden befindet.

In den ersten drei Wochen träumen die beiden in ihrem Schlafzimmer, das sich zum Hof hin erstreckt, prächtig. Es ist frühsommerlich warm, das Fenster bleibt angekippt, mindestens, manchmal auch weit geöffnet. Mondschein und eine herrliche Ruhe liegen über dem Anwesen.

Doch eines Nachts schreckt Gernot Mitternich aus dem Schlaf. Was war das? Er sitzt im Bett und lauscht angestrengt in die Dunkelheit. Da war was auf den Boden gepoltert. Irgendwo hier in der Nähe. Oder hat er das nur geträumt?

»Was ist los?« Rosalie war munter geworden und faselt irgendetwas von einer Bombe, die mit einem Paket von Amazon aus Amerika kam und gleich explodiert.

»Nichts, Schatz, schlaf weiter.«

Rosalie taucht wieder in abenteuerliche Traumwelten ab, in denen es Superman, 007 oder irgendeinem anderen Helden hoffentlich gelingt, die Bombe zu entschärfen oder vor dem großen Knall im Meer zu versenken.

Auch Gernot hat sich wieder hingelegt und ist kurz vor dem Einschlafen. Doch dann – Da! Schon wieder! – poltert entfernt etwas Metallenes auf einen Steinboden. Er hört das Scheppern ganz deutlich. Gernot springt aus dem Bett und eilt ans Fenster. Der Hof liegt im Dunkeln. Auf der anderen Seite des Innenhofes, im Erdgeschoss, in einer der leer stehenden Wohnungen, nimmt er einen Augenblick lang einen schwachen Lichtschein wahr. Und schon wieder ein Geräusch, dumpf dieses Mal. Wer, zum Kuckuck, ist da unterwegs? Einbrecher, die sich in der Tür geirrt haben? Metalldiebe? Heimliche Schläfer? Jemand, der zu dämlich ist, eine Eisenstange festzuhalten?

Er blickt auf. Aha, auch der Nachbar hat es gehört. Gernot sieht ihn am Fenster stehen, in einem hellen Schlafanzug. Sie winken sich kurz zu. Der andere macht eine Geste: Was ist da los? Gernot zuckt mit der Schulter. Weiß nicht. Der Nachbar zeigt auf Gernot, auf sich und dann aufs Erdgeschoss: Wollen wir mal nachsehen? Gernot schüttelt verneinend den Kopf und antwortet in der Art eines Pantomimen: Alles gut abschließen. Polizei? Vermieter? Ach was! Das hat Zeit!

In den nächsten Minuten bleibt alles ruhig. Der Nachbar ist längst vom Fenster verschwunden. Gernot legt sich wieder hin und schläft mit einem mulmigen Gefühl im Bauch ein.

Am nächsten Morgen treffen sich Gernot und der Nachbar am Parkplatz. Der Neue kam von einem Spaziergang zurück.

»Hallo, ich bin Klaus Großklein«, stellt sich der Familienvater vor. »Was war denn das heute Nacht? Gab's zur Top-Wohnlage den Einbrecher gratis dazu?«, scherzt der Mann. Beunruhigt scheint er nicht zu sein.

Auch Gernot stellt sich vor. »Mir ist da nichts aufgefallen …«

»Ich bin nachts zur Vorderseite und hab ihn wegrennen sehen. Leichtfüßig, durch dichtes Gestrüpp. Ein erfolgreicher Dieb sieht anders aus, würde ich denken. Schwer bepackt zum Beispiel.«

»In einer leeren Wohnung gibt es ja nicht viel zu holen«, gibt Gernot zu bedenken und sagt: »Ich rufe den Vermieter an.« Bleibt die Frage, was jemand nachts polternd in einer leer stehenden Wohnung zu suchen hat?

Er zückt sein Handy und wählt die bereits eingespeicherte Nummer.

Nach einer viertel Stunde ist Rudolf Mannig mit dem Auto da.

Gernot und der Neue erzählen abwechselnd, jeder aus seiner nächtlichen Fensterperspektive, was sie gesehen haben.

Für Rudolf Mannig scheint der Einbruch ein schwerer Schlag zu sein. Um beide Augen herum zuckt es jetzt, als hätte er in eine Steckdose gegriffen und als wäre da nicht nur Strom drin, sondern als hätten es die Atome aus dem Kernkraftwerk über seine Finger bis ins Gesicht geschafft, wo sie nicht zur Ruhe kommen. Klaus Großklein sieht entsetzt, wie sich das Zucken um Mannigs Augen herum weiter ausbreitet, Nasenflügel und Mund erreicht, sagt aber nichts.

Was ist mit dem Mann bloß los? Das reinste Nervenbündel, ein statisch aufgeladenes Gespenst! Gernot sieht verstohlen und mit einem seltsamen Vergnügen zu dem Mann herüber.

Will der nicht mal nachsehen oder die Polizei …?

»Da hat jemand wohl nicht mitbekommen, dass hier jemand wohnt?«, meint der Nachbar.

»Vielleicht. Ich sehe mal nach. Danke erst einmal.« Mannig zückt sein Handy und ruft die Polizei. Irgendwie versteinert, starr und steif, als würde er bei einer zu heftigen Bewegung zu Staub zerfallen, betritt er das Haus. Zehn Minuten später hält die Polizei im Innenhof. Drei Uniformierte gehen ins Haus. Sie sichern die Spuren und kommen nach einer halben Stunde wieder heraus. Sie unterhalten sich mit den beiden Männern, die neugierig am Polizeiauto warten, steigen ein und düsen ab. Kurz darauf verlässt Mannig das Haus. Der Innenhof ist noch wüst.

»Und? Was ist los?«, ist Gernot neugierig.

»Da ist einer an der Fassade hoch, hat das Fenster aufgehebelt und ist rein«, entgegnet der Vermieter, etwas grün im ansonsten ruhigen Gesicht.

»Fehlt was?«, will der Nachbar wissen.

»Sämtliche Armaturen aus Küche und Bad sind weg«, meint Mannig.

»Sind die aus Gold?«, fragt Gernot verwundert. »Warum klaut jemand Armaturen?«

»Aus Gold nicht, aber hochwertig. Eintausend Euro das Stück.«

»Oh je! Müssen wir uns sorgen?« Gernot entwickelt einen Anflug von Panik.

»Das nicht. Der hantiert doch nur im Erdgeschoss«, entgegnet Mannig mit einer Ruhe, die man von ihm gar nicht kennt.

»In den Hausflur und dann die Treppe hoch ist ja nur ein Katzensprung«, gibt der Nachbar zu bedenken.

»Die Türen sind gesichert«, teilt Mannig eine Beruhigungspille aus, die aber nicht wirkt.

»Moment! Stopp! Sie sagten: Nur im Erdgeschoss! Wie oft wurde schon eingebrochen?« Der Nachbar wird laut.

Mannig druckst herum. Endlich rückt er mit der Sprache heraus. »Zwei Mal. Als das Haus leer stand. Immer nur die Armaturen.«

Mann o Mann, denkt Gernot, *da lieber Claussen*. Der raubt einem nur den letzten Nerv!

»Na dann, schalten Sie doch eine Anzeige, dass hier Leute wohnen, die Einbrechern ordentlich auf die Finger klopfen.«

»Ich kümmere mich«, verabschiedet sich Mannig. Um was auch immer.

Drei Tage später werden zwei Fenster eingeworfen und die Holzrahmen erheblich beschädigt.

In der folgenden Zeit werden weitere Wohnungen vermietet. Seitdem geraten die kleinkriminellen Attacken in Vergessenheit.

Es ist Ende September. Die Nächte sind frisch. Die Fenster in Rosalie und Gernots Schlafzimmer bleiben geschlossen. Geräusche dringen gedämpft herein und praktisch keine heraus.

Rosalie schläft ruhig in Gernots Armen, der sanfte Musik aus dem Kopfhörer hört. Er bekommt das leise, metallene Geräusch an der Wohnungstür nicht mit. Er vernimmt nicht, wie Holz knirscht und nachgibt. Jemand schleicht in die Wohnung und schließt die Tür, während Gernot langsam ins Land der Träume hinüber gleitet. Der Einbrecher tastet sich zielstrebig auf das Schlafzimmer zu. Hartes Holz streift versehentlich einen Türrahmen. Er öffnet die Schlafzimmertür. Als Gernot den Angreifer bemerkt, der mit erhobenem Baseballschläger in der Tür steht, ist es fast zu spät. Der erste Schlag trifft nicht richtig. Bevor der nächste Schlag auf Gernots Kopf einhämmert, wählt er den Notruf.

Doch offenbar hat er sich verwählt. Denn erst am nächsten Morgen stehen neben einem Großaufgebot der Polizei auch Krankenwagen und Leichenwagen vor dem Haus. Dem Nachbarn von schräg über ihnen fällt gegen 7.00 Uhr die angelehnte Tür auf. Wenig später findet er das Paar.

Rosalie stirbt durch drei gezielte Schläge auf den Kopf. Gernots Zustand bleibt kritisch. Nach zwei bangen Wochen ist er über den Berg. Er überlebt mit einem leichten Dachschaden, einem Schatten, der sich über sein Leben gelegt hat. Seine Bewegungen sind verlangsamt und er starrt die Leute seit dem lange, auffällig und durchdringend an. Irgendwie unheimlich, aber harmlos.

Die Ermittler entdecken den ausgeraubten Safe im Bad und auch sonst sind das Geld und alle Wertgegenstände, die irgendwie in eine Tasche oder in einen Beutel passen, aus der Wohnung verschwunden. Hoher fünfstelliger Betrag. Raubmord und versuchter Mord. Die Polizei ermittelt fieberhaft, aber erfolglos.

Jeder hätte es verstanden, wenn Gernot Mitternich die Stadt, das Land oder sogar den Kontinent verlassen hätte, doch er zieht ins Erdgeschoss des Hauses gegenüber. Mit dieser Entscheidung hätte er sich um ein Haar einen Vormund eingehandelt. Eine vernünftige Entscheidung sieht wohl anders aus.

Wider Erwarten hat auch Mannig nichts dagegen, dass Gernot bleibt. Er könnte die Anwesenheit des Mannes als geschäftsschädigend oder gar als Gefahr für seine dringend benötigten Mieter einstufen, doch er versucht nicht einmal, ihn zum Fortgehen zu bewegen. Im Gegenteil: Er ist erleichtert, dass er bleibt.

Aus seinem alten Leben hat Gernot nichts behalten, außer das Handy.

Die Wohnung hat er dunkel eingerichtet und gestaltet: Die Möbel, die Tapeten, den Fußboden. Er kleidet sich schwarz und dröhnt sich über Kopfhörer am liebsten mit ›Paint it black‹ von den Stones zu. Die Atmosphäre ist beklemmend, still und tot wie in einem Grab. Sobald die Sonne ins Zimmer fällt, kann man gar nicht glauben, dass hier etwas Lebendiges haust. Selbst bei Tageslicht verschmilzt Gernot mit der Schwärze und den Schatten ringsum. Die einzigen Farbtupfer sind seine hellblauen Augen, die unruhig hin- und herhuschen. Sobald er das Haus verlässt, trägt er einen schwarzen Umhang. Blass im Gesicht und mit dunklen Augenringen, sieht er aus wie der wandelnde Tod.

Die meiste Zeit sitzt Gernot in der Dunkelheit und wartet. Sogar nachts schläft er kaum. Er späht mit allen Sinnen in die dunkle Stille. Und eines nachts ist es endlich soweit. Da sind Geräusche am Fenster, schwach, aber hörbar. Leise springt das Fenster auf und eine Gestalt klettert herein. Gernots Körper spannt sich. Auf diesen Moment hat er gewartet. Er ist vorbereitet und hat alles, was er jetzt benötigt, dabei. Gernot weiß, wer das ist. Der Polizei hat er nichts gesagt.

Das, so hat ihm eine Stimme aus dem Schatten heraus geflüstert, soll er selbst regeln.

Gernot hat die Person aus dem Blick verloren.

Er spielt seinen ersten Trumpf aus und wählt auf dem Handy, unter dem Umhang verborgen, die einzige Nummer, die da noch gespeichert ist. Und prompt schrillt ein paar Meter entfernt ein bekannter Klingelton und dazu blinkt durch Stoff hindurch ein rhythmisches Lichtsignal.

»Verdammtes Schwein«, faucht Gernot. Er stürzt sich auf den Einbrecher und versetzt ihm einen Fausthieb dahin, wo er den Solarplexus vermutet: Links neben das Handyleuchten. Eine Eisenstange poltert zu Boden. Der Einbrecher stöhnt auf und knallt mit dem Rücken gegen die Wand. Er japst hörbar nach Luft und hat Mühe, sich auf den Beinen zu halten. Gernot setzt nach und packt ihn am Hals.

»Na, was soll es dieses Mal sein? Wasserhähne, Geld, Schmuck, Leben?«, zischt er ihm giftig ins Gesicht.

Der andere erholt sich nur langsam von Gernots Schlag.

»Wasserhähne, was soll ich mit Wasserhähnen?!«, kann der Einbrecher schon wieder höhnen. »Die Versicherung zahlt schon lange nicht mehr für kaputte Scheiben, geklaute Wasserhähne und die unter der Hand verkaufen … vergiss es! Das bringt nichts mehr. Wenn das Schloss halb leer steht, reichen die Einnahmen für die Bank nicht …«

»Und dann versucht man sich eben als Raubmörder, oder was?«

»Tja«, sagt der andere nur.

Gernot bemerkt, dass der Mann mit dem rechten Fuß nach der Eisenstange tastet, die hier irgendwo liegen muss. Er tritt mit voller Wucht auf den Fuß des Eindringlings, in dem die Knochen bedenklich knacken und knirschen, und presst ihm sofort die Hand auf den Mund. Gernot spürt die Wucht des Schreis wie Pressluft auf der Handinnenfläche. Der Fremde atmet heftig und stoßweise und schafft es beinahe aufzustehen. Ein kurzes metallenes Geräusch verrät, dass er die Eisenstange irgendwie in die Hand bekommen hat. Die beiden sind aber noch lange nicht auf gleicher Höhe.

Er, nicht ich, denkt Gernot und holt eine Sichel unter dem Umhang hervor, die er am Gürtel trägt. Er kann nichts sehen, also wählt Gernot erneut die einzige, verbliebene Nummer auf dem Handy. Das gedämpfte Licht des Displays in der Brusttasche des Angreifers reicht aus, damit er sein Ziel erkennen kann. Er hält die Sichel, die geschliffene Spitze zeigt nach oben, mit der rechten Hand und holt aus. Gernot rammt – gewissermaßen aus dem Stand – die Waffe mit voller Wucht hoch in den Unterkiefer seines Gegenübers. Die scharfe Spitze dringt durch Haut, Zungenbein, nasale Hohlräume, durchbricht die Schädelbasis, schneidet glatt durch die weiche Hirnmasse, bricht die Schädeldecke von innen auf und bleibt dann stecken. Gernot hört das knirschende Aufbrechen des Knochens und hat ein Bild vor Augen. *Wie Spargel im April, bevor er aus der Erde bricht.* Die Schädeldecke splittert, Blut sickert heraus. Gernot bricht den Griff ab. Der Andere bricht augenblicklich tot zusammen.

Einen Augenblick bleibt Gernot noch. Unter anderen Umständen wäre alles anders gelaufen. Hätte er damals tatsächlich den Notruf erwischt und nicht diese eingespeicherte Telefonnummer, könnte Rosalie noch leben. Aber so hat er den Mörder erkannt, schon damals.

Ich hasse Spargel, denkt Gernot. *Ich hasse diesen verdammten Spargel.* Und dann verschwindet er.

Am nächsten Morgen finden Nachbarn Rudolf Mannig tot und schrecklich zugerichtet in Gernots Wohnung. Von ihm selbst fehlt jede Spur.

Astrid Vehstedt

GOLDMARIE

Das Leben ist schön. Für Iris begann der Tag schon kurz vor Sonnenaufgang auf dem benachbarten Hof. Die Holsteiner Stute hatte gefohlt, und solche Ereignisse gehörten für die junge Pferdewirtin zu den schönsten Seiten ihres Berufes. Am Vormittag gab sie ihrer kleinen Freundin Jenny Reitunterricht und ritt dann das Pferd Goldfinger aus, das bei ihr in Pflege war und verkauft werden sollte. Jetzt saß sie in der behaglichen Wohnküche und trank Kaffee mit ihrer zukünftigen Schwiegermutter Gisela. Ihr Terrier döste zufrieden in der Sonne und die beiden Doggen, die ihrem Lebensgefährten Max gehörten, hatten sich quer vor die Eingangstür gelegt. Iris war mit sich und der Welt zufrieden.

Sie sah auf die Uhr. In einer halben Stunde war sie mit ihren Eltern und Geschwistern im Landgasthof zum gemeinsamen Essen verabredet. Max, der noch in Hannover zu tun gehabt hatte, befand sich schon auf dem Weg dorthin. Solche Familientreffen fanden mehrmals im Jahr statt, und dieses Mal waren erstmals ihr Lebensgefährte und seine Mutter mit eingeladen. Iris hatte viele Freunde, doch Max war etwas Besonderes. Schon bei der ersten Begegnung wusste sie, dass er der Mann war, auf den sie immer gewartet hatte. Auch mit seiner Mutter Gisela verstand sie sich bestens, und dieser Abend würde die Verbindung der beiden Familien noch weiter vertiefen.

Das Leben war eben schön.

Iris und ihr zehn Jahre älterer Lebensgefährte hatten große Pläne. Max war seit einem halben Jahr Pächter des Gestüts Kunzendorff. Neben Reitstunden, Pferdehandel und der Vermietung von Ferienwohnungen plante Max die Veranstaltung internationaler Reitturniere. Gut Kunzendorff sollte zu einem Publikumsmagneten in der sonst strukturschwachen Region östlich von Berlin werden.

»Man kann mit Pferden ein kleines Vermögen machen – wenn man vorher ein großes hatte«, sagte einer ihrer Freunde vom nachbarlichen Hof zu Iris, als sie über ihre Zukunftspläne sprachen. Maximilian Freiherr von Kunzendorff verfügte über ein großes Vermögen. Vor zwei Jahren hatte er seinen Stiefvater beerbt, der auf tragische Weise ums Leben gekommen war, wie Max einmal erzählt hatte. Iris führte das hin und wieder schroffe und grüblerische Wesen ihres Lebensgefährten darauf zurück, dass ihm der Tod des Stiefvaters sehr nahe gegangen sein musste. Jetzt blieb ihm nur noch Mutter Gisela. Die hatte als höhere Bankangestellte in Hannover eine sichere Stellung und Max zu einem Kredit geraten.

»Warum soll ich mein Vermögen einsetzen, wenn ich heute einen Kredit zu null Zinsen bekommen kann?«, hatte Max gefragt, und nicht nur Iris, sondern auch ihre Angehörigen fanden diese Aussage aus geschäftlicher Perspektive vernünftig. Außerdem schloss Max für Iris und zwei andere Mitarbeiter des Gestüts eine Lebensversicherung ab.

Iris und ihre Familie waren zupackende, bodenständige Menschen, und der ehrliche und anständige Max hätte nicht besser zu ihnen passen können. Gleich zu Beginn ihrer Beziehung hatte er Iris erzählt, dass er noch verheiratet sei, von seiner Frau aber schon lange getrennt lebe. Beide waren einfach nicht füreinander geschaffen. Dann sei sie an Krebs erkrankt, und deshalb könne er ihr gegenwärtig keine Scheidung zumuten. Iris sei endlich die Richtige, seine Goldmarie, die ihm angesichts der zurückliegenden Schicksalsschläge wie ein Wunder vorkomme. Mit ihr wolle er endlich eine Familie gründen. Sie sei die Liebe seines Lebens.

Iris hatte schon immer auf der Sonnenseite gestanden. Bei allem, was sie anpackte, hatte sie Glück, und das strahlte sie auch aus. Was für ein schöner Tag, dachte sie, als sie sich erhob, um das Kaffeegeschirr in den Geschirrspüler zu räumen.

Iris ging zurück zur Couch um ihre Jacke zu holen, als sie plötzlich einen eigenartigen Druck in der Nierenregion spürte.

»Lass das, Gisela, ich bin da empfindlich«, sagte sie scherzend. Gisela stand hinter ihr wie sonst manchmal ihr ältester Bruder Tom, der es liebte, sie überraschend im Rücken zu kitzeln. Aber der Druck, den sie jetzt spürte, wuchs zu einem unangenehmen Schmerz, und als sie sich umdrehte, hatte Gisela ein blutiges Messer in der Hand.

Giselas Gesichtsausdruck war böse und verzerrt, und Iris war darüber beinahe noch erschrockener als über die Tatsache, dass sie ihr offenbar gerade in den Rücken gestochen hatte. Iris konnte es nicht fassen: Eben hatten sie noch in vollkommener Harmonie gemeinsam Kaffee getrunken und Zukunftspläne geschmiedet, und jetzt holte Gisela erneut mit dem Messer aus, um auf sie einzustechen. Iris wich zurück. Sie stolperte über den Terrier, der aufgesprungen war, und fiel rücklings zur Boden. Der zweite Stich ging daneben und streifte die Couch, aber wie von Furien besessen wollte Gisela wieder auf sie einstechen. Geistesgegenwärtig zog Iris ihr rechtes Bein an und versetzte Gisela einen gezielten Tritt in den Bauch. Gisela stolperte zurück und fiel gegen den Küchenschrank, verlor dabei das Messer, richtete sich aber in einer Geschwindigkeit, die einer grauhaarigen Sechzigjährigen kaum zuzutrauen war, wieder auf, griff die Kaffeemaschine und wollte sie Iris auf den Kopf schlagen.

»Fass, Pina, fass«, rief Iris dem Terrier zu. Der sprang Gisela an und biss ihr in den Arm. Gisela ließ die Kaffeemaschine fallen. Die Doggen in der Nähe der Tür bellten. Schon etwas benommen durch den Stich gelang es ihr dennoch, Gisela in die Gäste-Toilette zu drängen. Ihr Widerstand brach plötzlich zusammen. Das eben noch wutverzerrte Gesicht drückte mit einem Mal Fassungslosigkeit aus, und während Iris die Tür verriegelte, hörte sie noch ein schwaches, fast winselndes: »Was hab ich getan? Was hab ich nur getan? Was hab ich nur getan?«

Erschöpft sank Iris zu Boden und lehnte sich mit der Schulter halb gegen die Couch. Sie suchte in ihrer Jackentasche nach dem Handy, fand es schließlich und rief Max an. Max war schon auf der nahen Landstraße. Er sei in zehn Minuten bei ihr und würde sie sofort ins Krankenhaus fahren. Max schien sehr erregt aber bemühte sich, Iris zu beruhigen.

Zehn Minuten später rief Max zurück. Er habe in der Aufregung eine Radfahrerin umgefahren. Die Frau sei vermutlich tot, und er müsse auf die Polizei warten. Iris fühlte die Kräfte schwinden und rief ihre Eltern an. Sie sprach von einem Unfall, von einer plötzlichen Eskalation, die sie sich nicht erklären könne. Iris' Mutter Hilde dachte praktisch und beorderte umgehend einen Rettungswagen zum Gestüt Kunzendorff.

Etwa eine Stunde später trafen sich alle im Klinikum Marzahn. Gisela saß apathisch im Warteraum. Iris war bereits in den Operationssaal gebracht worden. Ihr Bruder Tom ging wütend auf Gisela zu und schrie sie an, was denn in sie gefahren sei, aber Gisela reagierte nicht, sondern starrte nur abwesend vor sich hin. Schließlich kam auch Mutter Hilde in den Warteraum. Sie trat dicht vor Gisela hin, sah sie scharf an und sagte: »Du kannst von Glück reden, dass du kein lebenswichtiges Organ getroffen hast. Wir können Iris nachher wieder mitnehmen.«

Mittlerweile war auch Max eingetroffen, fragte besorgt nach Iris und setzte sich, nachdem ihm mitgeteilt worden war, dass keine Gefahr bestand, zu seiner Mutter. Dann endlich traf die Kripo ein und nahm den Vorgang auf. Gisela hatte keine Erklärung dafür, wie sie aus heiterem Himmel so hatte ausrasten können.

Es waren etwa fünf Wochen vergangen, Iris wohnte wieder bei ihren Eltern und Max kam regelmäßig vorbei und übernachtete bei ihr, als Mandy auf der Bildfläche erschien. Mandy war mit Mitte zwanzig etwas älter als Iris und eine begeisterte Reiterin. Sie wollte Max das Pferd Goldfinger abkaufen und bat Iris um eine Expertise. Iris war erleichtert. Endlich einmal eine gute Nachricht.

Nach dem Vorfall hatte sie nicht mehr auf dem Gestüt übernachtet. Gisela war nicht weiter belangt worden und nach Hannover zurückgekehrt und Max hatte beteuert, nichts mehr mit seiner Mutter zu tun haben zu wollen. Dennoch fühlte sich Iris auf dem Gestüt nicht mehr wohl, war aber nach einer nicht allzu langen Erholungszeit tagsüber ihrer Tätigkeit als Reitlehrerin wieder nachgegangen. Dabei hatte sie das Schreiben einer Bank entdeckt, in welchem drei offene Kreditraten angemahnt wurden. Außerdem war eine Überweisung von Max für ihre eigene Arbeit ausgeblieben. Als seine Lebensgefährtin hatte sie auf ein reguläres Gehalt verzichtet, erhielt aber dennoch eine Art finanziellen Ausgleich für ihre Tätigkeiten auf dem Gestüt. Angesichts der ausbleibenden Zahlung und der Mahnung hatte sie sich vorgenommen, das Thema ›Finanzen‹ beim nächsten Familientreffen zu erörtern. Die Nachricht vom bevorstehenden Verkauf von Goldfinger würde die Situation allerdings wieder ins Lot rücken. Max schätzte dessen Wert auf sechzigtausend Euro. Iris hielt diese Summe für übertrieben, aber wenn Max es so bestimmte und sich tatsächlich ein Käufer fand, war das für sie in Ordnung.

Mandy stammte, wie Max, aus Niedersachsen und sollte das Pferd zum bestandenen Juraexamen von ihren Eltern geschenkt bekommen. Jetzt rief sie Iris an und fragte, ob man sich irgendwo bei Berlin treffen könne, weil sie noch einige detaillierte Informationen über Goldfinger benötige, und das sei angenehmer bei einer Tasse Kaffee zu besprechen, als am Telefon. Sie habe das Pferd kürzlich geritten und sei hellauf begeistert. Davon hatte Max gar nichts erzählt.

»Warum kommst du nicht zu mir nach Hause?«, fragte Iris, aber Mandy lehnte bedauernd ab. Sie habe noch einen Termin in Hannover und ganz zu ihr hinaus sei der Weg einfach zu weit. So verabredeten sich die beiden auf einer Autobahnraststätte in der Nähe Berlins. Es war ein öffentlicher Ort, denn seit dem Vorfall mit Gisela war Iris misstrauisch geworden und wollte sich nicht mehr mit Menschen, die nicht zu ihrer Familie zählten, allein treffen.

Iris und Mandy tranken gemeinsam einen Kaffee in der Raststätte, und zur Feier des Tages hatte Mandy noch eine Flasche Sekt mitgebracht, um mit ihr draußen auf dem Parkplatz anzustoßen.

Iris schmeckte der Sekt nicht, doch sie wollte keine Spielverderberin sein und erklärte, nachdem sie kurz an dem Glas genippt hatte, dass sie kürzlich einen Unfall gehabt habe und wegen der verschriebenen Medikamente gegenwärtig keinen Alkohol trinken solle, vor allem dann nicht, wenn sie mit dem Auto unterwegs sei. So gab sie Mandy den Becher mit dem restlichen Sekt zurück.

Am nächsten Morgen erwachte sie mit Bauchschmerzen. Als ihre Mutter am Nachmittag von der Arbeit kam, lag Iris auf dem Sofa. Auch die Mutter hatte Magendrücken.

»Ich habe gestern die Kaffeemaschine entkalkt und nicht richtig nachgespült«, entschuldigte sie sich und verpasste Iris eine Wärmflasche. Iris meinte, die Kaffeemaschine auf der Autobahnraststätte sei vermutlich noch schlechter gewartet worden. Beim nächsten Mal würde sie sich beschweren.

Es vergingen weitere zwei Wochen, als Mandy sich wieder meldete, um den Kauf von Goldfinger zu besiegeln. Sie wollte zusammen mit ihrem Freund kommen, und Max hatte vorgeschlagen, sich zum gemeinsamen Essen im nahen Landgasthof zu verabreden.

Iris stutzte, weil sie in Erinnerung hatte, dass der Gasthof montags geschlossen war, aber da Max bereits einen Tisch bestellt hatte, musste sie sich geirrt haben.

Dann sagte Max seine Teilnahme kurzfristig ab. Seine krebskranke Frau hatte am Vortag einen Autounfall gehabt und sei im Krankenhaus verstorben, so dass er noch einige Formalitäten zu regeln hätte. Er würde erst nachts wieder zurück sein. »Das sind etwas viel Unfalltote auf einmal, erst die Radfahrerin, jetzt seine Ex«, hatte Mutter Hilde sarkastisch kommentiert, aber Iris meinte, darüber solle man lieber keine Witze machen. Und gemäß ihrem Grundsatz, sich nicht allein mit Fremden zu treffen, nahm sie ihre Freundin Cordula mit.

Es wurde ein vollkommen missglückter Abend. Max hatte sich offensichtlich im Datum geirrt, denn der Landgasthof hatte tatsächlich geschlossen, und dann konnte Mandy den Scheck nicht finden, den sie Iris aushändigen wollte.

»Hast du ihn vielleicht eingesteckt?«, fragte sie ihren Freund, aber der schüttelte nur den Kopf.

»Du und deine Vergesslichkeit«, sagte er unfreundlich. »Weißt du, wie viel Geld uns das schon gekostet hat?«

»Ich kann dir gar nicht sagen, wie leid mir das alles tut«, versuchte sich Mandy bei Iris zu entschuldigen. »Wir holen das Treffen selbstverständlich nach.«

»Wir haben uns für den falschen Termin zu entschuldigen«, sagte Iris. »Außerdem ist es ohnehin besser, wenn Max dabei ist. Schließlich ist er für das Finanzielle verantwortlich.«

Iris brachte ihre Freundin nach Hause und war gerade wieder im elterlichen Haus angekommen, als ihr Handy klingelte. Max meldete sich. Er hatte die Formalitäten mit seiner Ex-Frau schneller als erwartet erledigen können und befand sich bereits in der Nähe von Berlin. Außerdem gäbe es noch eine gute Nachricht. Mandy habe ihn angerufen und sich zehnmal entschuldigt. Der Scheck sei wieder aufgetaucht, und man solle sich nochmals beim Landgasthof treffen. Schließlich sei es wichtig, dass Geld in die Kasse komme.

Iris versprach, sich sofort wieder auf den Weg machen zu wollen.

»Keine Angst, ich bin ja dabei. Ich liebe dich, bis gleich«, sagte Max und legte auf.

Iris sagte ihren Eltern Bescheid, dass die Scheckübergabe doch noch durchgeführt werden könne. Die Mutter war der Ansicht, dass es eigentlich schon etwas spät für solche Aktionen sei, schließlich sei es kurz vor Mitternacht, aber Iris beruhigte sie und meinte, Max wäre ja wieder da.

»Dann steht es zwei gegen zwei«, sagte sie lachend und verabschiedete sich.

Als Mutter Hilde am folgenden Morgen gegen halb sechs das Haus verließ, um zur Arbeit zu gehen, sah sie kurz zu Iris hinein. Das Zimmer war leer. »Vielleicht ist sie doch mit Max zum Gestüt gefahren, um uns nicht zu stören«, vermutete sie und rief ihre Tochter an, erreichte aber nur die Sprachbox. *Eigentlich kann ich meine Tochter auch nicht so früh aus dem Bett klingeln,* dachte sie, fuhr aber dennoch mit einem etwas mulmigen Gefühl zum Laden, schloss auf und sagte ihrer Kollegin, dass sie kurz weg müsse. In einer halben Stunde sei sie zurück.

Sie fuhr zum Landgasthof, und dort stand das Auto von Iris. Auch das war kein Grund zur Beunruhigung, denn vermutlich hatte sie Max in seinem Wagen mitgenommen. Die Mutter parkte, ging zum Auto ihrer Tochter, stellte fest, dass es nicht abgeschlossen war und entdeckte ihre Handtasche auf dem Rücksitz. Das war ungewöhnlich.

Besorgt rief sie ihren Mann und die beiden Söhne an. Die trafen bald darauf ein und begannen nach Iris zu suchen. Mutter Hilde blieb indessen wie gelähmt beim Wagen ihrer Tochter stehen und wartete auf die Polizei.

Die Suche schien sich endlos zu dehnen, als schließlich ein Handy klingelte. Iris meldete sich. Sie war mit Max ...

* * *

Mutter Hilde schreckte aus einem Sekundenschlaf auf und blickte verwirrt um sich. Das Handy ihres Anwalts, der neben ihr saß, hatte geklingelt. Es war gerade Verhandlungspause. Ihr gegenüber, auf der Anklagebank, saßen Max, seine Mutter Gisela, Mandy und ihr Freund.

Der Blick von Mutter Hilde fiel auf das Portraitfoto von Iris, das sie zu jedem Verhandlungstag mitnahm. *Drei Mal hattest du einen Schutzengel*, dachte sie, *aber leider nur drei Mal …*

Bei Mandy, die angeblich gerade ihr Jurastudium beendet hatte, klickten die Handschellen im Friseursalon, wo sie gerade einer Kundin die Haare wusch. Gisela hatte bereits die Auszahlung der Lebensversicherung, die auf Iris abgeschlossen worden war, angefordert. Und Max hatte sich nicht einmal die Mühe gemacht, das Gift verschwinden zu lassen, das Mandy Iris in den Sekt gekippt hatte. Die Kriminalbeamten konnten es selbst kaum fassen, dass sich dieser Fall unter ungewollter Mithilfe der Täter gewissermaßen von selbst aufklärte. Gisela war bei der Messerattacke nur zu ungeschickt gewesen. Dafür gelang es ihr umso besser, Psychologen und erfahrene Kriminalbeamte zu täuschen. Mandys angeblicher Freund sollte zweitausend Euro für Iris' Ermordung erhalten. Er war als Söldner im Balkankrieg gewesen. Iris war nicht der erste Mensch, den er umgebracht hatte.

»Und so«, schloss Mutter Hilde ihre Zeugenaussage vor der Großen Strafkammer des Landgerichts, »endete die Begegnung unserer Familie mit Max Kunze alias Maximilian Freiherr von Kunzendorff. Er war uns sympathisch. Wir hatten alle Türen für ihn weit geöffnet. Er genoss die Unterstützung der gesamten Familie. Seine Ex-Frau, die angeblich wegen einer Krebserkrankung im Sterben lag, bevor dann

der Autounfall dazwischen kam, erfreut sich bester Gesundheit, wie uns die Kripo mitteilte. In der letzten Nacht, die er
in unserem Haus verbrachte, wusste er schon, dass Iris am
nächsten Tag sterben sollte.«

Franjo Terhart

MEIN SCHLÄCHTER IN NACKT

Es war ein Tag zum Reinbeißen: Sonne pur, blauer Himmel
satt und ein türkisfarbenes Meer so weit, dass man sich
wünschte, ein Delphin zu sein. Jedenfalls träumte Georg Pistorius davon – Der Zweiunddreißigjährige, drahtig und
mit leicht geröteter Haut, wälzte sich zufrieden vom Bauch
auf den Rücken und richtete sich danach halb auf. Vergnügt
betrachtete er die Badenden vor sich im Meer und um sich
herum am Strand. Ausnahmslos alle waren splitterfasernackt: Junge Mädchen und Frauen, allerdings auch tief in
die Jahre gekommene ältere Damen. Das Splitterfasernackt-
sein war üblich im FKK-Club ›La Chiappa‹ im südlichen
Korsika, nahe der alten Hafenstadt Porto Vecchio. Der bekannte Club zählte mit zu den ältesten Nudistencamps am
Mittelmeer und lag eingebettet in ein großes Naturschutzre-
servat. Die Menschen, die hier Urlaub machten, wohnten in
kleinen Bungalows, in üppig ausgestatteten Wohnwagen,
aber auch in schmucklosen Zelten inmitten von Korkeichen,
duftender Macchia und einer zum Club gehörenden Küste
mit feinen Sandstränden, schroffen Felsen und weit ins Meer
ragenden Felsplatten. ›La Chiappa‹ war ein idealer Traum
für all jene, denen saubere Luft, Sonne, Ausgelassenheit am
Meer und Nacktheit rund um die Uhr wichtiger war, wie
sonst kaum etwas anderes im Leben. Und er, Georg Pistorius, sportlich, männlich, überzeugter Single, IT-Techniker in
einer kleineren Stadtverwaltung, zählte mit dazu. Georg
wohnte bei Köln und machte zum ersten Mal Urlaub im ›La
Chiappa‹, nachdem ihn ein Kollege von der traumhaften

Anlage, wo sich »braun gebrannte, knackige Mädchenkörper nach sanften Männerhänden sehnen«, den Mund wässrig gemacht hatte. FKK war ohnehin sein Ding und wenn es dabei noch etwas Nettes aufzureißen gab, warum nicht. Korsika oder auch ›Kaliste‹ – ›die Schöne‹ – war eine Insel, die anmachte. Was konnte also besser sein, als sich im Urlaub einer solchen in Menschengestalt zu nähern, vor allem, wenn man vorher schon liebliche Einblicke darauf hatte, was einen erwartete?

Doch ergeben hatte sich bislang noch nichts. Georg erhob sich, schlüpfte in seine hellblaue Badehose und verließ mit festem Schritt den Clubstrand. Ohne Kleidung durfte man sich hier überall bewegen. Ein absolutes Muss war jedoch der Strand und der Poolbereich. Der Rheinländer mochte es gar nicht, nackt in den kleinen Supermarkt zu gehen. Das hielt er für schrecklich unhygienisch. Er war jetzt seit einem Tag im ›La Chiappa‹. Das französische Ehepaar mittleren Alters, das den Bungalow neben ihm bewohnte, hatte ihm in gebrochenem Deutsch davon erzählt, wie lecker die Teilchen und die Küchlein wären, die im ›petit marché‹ angeboten würden.

»Es gibt dort diese süßen Schnecken mit Rosinen. Lecker«, sagte der Franzose und rieb sich dabei verzückt seinen nackten, schwarzen Bauch. Das Paar aus Lyon war bereits seit vierzehn Tagen in der Anlage und hatte sich augenscheinlich in der Sonne gut ›geröstet‹.

Georg betrat den Supermarkt und war überrascht, wie sortiert der kleine Laden war. Es gab sogar Schwarzbrot für die Gäste aus Deutschland. Er packte zwei der köstlich aussehenden, süßen ›Schnecken‹ in die Papiertüte, griff nach einer Flasche Rosé, einem günstigen Angebot, und stellte sich danach in die Reihe von Kunden, die geduldig wartend vor der einzigen Kasse anstanden. Sein Blick fiel auf einen wohl geformten Hintern. Der gehörte der zierlichen Französin vor ihm. Unten herum war sie nackt; ihre spitzen kleinen Brüste hatte sie dagegen notdürftig mit einem fast durchsichtigen Tuch bedeckt. *Was für ein köstlicher Einfall?*, amüsierte sich Georg. Die blonde Kassiererin schien alle Zeit der Welt zu haben. Langsam scannte sie Ware für Ware ein und plauderte dabei mit einem älteren Herrn. Dieser war zweifelsfrei Deutscher, wie sein Akzent verriet. Der etwa sechzigjährige, schlanke Mann war hoch gewachsen und trug am Körper nichts anderes als eine schwarze, leicht getönte Hornbrille. Sein glattes Haar war sorgfältig braun gefärbt und im Nacken relativ lang. Georg stutzte, denn der Kerl kam ihm irgendwie bekannt vor. Anscheinend verbrachte der Typ jedes Jahr um diese Zeit seinen Urlaub im ›La Chiappa‹, wie er dem launigen Gespräch zwischen ihm und der Kassiererin entnehmen konnte. Georg stutzte erneut. *Diese Stimme!* Sie beunruhigte ihn. Er kannte diese Stimme, die schneidend sein konnte. Aber woher? Der Mann war nackt. Woher sollte er ihn also kennen? Je länger er auf den Deutschen starrte, desto mehr stellte sich bei Georg ein unbehagliches Gefühl ein. Ja, gestand er sich beunruhigt ein, diese Person war ihm vertraut, aber eindeutig in einem negativen Sinne. Als dann der Typ auf die Frage der kleinen Blonden an der Kasse, woher er denn noch mal käme, antwortete »Aus Kölle, ma chère«, war es um Georgs innerer Ruhe endgültig geschehen.

Dr. Dietmar Burdick formten seine Lippen tonlos, wobei ihm das blanke Entsetzen ins leichenblasse Gesicht geschrieben stand. Eine Urlauberin, die ihn nach dem Regal für ›L´eau minerale gazeuse‹ fragen wollte, wandte sich aufgrund seiner entgleisten Gesichtszüge irritiert von ihm ab. Georg Pistorius stand da wie erschlagen.

Erst als die Frau hinter ihm ihn ungeduldig anstieß, weil er der nächste an der Kasse war, erwachte er aus seiner Totenstarre. Wortlos legte er seine zwei Waren auf das Band vor der Kassiererin. Danach rannte er fluchtartig aus dem Laden heraus.

Mitunter versetzt einem das Leben Fußtritte an Orten, wo man sie nicht erwartet. Dr. Dietmar Burdick war so ein heftiger Fußtritt, einer, der einen halb zerschmettert zurück ließ. *Warum ausgerechnet hier? Warum ich wieder?*, jammerte Georg, nachdem er sich in seinem Bungalow zurückgezogen hatte. Dr. Burdick hatte er seit mehr als zehn Jahren nicht mehr gesehen. Aber der Anblick des nackten Mannes hatte genügt, ihm den Boden unter den Füßen wegzuziehen. Dr. Burdick war sein Todesurteil gewesen, sein ›Schlächter‹ in der Schule. Georg Pistorius hätte gar nicht vermocht aufzuzählen, wie viel unendliches Leid er seinem ehemaligen Mathe- und Chemielehrer zu verdanken hatte. Dr. Burdick hatte Fünfen und Sechsen, Hohn und Spott, Verachtung und Niederlagen auf ihn herabprasseln lassen. Dieser Pauker hatte ihn immer wieder gedemütigt; hatte ihn fühlen lassen, dass er ein Versager war. Obwohl er am Ende sein Abitur mit Mühe und Not doch noch bestanden hatte, war er ›nur‹ als Angestellter bei einer kleinen Stadtverwaltung gelandet. Dabei hatte er ursprünglich mal Medizin studieren wollen. Wollte Chefarzt an einem Krankenhaus werden. Doch dieser Wunsch war ihm, nachdem Dr. Burdick in sein Leben getreten war, gründlich versaut worden. Dr. Dietmar Burdick war das Grundübel seines verkorksten Lebens und nun musste er gezwungenermaßen die besten Wochen des Jahres mit diesem Dreckskerl verbringen. Das war doch nicht fair! Georg Pistorius hätte am liebsten vor Wut losgeheult. Aber seine Nachbarn, das etwas aufdringliche Franzosenpaar, standen plötzlich in der Tür. Sie fragten ihn, ob er am Abend auf ein Gläschen Wein zu Ihnen kommen würde.

»Non, non, non!«, brüllte Georg los. »Au revoir! Lasst mich alle in Ruhe.«

Während die beiden Franzosen zusahen, dass sie Land gewannen, flossen bei Georg die Tränen so heftig, als hätte er eben erfahren, Vater von Sechslingen bei der ›Ziege‹ von der Stadtkasse geworden zu sein.

Irgendwann im Laufe des darauf folgenden Tages hatte sich Georg wieder beruhigt. Allerdings hatte er mit grimmiger Entschlossenheit einen verzweifelten Plan gefasst: er würde sich von seinem Albtraum lossagen. Er würde sich selbst beweisen, dass dieser Burdick nichts weiter als ein unwichtiges Arschloch war, allerdings mit einer dunklen Macht im Bunde, die ihn, Georg Pistorius, in ihren Bann geschlagen hatte. Diesen ›magischen Bann‹ würde er endgültig brechen. Entweder, indem er es in den nächsten Tagen schaffte den unheimlichen Strick, der ihn an seinem ehemaligen Lehrer kettete, im Herzen durchzuschneiden oder aber …
Georg hatte noch keine durchschlagende Idee, wie das geschehen könnte, aber er würde alles daransetzen, es möglich zu machen. Andernfalls würde er seine Selbstachtung verlieren und sich nie mehr in die Augen schauen können. *Ich muss mich von diesem Miststück abtrennen*, schwor er sich. *Er ist ein Teufel aus meiner Vergangenheit. Er darf keine Gewalt mehr über mich haben. Ich muss ihn töten!* Dass mit dem Töten war zu diesem Zeitpunkt nicht wörtlich zu nehmen. Es stellte nur den brutalen Akt der Abnabelung von seinem ehemaligen ›Schlächter‹ dar. Georg lief es kalt den Rücken herunter. Der Ausdruck ›Schlächter‹ stammte von Dr. Burdick selbst. Nicht die Schüler hatten ihn einstmals so bezeichnet. Es war Dr. Burdick selbst gewesen, der sich vor allen als »Schlächter von Nippes« ausgerufen hatte, weil er es als seine pädagogische Aufgabe betrachtete, »alle Schlechten erbarmungslos auszumerzen und die Guten zu fördern«.

Georg beobachtete. Er verfolgte Burdick die ganzen nächsten Tage lang. Der schien ihn überhaupt nicht zu bemerken. Ja, Georg musste sich verblüfft eingestehen, dass Burdick ihn gar nicht wieder erkannte. So konnte er seinen ehemaligen Lehrer unbemerkt beobachten und dabei langsam einen Plan reifen lassen, wie die ›endgültige Abnabelung von seinem Peiniger‹ wirkungsvoll vollzogen werden könnte. Rache für alles Erlittene, Rache für die unendliche Schmach, Rache für alle Erniedrigungen, Rache für ein Berufsleben, in dem er gar nicht hatte stecken wollen, war selbstverständlich mit im Spiel. Georg beobachtete Burdick wie ein Raubtier sein Opfer. Er fühlte sich gut dabei. Je länger es andauerte, umso selbstsicherer wurde er. Akribisch notierte er alles, was der alte Mann im ›La Chiappa‹ machte: *8.00 Uhr aufstehen, Frühstück mit Baquette und etwas Frischkäse, ein Glas warmen O-Saft und Kaffee so schwarz wie die Nacht. Danach zum Pool, schwimmen und sich sonnen bis kurz vor 12.00 Uhr. Kleiner Imbiss im Restaurant Le Cerbicale (Crepes oder einen Salade Nicoise mit »fett Sardellen drauf«, wie Burdick der halbnackten Bedienung breit grinsend erklärte). Um 13.00 Uhr zurück in seinen Bungalow, Ausruhen bis gegen 14.00 Uhr. Nackt an den Strand, schwimmen, sonnen, plaudern, gegen 17.00 Uhr zurück in den Bungalow, dann rasch zum Internet-Café, Emails checken oder schreiben (alles zusammen ca. 20 Minuten), zurück ins Nest, fertig machen für den Abend, Essen im zweiten Restaurant am Tauchplatz (Moules frites oder Pizza.) Spaziergang durch die Anlage, um 22.00 Uhr zurück zum Bungalow, wo meistens eine halbe Stunde später das Licht für die Nachtruhe gelöscht wurde. (Gelegentlich kleinere Einkäufe im Supermarkt, ein Ausflug zum nahen und hoch gelegenen Leuchtturm, ein zweistündiger Besuch von Porto Vecchio). Langweiliger Typ,* dachte Georg. Doch ihm war bei seiner Observation etwas Entscheidendes aufgefallen. Dr. Dietmar Burdick beobachtete selbst auch. Und zwar heimlich. Der Scheiß-Pauker hatte offenbar ein heißes Interesse zu einer bestimmten Dame im Club gefasst. Wo auch immer sich diese zierliche Mitfünfzigerin hinbegab, Burdick blieb sehnsüchtig in ihrer Nähe. Aber er sprach sie niemals an. Eher schüchtern verfolgte er alles, was sie tat. *Was für ein Feigling! Was für ein elender Blödmann! Dich mach ich alle!*

Dass Burdick verheiratet war, wusste Georg nicht. Seine Frau Ricarda war ein wahrer Drachen. Burdick liebte sie nicht und sie liebte vor allem die Sicherheit als Beamtengattin. Ricarda ahnte, warum es ihrem braun gefärbten Dietmar jedes Jahr ins korsische ›La Chiappa‹ zog. Es war eine andere Frau im Spiel. Ricarda selbst ließ ihren Göttergatten in dem Glauben, er dürfe sich liebend gerne eine Auszeit in dem FKK-Club gönnen. Nur eine winzige Email forderte sie dafür tagtäglich von ihm ein. Immer um 17.15 Uhr. Wie es ihm so ginge ohne sein Weib? Was er so machte ohne sein Weib? Burdick schrieb ihr deshalb einmal täglich. Immer um 17.15 Uhr vom clubeigenen Internet-Café aus. Dass sie ihm einen Detektiv mit scharfen Teleobjektiv hinterher geschickt hatte, ahnte er nicht. Sie wollte kompromittierende Bilder eingefangen wissen, wollte ihren Gatten, den lüsternen Sack, in flagranti darauf festgehalten haben. Leider hatte der Detektiv bislang nichts Brauchbares liefern können. Aber das würde noch kommen. Da war sich Ricarda ganz sicher.

Während Georg darum kämpfte, wie er seine Pestbeule Burdick loswerden könnte, litt dieser schlimme Höllenqualen. Seit drei Jahren beobachtete er nun Sommer für Sommer – jedenfalls in seinen drei Wochen im ›La Chiappa‹ – seine Angebetete Frauke Dallmann aus Aurich. Nur hier konnte er ihr nahe sein. Nur hier konnte er sich an ihrer Anmut weiden. Aber sie anzusprechen, brachte er nicht fertig. Einmal hatte er es versucht. Seine Stimme versagte ihm im entscheidenden Moment. Sie hatte ihn angelächelt und offenbar gedacht, er sei nicht ganz richtig im Kopf. Danach hatte er es niemals mehr versucht. Dabei liebte er sie wie keine zweite auf der Welt. Ob er es jemals schaffen würde, sich ihr zu offenbaren?

Georgs Plan nahm endlich konkrete Formen an: Das Internet-Café würde jener Ort sein, an dem er seiner ›pestilösen Krankheit‹ ein für alle Mal den Garaus machte. Seinen Hass auf Dr. Burdick hatte er in den letzten sieben Tagen noch stärker kultiviert. Burdick musste sterben! Die alte Ratte würde ihr Leben am Computer aushauchen. Damit kannte Georg sich aus. Denn der Platz, an dem Burdick seine Emails las oder welche schrieb, hatte eine abnorme Besonderheit, wie sie Georg noch nicht gesehen hatte. Die Maus lag auf einer silbernen Eisenplatte. Diese ließ sich geradezu simpel unter Strom setzen, weil es einige lose Kabel in der Nähe des Rechners gab – warum auch immer. Im Club war längst nicht alles auf dem neusten Stand oder repariert. Das mit den losen Stromkabeln war ein Skandal. Immerhin hatte sie jemand mehr schlecht als recht mit einer Klemme an der Wand hinterm Computer befestigt. Das unsichere Kabel wäre einfach zu lösen und mit der Platte zu verbinden … Niemand würde Georg jemals verdächtigen. Ein böser Unfall. Etwas schade für den Club, aber es ging nun mal nicht anders. Er müsste es nur so timen müssen, dass es Burdick um genau 17.15 Uhr erwischte. Das war leicht, denn jeder Platz konnte vorab reserviert werden. Georg hatte festgestellt, dass es zwischen Burdick und einer Person, die vor ihm das Netz nutzte, immer eine Pause von knapp zehn Minuten gab. Das würde genügen, sich unbemerkt an dem Platz zu schaffen zu machen. Er lag so, dass man ihn schlecht einsehen konnte. Quasi ein Kinderspiel. Genauso lief es ab. Die silberne Todesfläche war bereit, ihr Werk zu vollenden.

Das Opfer kam wie gewohnt pünktlich. Doch genau in dem Moment, als sich Dr. Burdick schon auf seinen Stuhl setzen wollte, wurde er von einer Frau angesprochen: Frauke Dallmann. Sie hätte einen klitzekleinen Wunsch an ihn. Ob sie wohl eine Email an ihre Schwester daheim schicken könnte, die heute Geburtstag hätte? Alles ging schneller als erwartet. Georg Pistorius hätte das Entsetzliche gar nicht verhindern können. Selbstverständlich bot ihr Dr. Dietmar Burdick mit seligem Blick seinen gebuchten Platz am Computer an. War gar keine Frage für ihn. Georg verließ fluchtartig den Raum. Wenig später vernahm er die spitzen Schreie entsetzter Menschen. Er machte, dass er so rasch wie möglich zu seinem Bungalow kam.

Alles aus und vorbei. Schlechter hätte es nicht laufen können. Georg hockte deprimiert in seinem Bungalow auf dem Bett und rieb sich immer wieder durchs Gesicht. Was jetzt? Wie hatte das passieren können? Seine französischen Nachbarn hatten bei ihm angeklopft und gefragt, ob er schon von dem grauenhaften Unglück gehört hätte. *Ja,* hatte er stumm geantwortet, *ich habe ihn selbst verursacht.* Weil er nicht reagierte, war er von da an für das Paar als durchgeknallter Sonderling verschrien. Am zweiten Abend nach dem Todesfall traute sich Georg wieder aus dem Haus heraus. Am anderen Tag würde es mit dem Flieger zurück nach Köln gehen. Georg Pistorius verließ den Club ›La Chiappa‹ und schlenderte tief in Gedanken versunken den Hügel hoch zum alten Leuchtturm. Von hier oben aus hatte man einen wunderbaren Blick auf den Hafen von Porto Vecchio, einer dahinter liegenden, schroffen Bergkette und das weite türkisfarbene Meer. Georg spazierte zu einer Felskante, wo es sicherlich zwanzig Meter steil hinunter ins Meer ging. Auf einmal stand Dr. Burdick vor ihm. Georg hatte ihn vorher gar nicht bemerkt. Burdicks Gesicht war gerötet, mit verweinten Augen. *Der Typ ist vollkommen fertig,* stellte Georg verwundert fest. Als müsse er es sich von der Seele reden, fing sein alter Lehrer an: »Ich habe sie so sehr geliebt. Ich habe sie seit Jahren begehrt wie keine andere, sie war mein Ein und Alles. Warum nur bin ich nicht an dem Stromschlag gestorben? Was für ein Unglück für mich! Ich wäre an ihrer Stelle aus dem Leben geschieden, wenn es hätte sein müssen.«

Georg sah ihn fassungslos an. Sie standen jetzt beide dicht am Abgrund. Er vor Burdick, so nah wie nie im Leben. Nur ein falscher Schritt… Doch als er Burdick so völlig fertig erlebte, so niedergeschlagen und verheult, fühlte er auf einmal Mitleid mit dem Alten. Der Schuft hatte diese Frau wirklich geliebt. Nun war sie tot, durch seine Schuld, und Burdick hatte ihr seine Gefühle niemals mitteilen können. Vielleicht hatte sie was von seiner Liebe geahnt und mit der Bitte, ihr den Computer zu überlassen, einen ersten Schritt gewagt.

»Ich will am liebsten nicht mehr leben«, gestand Burdick Georg ein und dabei liefen ihm die Tränen nur so über beide Wangen. Und er machte unvorsichtig einen Schritt zurück. Einen entscheidenden Schritt zu viel. Offenbar hatte er den gähnenden Abgrund hinter sich gar nicht bemerkt. Georg erkannte die Gefahr und seine Arme schnellten vor, den alten Lehrer noch im letzten Moment festzuhalten. Ihre Fingerspitzen, ihre Handflächen berührten sich. Es sah aus … Es war zu spät. Burdick stürzte haltlos die Klippe hinunter in den Tod. Im selben Augenblick drückte der Detektiv erneut auf den Auslöser. Er hatte eine Reihe hoch interessanter Fotos geschossen. Diese belegten später zweifelsfrei die Ermittlungen der örtlichen Polizei: Georg Pistorius hatte Dr. Dietmar Burdick von der Klippe des alten Leuchtturms in den Tod hinabgestoßen.

Petra Tessendorf

GOTTES OHR

.... Montag, 1. Juli, 0 Uhr

Erste Minute im neuen Monat. Erste Seite im neuen Tagebuch, im neuen Leben. Alles hat sich gefügt, als hätte jemand
die Ereignisse vorsortiert. Warst du das, Gott, alter Schlawi-
ner?

0 Uhr 2. Nun gut, da du ja nie sofort antwortest und du
vermutlich in diesem Augenblick hunderttausende weitere
Anfragen erhältst, können wir das Ganze vertagen. Aber ich
hake nach, später. Es heißt doch, nichts im Universum, auch
nicht im göttlichen, geht verloren. Dann ja auch nicht meine
kleine Anfrage von 0 Uhr.

Habe nie vorher Tagebuch geschrieben. Was gab es auch
zu berichten vom Leben eines Angestellten in gehobener Po-
sition einer Firma für Thermoskannen, der sonntags in die
Kirche geht? Mein Leben war doch schön. Es gab zwar keine
Höhen, dafür auch keine Tiefen. Ich wiederhole: ES WAR
SCHÖN!

Für wen also, wenn nicht für mich selbst, hätte ich etwas
aufschreiben sollen? Aber lass dir gesagt sein, es tut sich was
im Leben des Thermoskannenvertriebsleiters. Und damit
zwangsläufig auch im Leben seiner Ehefrau Isolde. Und das
wird es wert sein, festgehalten zu werden. In diesem schönen, schwarzen Büchlein mit Lesebändchen. Hat Ähnlichkeit mit der Bibel, deshalb werde ich die Worte auch an dich
richten, vielleicht hast du zukünftig ein offeneres Ohr für
mich, den armen Sünder.

Also wirst du hierin bald lesen können, dass Isolde etwas

getan hat, das deine heiligen Gebote der Ehe mit Füßen tritt. Und mit wem tut sie das? Na, alter Pfiffikus auf deiner Wolke, was meinst du? Nicht zufällig mit meinem alten Freund? Meinem besten Freund? Ach so, meinem *einzigen* Freund. Und anstatt mir einen Tipp zu senden, lässt du die beiden einfach machen, du Tagedieb da oben. Ich bin empört! Darüber, dass du dich nicht gemeldet hast. Du fragst mich, wie ich darauf komme, dass die beiden hinter meinem Rücken ...? Ich weiß es. Ich sehe ihre Blicke, die Bemerkungen, wie er sie anschaut. Früher haben sie sich nicht so angeschaut.

Das also sind die harten Fakten. Und jetzt wird ein Plan ausgearbeitet. Jeder Schritt muss durchdacht, notiert, überprüft werden, bevor er zur Ausführung kommt. Also, das muss vorerst genügen, mache jetzt Schluss, bin hundemüde.

0 Uhr 52. Kann nicht schlafen, die Hitze steht im Raum. Vorhergesagtes Gewitter ist knapp drei Kilometer weiter vorbeigezogen. Habe die Zeit zwischen Blitz und Donner gezählt, acht Sekunden. Diese mit der Schallgeschwindigkeit multipliziert, also dreihundertvierzig Meter pro Sekunde, macht zwei Komma sieben Kilometer. Der nächste Blitz war schon vier Kilometer entfernt. Du siehst, großer Baumeister des Weltenalls, ich bin in der Lage, dich zu berechnen. Oder bist du fürs Wetter gar nicht zuständig? Nun gut, ich füge mich deinem Willen und werde klaglos weiter schwitzen.

Isolde hat Nachtschicht. Scheint auch zu stimmen. Habe im Krankenhaus angerufen, wo eine Kollegin mir sagte, sie sei gerade bei einem Patienten. Sie wird ja kaum alle Kollegen eingeweiht und ihnen erzählt haben, sie hätte ein Verhältnis mit Herrn Doktor und alle sollen doch so nett sein und sagen, sie sei bei der Arbeit, falls ihr Mann anrufen sollte.

Isolde arbeitet bis sechs. Da stehe ich gerade auf. Wir werden uns kurz sehen, ich bin dann in der Küche und trinke Kaffee, sie geht unter die Dusche und dann ins Bett.

Vielleicht frage ich sie, wie die Nacht war. Sie wird sagen, dass die Nacht wie immer war. Und das heißt, mal so mal so. Sie sagt, dass es auch ganz schön turbulent zugehen könne. Aber da mir ihre Kollegin erst neulich erzählte, dass die Nächte auf dieser Station eigentlich immer ruhig sind, wird es wohl so sein, dass die nächtlichen Turbulenzen eher von unserem Doktorchen herrühren, als von den Patienten.

Wetten, sie nennt ihn Tristan? Ganz sicher tut sie das. Sie liebt die Geschichten von diesen zwei Verirrten. Erstens weil sie Isolde heißt, zweitens wegen diesem Wagner. Ich hasse Wagner. Nicht seine Musik, ich hasse diesen Typen. Wieder eine Frage an dich, du Griffelspitzer: Warum stattest du immer die größten Ärsche mit so viel göttlichem Talent aus? Wagner, und auch meinen ehemaligen Freund, Herrn Doktor, den alle rühmen ob seiner überirdischen Fähigkeiten. Ich werde ihn nur noch Tristan nennen, seinen richtigen Namen habe ich bereits vergessen.

Merke gerade, dass mein Puls ansteigt. Wenn ich mich noch mehr aufrege, kann ich überhaupt nicht mehr schlafen.

.... Dienstag, 2. Juli, 21 Uhr 20
Bin letzte Nacht erst gegen drei eingeschlafen, die Hitze schafft mich. Habe gebetet, dass das Gewitter kommen möge, hat aber nichts genutzt. Beten hat überhaupt noch nie etwas genutzt. Habe es ernsthaft ausprobiert. Habe sogar eine Liste angelegt, die Zeit und Anlass des Gebets enthielt. Nach späterer Überprüfung rotes Kreuz für *nicht erhört* und grüner Haken für *erhört* dahinter gesetzt. Bei sechsundzwanzig Gebeten vierundzwanzig rote Kreuze und zwei grüne Haken. Laut Matthäus sollst du gesagt haben ›ich stille alle deine Bedürfnisse und sorge für dich‹. Ist schon ein Weil-

chen her, aber du solltest deine Aussagen mal auf ihre Aktualität überprüfen, du Redekünstler. Dein eigen Wort in Gottes Ohr, sozusagen.

Isolde hat wieder Nachtschicht. Werde heute aber nicht anrufen, sie könnte sonst misstrauisch werden. Habe ich ja früher auch nie getan. Muss einen anderen Weg finden, sie zu überführen. Im Bett erwischen, in flagranti. Schlafzimmertür aufreißen, *ha*! Wie in der Originalgeschichte von Tristan und Isolde.

Aber eigentlich ist das nicht mein Stil. Zu plump. Ich muss sie ein Weilchen beobachten, ich werde ein besonders aufmerksamer, liebevoller Ehemann sein, sie verwöhnen, ihr Geschenke machen. Wenn sie überhaupt noch ein Gewissen hat, dann wird ihr das am Ende sogar leidtun. Natürlich wird das Unausweichliche geschehen müssen, das Erwischen. Am Ende dann das Bestrafen. Und dafür müsste ich in seine Wohnung, aber dummerweise hat Tristan den Hausschlüssel zurückverlangt, der immer bei uns ist, für Notfälle. Er hätte seinen verloren. Allzu durchsichtig das Ganze.

Ich muss dir eines gestehen, du Weltenlenker, als der Verdacht in mir keimte, war ich eigentlich nur wütend. Vielleicht war auch ein bisschen Scham dabei, anfangs. Aber dann wieder Wut, sehr viel Wut. Darüber, dass es wohl schon länger so geht, Wut darüber, dass ich Narr nichts gemerkt habe. Ich weiß, was du jetzt sagen willst: Gekränkte Eitelkeit bestimmt dein Tun. Du sagst, lass die Sonne nicht über deinem Zorn untergehen und gib nicht Raum dem Teufel.

Von mir aus, nenne es ruhig Hoffart, die Sünde gegen den Nächsten. Todsünde. Ich nenne es aber STOLZ. Wollen wir aufrechnen? Eine Todsünde gegen die Verletzung wie vieler Gebote? Dem sechsten, du sollst nicht ehebrechen. Sagst du nicht auch selbst ›wer eine Frau ansieht, sie zu begehren, der hat schon mit ihr die Ehe gebrochen in seinem Herzen‹? Und die beiden haben sich nicht nur angesehen, das weißt du doch ganz genau. Ich bin aber noch nicht fertig, da wäre zum Beispiel noch das achte, ›Du sollst nicht falsch Zeugnis reden wider deinen Nächsten‹. Oder das zehnte, ›Du sollst nicht begehren deines Nächsten Weib‹. Und du siehst doch ein, dass auf der Gegenseite deutlich mehr Strafpunkte zusammen kommen, als auf meiner.

Ich rege mich schon wieder auf. Ich trinke jetzt etwas und dann muss ich schlafen, ich brauche Kraft.

.... Mittwoch, 3. Juli, 23 Uhr 59
Gerade noch den Mittwoch erwischt. Habe Isolde einen Strauß mit Sommerblumen hingestellt. Phlox, Kamille, Margeriten, alles was ich so gefunden habe. Sie war vollkommen überrascht, hat mich misstrauisch angeschaut. Ich konnte in diesem Blick lesen: Hast du irgendetwas angestellt? Kann nicht abschätzen, ob sie durch die Blumen einen Umkehrschluss auf ihr eigenes Tun gezogen hat.

.... Donnerstag, 4. Juli, 21 Uhr 20
Ein Glückstag! Habe *ihn* getroffen, Herrn Oberarzt höchstpersönlich, in der Cafeteria. Ich war dort, weil ich Isolde etwas zu essen bringen wollte, wenn sie doch so einen Stress hat. Ständig werden neue Hitzeopfer eingeliefert, die Leute klappen reihenweise zusammen, Hitzschläge, Kreislaufzusammenbrüche. Wollte natürlich in erster Linie schauen, wie die Stimmung ist. Vielleicht einen Blick aufschnappen, den die beiden sich zuwerfen. Aber Isolde war gerade auf einer anderen Station. Und er also unten beim Essen. Scheißfreundlich: »Mensch, was machst du denn hier? Wollen wir nicht mal wieder einen trinken gehen? Wenn das Schlimmste hier vorbei ist vielleicht?«

Dieser verdammte Heuchler, ich war drauf und dran, ihn

an seinem weißen, gestärkten Kittelkragen zu packen und über den Tisch zu ziehen.

Und dann kam das Glück zu mir. Und dir, großer Vorsitzender, dir muss ich jetzt mal ein Lob aussprechen. Eben gerade habe ich einen dicken, grünen Haken gesetzt. Du hast dir tatsächlich mal ein Minütchen Zeit für mich genommen und Gebet Nummer vierunddreißig erhört: *Verschaffe mir irgendeine Möglichkeit, die beiden zu observieren.* Wollte also gerade die Klinik verlassen, da traf ich Tristans Nachbarn, der eine Etage über ihm wohnt. Tom, netter Kerl, ab und an war er mit Tristan und mir einen trinken. Er ist Ingenieur und arbeitet auf einer Ölbohrinsel in der Nordsee. Übermorgen muss er seine Schicht antreten, die genau zehn Tage dauert.

Jetzt ist es aber so, dass die Nachbarin, die sich sonst um seine Pflanzen und die Post kümmert, krank geworden ist. Sie liegt hier im Krankenhaus, er kam nämlich gerade von ihr. Und er fragte mich gleich, ob ich nicht bei ihm vorbeischauen könne, ich käme ja praktisch an seinem Haus vorbei, wenn ich zur Arbeit ginge. Ich fragte ihn, warum er nicht seinen Nachbarn über ihm damit beauftrage. Ich habe aus Versehen *Tristan* gesagt, mit diesem Namen konnte er natürlich nichts anfangen. Er sagte, er sehe ihn so gut wie nie und da er immer so viel arbeitet, wollte er ihn nicht zusätzlich belasten.

Laut Plan, der demonstrativ an unserem Kühlschrank hängt, hat Isolde noch sechs Tage Nachtschicht. Jetzt wollen wir doch mal sehen, ob sie die Schicht auf der Station oder bei ihrem liebeshungrigen Privatpatienten ableistet.

.... *Freitag, 5. Juli, 19 Uhr 10*
Heiner aus der Entwicklung ist ein echter Kumpel. Er hat seinen Urlaub mit mir getauscht. Ich habe ihm erzählt, dass Isolde krank geworden sei und ich mich um sie kümmern

müsse und er hat tatsächlich gesagt, es sei ihm egal, wann er Urlaub habe, da er nicht verreisen wolle. Ab Montag habe ich also eine Woche frei. Tschuldigung für die Lüge, aber du siehst ja, lügen hilft manchmal mehr als beten.

War abends bei Tom, den Schlüssel holen. Typische Wohnung eines gut verdienenden Junggesellen. Sehr ordentlich, teure Stereoanlage, alles hell und ausgesucht. Der Balkon groß, gemauertes Geländer, niemand wird mitkriegen, dass ich mich da draußen einquartiere. Ist sowieso der höchste Balkon in dieser Straße, darüber kommst nur noch du, Vorsitzender der obersten Aufsichtsbehörde. Schau dir ruhig an, was passieren wird. Du wirst damit leben müssen, dass ich die Dinge selbst in die Hand nehme. Du hast ja nie Zeit.

.... Samstag, 6. Juli, 21 Uhr 20
Endlich, ich bin da. Habe mich mit allem eingedeckt, was ich für ein paar Nächte so brauche. Tagsüber kann ich hier in der Wohnung schlafen, da schläft Isolde ja zu Hause auch. Und ab Montag denkt sie ja, ich arbeite. Tags also ausruhen und nachts auf dem Quivive sein. Habe es leider nicht geschafft, auf der Station die Dienstpläne abzugleichen, um zu prüfen, ob sie mit dem am Kühlschrank übereinstimmen. Wollte auch nicht fragen, will ja nicht, dass Isolde Verdacht schöpft.

Habe mir ein Lager auf dem Balkon eingerichtet. Ich hoffe, hier oben gibt es keine Mücken. Wie hoch fliegen die eigentlich? Bis zu dir da oben, dir Schöpfer auch der überflüssigsten Kreaturen? Oder hast du dir alles Lästige vom Leib gehalten? Du lebst doch bestimmt nicht schlecht. Oder fehlt es dir an irgendetwas? Bist du einsam? Wirst du betrogen? Belogen? Ja, bestimmt wirst du das, aber wir wissen ja alle, dass du das weißt. Das versöhnt uns dann irgendwie wieder, nicht wahr?

Die beiden unter mir, die wissen von nichts. Und das ist mein Vorteil.

23 Uhr 5. Es ist seltsam, aber seit ich hier oben sitze, muss ich ständig daran denken, wie wir Isolde kennengelernt haben. Bei einer unserer Irlandreisen, Herrentour haben wir immer dazu gesagt. Und da kam sie angepaddelt, vor sieben Jahren, an der Atlantikküste vor Galway, auf der Höhe von Mutton-Island. In ihrem Kajak, ganz allein, Gepäck an Bord. Abends haben wir sie wieder getroffen, in einem Pub. Wir haben gegessen, getrunken. Die ganze Nacht geredet und viel gelacht. Ich werde nie vergessen, wie sie Tristan und mich gemustert hat. Miteinander verglichen hat sie uns, abgewogen, genau beobachtet, bis sie sich für mich entschieden hat. Für mich. Hörst du mich da oben auf deiner Loge? FÜR MICH!

Verdammt noch mal, was bezweckst du eigentlich mit dieser Hitze? Aber ich weiß mich zu wehren. Werde mir ein Laken anfeuchten und mich damit zudecken, vielleicht kann ich dann einschlafen.

1 Uhr 30. Bin tatsächlich eingenickt, aber Donnergrollen hat mich geweckt. Ist allerdings sehr weit weg. Zieht bestimmt wieder vorbei. Das Bettlaken ist total getrocknet. Sechsundzwanzig Grad, die schwüle Luft steht, deine Sterne über mir. Versuche wieder zu schlafen.

2 Uhr 17. Höre Stimmen unter mir, zwei Stimmen. Endlich. Kichern, sind bestimmt betrunken, kommen aus irgendeinem Club. Sie haben einen Wein geköpft, *plop* hats gemacht.

Allmächtiger, du weißt ja, dass ich nicht an Zufälle glaube und deshalb wirst du dir etwas dabei gedacht haben, als du mich die Schublade hast öffnen lassen, in der Tristans Wohnungsschlüssel liegt. War auch schon unten, um zu schauen, ob ich Spuren von Isolde finde. Habe ich aber nicht, sie sind vorsichtig. Aber ich werde nichts übereilen, ich muss hundertprozentige Gewissheit haben, bevor ich zuschlage.

106

Und dass du Tom eine Diabetes mellitus Typ eins verordnet hast, ist doch auch kein Zufall. Geschweige denn, dass der Medikamentenschrank voll ist mit Insulinfläschchen. ›NovoRapid‹ heißt das Zeugs. Zehn Milliliter pro Fläschchen, das Ganze zehn Mal, also hundert Milliliter gekonnt verabreicht, das müsste für so ein Mannsbild wie unserem Tristan reichen. Und dann – nomen est omen – rapide ab nach oben zu dir mit ihm. Oder nach unten in die Hölle, das weiß ich jetzt nicht so genau, welchen Deal du mit deinem Gegenspieler abgeschlossen hast.

Sie stoßen mit den Weingläsern an, ich höre Eiswürfel in den Kelchen klingen. Sie tuscheln, sie kichern, ich wette, sie liegen auf dem Balkon, so wie ich. Könnte jetzt auch einen Schluck gebrauchen, werde mal Toms Weinvorräte inspizieren. Gib's zu, du trinkst doch auch gern einen, alte Schnapsnase.

2 Uhr 45. Bin hellwach. Obwohl der Balkon kein Dach hat, steht die Hitze hier wie in einem Backofen. Habe das Laken wieder nass gemacht, sehe aus wie eine Leiche in der Gerichtsmedizin. Die Flamme meiner Kerze steht bewegungslos, unten läuft gedämpfte Musik.

3 Uhr 10. Wetterleuchten! Endlich. Bitte, du größter aller Herrscher über Welten und Weltall, ich meine dich droben im Lichte der Unendlichkeit, der Allwissenheit, der Allmacht, ich bitte dich, sende Blitz und Donner, auf dass es endlich Abkühlung gebe, zeige mir, dass du mich hörst!

Wieder ein Blitz. Jetzt der Donner, neun Sekunden. Neun mal dreihundertvierzig macht drei Kilometer. Ich flehe dich an, ich gebe alles, was ich habe, alles was mich ausmacht, nimm meine Seele, bevor der Teufel mit einem besseren Gebot kommt.

Ein Blitz, drei Sekunden, tausend Meter, es kommt tatsächlich näher, ich danke dir, du Allweiser, Gesalbter, ich wusste es, in der größten Not ist dein Ohr nicht verschlossen für einen armen Blitzableiter wie mich. Wie sagst du doch? Wenn du mich von ganzem Herzen suchst, werde ich mich von dir finden lassen. Wie konnte ich nur an dir zweif ...

Der Kriminalkommissar legte das Lesebändchen in das kleine schwarze, leicht angekokelte Buch und ließ es auf seinen Schreibtisch sinken. »Er hat an der Stelle abgebrochen, als der Blitz eingeschlagen ist.«

Sein Kollege, der ihm gegenüber saß, nickte. »Ja, das ist tragisch. Das mit dem Blitzableiter hätte er besser nicht sagen sollen.«

Der Kommissar ließ seinen Blick nachdenklich auf seinem Gegenüber ruhen. »Meinst du tatsächlich, er würde dann noch leben?«

Ein langes Schweigen lag im Raum. »Wer weiß das schon?«

»Ich war übrigens eben bei seiner Frau«, sagte der Kommissar. »Der Tod ihres Mannes hat sie wirklich hart getroffen.«

»Und was sagt dieser Tristan? Wie heißt er eigentlich wirklich?«

»Winter, Doktor Jan Winter. Er hat von alldem nichts mitbekommen, hatte in dieser Nacht Besuch von seiner Freundin. Und die hieß nicht Isolde.«

»Oh je, da hat sich einer total verrannt. Ich war das letzte Mal bei meiner Konfirmation in einer Kirche, aber heißt es nicht, dass Gott letztendlich allen vergibt?«

Der Kommissar schlug die Akte zu und erhob sich. »Das hoffen wir mal für ihn. Dein Wort in Gottes Ohr.«

Gudrun Lerchbaum

DAS GLÜCK UND DER TOD

Sonntag. Bauchatmung, Brustatmung, beim Einatmen das
Fadenkreuz über das Ziel hinausheben, ein Drittel ausatmen,
Lauf in das Ziel senken, Atem anhalten, Kopfschuss, zweites
Drittel ausatmen, Lauf senken, Herzschuss. Der Getroffene
taumelte gegen den Golftrolley, ein Loch mitten in der Stirn,
der zweite Treffer fast unsichtbar auf dem roten Polohemd.

Gabriel dachte an die Warnung seines Kardiologen und
brachte den beschleunigten Puls atemtechnisch unter Kontrolle. Er sammelte die Hülsen auf, zerlegte die Waffe und
verstaute alles im Wanderrucksack. Die teils morschen Tritt-
holme meidend, verließ er den Hochstand. Fahrlässig, wie
schlecht hier gewartet wurde, eine Gefahr für jeden Jäger.

Ohne Eile stapfte er den schmalen Waldweg entlang. Keine Spur von dem Hochgefühl, das ihn früher nach einem
erfolgreich erledigten Auftrag erfasst hatte. Ein Mensch war
von seiner Hand gestorben. Wie er es auch betrachtete, das
Destruktive dieses Aktes überwog vermutlich die positiven
Auswirkungen. Doch nun war es nur noch eine Mission, die
ihn vom würdigen Abschluss seiner Karriere trennte.

Er erreichte den Wagen, der im hohen Gras neben der
Forststraße geparkt stand, öffnete die Heckklappe und ver-
staute das Jagdgewehr im Waffenkoffer. Das verschwitzte
T-Shirt ausziehen, Mineralwasserflasche über Kopf und
Oberkörper leeren, abtrocknen, Leinenhemd an, Wander-
schuhe gegen Sneakers tauschen, Kofferraum zu.

Blaue Schmetterlinge schaukelten aus dem Schatten der
Bäume in die Sonne und wieder zurück. Gabriel setzte sich

auf den Fahrersitz, die Tür noch offen, um die angestaute Hitze aus dem Wagen zu entlassen. Ruhestand mit siebenundvierzig. Wie viele Berufe gab es, in denen man sich das leisten konnte? Er steckte den Zündschlüssel ein und fütterte das Navigationsgerät mit den Daten seines letzten Einsatzortes.

Der See glitzerte in der Sonne, gesprenkelt mit Segeln, umgeben von Wiesen und tannengrünen Bergen. Paragleiter schwankten hoch oben unter den wenigen Wattewolken. Er hätte es schlechter treffen können, fand Gabriel. Ein nettes Abschiedsgeschenk der Agentur, dieser letzte Einsatzort. Das Hotel allerdings, Typ buttertriefende Zitronentorte mit Zuckergussornamenten, hätte er sich selbst nicht ausgesucht. Der kitschige Geschmack des Hoteliers rechtfertigte allein schon dessen Beseitigung. Doch nein, da sprach wieder der alte Zyniker, den in Schach zu halten er im Sinn einer harmonischen Zukunft beschlossen hatte.

Er schleifte den Rollkoffer über den rauen Asphalt am Pool vorbei und zum Eingang. Hauptsaison, Hitze, kreischende Kinder. Unter den Müttern allerdings, die das vermutlich urinverseuchte Becken umlagerten, durchaus die eine oder andere, bei der sich ein zweiter Blick lohnte.

»Daniel Horvath.« Er lächelte der fahlhäutigen Blondine hinter dem Empfangspult zu. Sie hämmerte auf ihre Tastatur ein, nickte und reichte ihm die schlaffe Hand. »Herzlich Willkommen in Kärnten, Herr Horvath! Fünf Nächte all inclusive, Balkon mit Seeblick, zweiter Stock, bei Buchung bezahlt.« Sie reichte ihm die Zugangskarte. »Brauchen Sie Hilfe mit dem Gepäck?«

Gabriel verneinte und fuhr mit dem Lift hinauf. Im Zimmer der gleiche Edelkitsch wie unten: Goldgerahmter Spiegel, üppig verziertes Betthaupt, geblümte Sitzgarnitur mit Samtkissen. Er packte Koffer und Rucksack aus, schloss die

Glock mit der Giftschatulle, der Würgeschlinge und dem falschen Pass im Safe ein, pinkelte ausgiebig und nahm sich ein Bier aus der Minibar. Das Dossier unter den Arm geklemmt trat er auf den Balkon. Plastikstuhl und Tisch in das vom benachbarten Erker geworfene Schattendreieck rückend, setzte er sich und legte die Füße auf die steinerne Balustrade.

Ein roter Gleitschirm stürzte sich in Steilspiralen aus dem Himmel, um dann gemächlich hinter seinem rechten Fuß in Richtung Ufer zu fliegen. Die Gefahr beherrschen, dachte Gabriel und nahm einen tiefen Zug aus der Flasche. Vielleicht war das der richtige Sport, falls ihm im Ruhestand der Kick des kalkulierten Risikos fehlen sollte.

Er lauschte auf das Kindergeschrei und Geplantsche, das vom Pool herauf drang und dachte mit einem Mal an die Urlaube mit seinen Eltern. Der Geruch des braunen Sonnenöls, mit dem seine Mutter ihn regelrecht einbalsamiert hatte, der silberne Plastikdelphin. Lächelnd entließ er die restliche Anspannung hinauf in den Sommerhimmel.

Vielleicht war es nicht zu spät, selbst noch eine Familie zu gründen, nun, da sein Beruf einer engeren Beziehungen nicht mehr im Weg stünde.

Doch zuvor dieser Auftrag. Noch ein Schluck Bier, dann schlug er die graue Flügelmappe auf. Zuoberst lagen einige Fotos: Ein Portrait und mehrere Schnappschüsse eines jovial lachenden Glatzkopfes. Massiger Körperbau, energetische Ausstrahlung. Ein Fall für die Glock.

Dörfler, Josef, achtundfünfzig, stand auf dem Datenblatt. Auftraggeberin: Dörfler, Gerlinde, vierundfünfzig. Dazu Tagesablauf, Gewohnheiten, Hintergrundinformationen. Gabriel war den Akt bereits im Vorfeld durchgegangen und hatte festgestellt, dass nur zwei Zeitfenster infrage kamen, innerhalb derer der Mann erledigt werden konnte, ohne dass die trauernde Witwe in Verdacht geriet. Jeden Montag und Donnerstag pflegte der Hotelier morgens zu einer Bergtour aufzubrechen, die ihn stets auf die gleiche Hütte führte. Rückkehr gegen vierzehn Uhr. Die Dienstagabende verbrachte er angeblich beim Stammtisch des regionalen Unternehmerverbandes, wo er sich jedoch höchstens für eine Stunde aufhielt, um anschließend Frau Rauter, Birgit, achtunddreißig, in ihrer Wohnung aufzusuchen und ausgiebig zu kopulieren, Beweisfotos angeschlossen.

Die Bergtour also, vorzugsweise die zweite, da Gabriel dann zuvor das Gelände erkunden und danach plangemäß am Freitag abreisen konnte. Obwohl Daniel Horvath unmittelbar nach Projektabschluss zu existieren aufhören und er endlich wieder ausschließlich Gabriel Guthmann sein würde, verbot es sich, Aufmerksamkeit auf seine Person zu lenken, und sei es nur durch vorzeitigen Abbruch des angeblichen Urlaubs.

Gabriel klappte die Mappe zu und ließ sie auf den Tisch fallen. Zwei Stunden blieben ihm noch bis zum Abendessen. Pool? See? Oder einfach noch ein Bier auf dem Balkon?

Der Weckton des Mobiltelefons riss ihn aus dem Schlaf. Das zweite Bier auf nüchternen Magen hatte ihm den Rest gegeben, gerade, dass er sich noch vom Balkon zum Bett hatte schleppen können.

Eine kühle Dusche später fand Gabriel sich am Eingang des Speisesaales ausgerechnet von seiner Zielperson per Handschlag empfangen und unter routiniertem Geplauder zum Tisch geleitet. Konzentriert auf die Einschätzung der körperlichen Konstitution Dörflers – ein Unfallszenario ohne Waffeneinsatz ausgeschlossen – bemerkte er zu spät, dass sein Tisch für drei Personen gedeckt war. Aufreibende Gespräche mit einem pensionierten Paar womöglich, Genuss ausgeschlossen. Eben setzte er an, sich bei einer Bedienung zu beschweren, als eine schlanke Frau mit dunkler

Kurzhaarfrisur an den Tisch trat, gefolgt von einem etwa Zehnjährigen in Schlabbershorts und Skaterschuhen.

»Es stört Sie doch nicht, Frau Sinabel, dass wir Ihnen den Herrn Horvath dazugesetzt haben?«, fragte die Kellnerin.

»Ganz im Gegenteil!« Die Frau schenkte Gabriel ein breites Lächeln, das seine geplante Protestäußerung erstickte. Schon immer hatte er eine Schwäche für Frauen mit etwas längeren Schneidezähnen gehabt. Große blaue Augen, großer Mund und schlanke Taille. Sie streckte ihm die Hand entgegen. Gabriel erhob sich.

»Katja Sinabel, einundvierzig, alleinerziehende Mutter und Apothekerin in Teilzeit«, stellte sie sich vor. »Und das ist mein Sohn, Felix.«

Umstandslos. Ihr Händedruck war warm und trocken. Gabriel lächelte zurück. »Gabriel Horvath, siebenundvierzig, Lebensberater.« Während er auch dem Jungen die Hand reichte, setzte er mit einem Seitenblick zur Mutter noch flüsternd hinzu: »alleinstehend«, und musste selbst darüber lächeln, bis ihm einfiel, dass er versehentlich seinen richtigen Vornamen genannt hatte. Letzter Auftrag hin oder her, eine derartige Nachlässigkeit sollte er sich nicht erlauben.

Das war nun wirklich wie Urlaub oder als hätte sein Leben danach schon begonnen. Mit Prosecco stießen sie auf das ›Du‹ an, teilten sich eine Flasche steirischen Pinot Grigio und schon bei der Vorspeise fand Gabriel den überdekorierten Raum nicht mehr bedrückend, romantisch schon eher. Katja war witzig und klug, ihr Sohn teilte Gabriels Begeisterung für ›Star-Wars‹-Filme und verschwand im Übrigen nach dem Dessert zum Piratenfest.

»Hm«, sagte Katja und hob ihr leeres Glas.

»Hm«, antwortete Gabriel und beobachtete die Lichtreflexe in ihren Augen. »Bestellen wir noch einen Roten und setzen uns in den Garten?«

Montag. Der Tag verstrich, ohne dass Gabriel in beruflicher Hinsicht mehr unternommen hätte, als den morgendlichen Aufbruch des Hotelbesitzers zu beobachten. Beruhigend, dass Dörfler selbst bei drohendem Hitzerekord nicht von seinen Gewohnheiten abließ. Zuverlässigkeit stellte eine wichtige Basis gelingender Geschäftsbeziehungen dar.

Gabriel lächelte und hob seinen Campari, um mit Katja anzustoßen, die neben ihm an der Poolbar saß. Nicht zum ersten Mal bedauerte er, dass sie das Zimmer mit ihrem Sohn teilte. Zu gern hätte er ihre kräftigen, gebräunten Beine mit den Händen unter das gelbe Kleid verfolgt, es ihr über den Kopf gestreift und ...

»Hättest du Lust«, fragte er, »mich mit Felix morgen auf eine kleine Tour zu begleiten?« Schließlich musste das Terrain vor der Tat noch erkundet werden. »Zeitiges Frühstück und dann hinauf zur Naderhütte. Dort soll es hervorragende Kasnudeln geben.«

»Sicher«, sie zog einen schiefen Kussmund. »Auch dazu. Etwas Bewegung kann in jedem Fall nicht schaden. Und jetzt erklär' mir endlich: Was macht man als Lebensberater?«

»Ich biete Menschen in Problemsituationen lösungsorientierte Betreuung. Im Gegensatz zur Psychotherapie geht es weniger um die Aufarbeitung tiefer Konflikte, sondern darum Handlungen zu setzen, die eine reale Veränderung zum Besseren bewirken.«

»Wenn also eine Frau zu dir käme, die sich verliebt hat in einen Mann, dem sie offensichtlich ebenso gefällt, der jedoch nicht wagt den ersten Schritt zu tun, würdest du ihr sagen: Küss ihn?«

Gabriel versuchte die aufsteigende Röte wegzuräuspern und biss sich auf die Unterlippe. »Ein gelungenes Fallbeispiel.« Er nahm ihre Hand. »Noch lieber würde ich dem schüchternen Kerl einen kräftigen Tritt in den Hintern geben.«

Wie sollte er ihr bloß den falschen Nachnamen erklären, wenn das hier weiter ging? Egal. Er legte ihr eine Hand in den Nacken, sog ihren pudrigen Geruch ein, umkreiste mit der Nasenspitze sanft ihre Nasenflügel, mit jedem Atemzug näher an ihren Lippen, bis sie die seinen endlich berührten.

Ein kräftiger Wasserstrahl traf ihn an der Seite.

»Felix, verdammt!«, schrie Katja. Grinsend stand ihr Sohn am Rand des Pools, die Wasserspritze im Anschlag. »Wie oft hab ich dir schon gesagt, dass man nicht auf Menschen zielt!«

Dienstag. Ihre schwingenden Hüften tanzten vor Gabriel den steilen Pfad hinauf und blockierten seine Konzentration auf den Anschlag am übernächsten Tag. Allerdings schienen große Vorbereitungen ohnehin unnötig, da sich kaum ein bequemeres Szenario denken ließ: Ein schmaler Pfad, der sich am Kopf einer steil abfallenden Felswand aufwärts schlängelte, daneben reichlich Nadelwald, durchsetzt mit Felsbrocken. Ein Schuss aus dem Hinterhalt würde das Opfer über die Kante treiben und es dorthin befördern, wo offenbar schon andere gelandet waren. Das bewies der durch die Luft zuckende Hubschrauber, der offenbar gerade eine Personenbergung aus dem Gestrüpp am Fuß der Wand vornahm. Mit ohrenbetäubendem Geknatter begleitete er das letzte Drittel ihres Aufstiegs.

»Ist der tot?«, fragte Felix.

»Sicher nur verletzt«, antwortete Katja. »Und jetzt komm weg von der Kante, sonst landest du auch noch dort unten!«

»Cool! Dann kann ich mit dem Hubschrauber fliegen.«

»Davon kriegst du dann aber nicht mehr viel mit«, sagte Gabriel. »Besser man mietet sich einen und macht einen Rundflug.«

»Würdest du mit mir fliegen?«

»Sicher!«

»Auch Fallschirm springen? Bogen schießen? Wasserski fahren? Mama ist immer so langweilig.«

Gabriel wuschelte dem Kind durch die Locken. »Wenn wir beide dabei sind, dann will sie vielleicht auch mitmachen.«

Katja schüttelte den Kopf und tippte sich mit dem Zeigefinger an die Stirn.

»Was ist mit Eisklettern?«, fragte Felix. »Wildwasserfahren?« Er runzelte die Stirn. »Spionage, Großwildjagd …«

»Na ja«, Gabriel wiegte den Kopf, »eins nach dem anderen.«

Zwei Polizeiwagen parkten mitten auf der Zufahrtsstraße des Hotels, als Gabriel, Katja und Felix von ihrem Ausflug zurückkehrten. Hotelgäste standen tuschelnd in Grüppchen.

»Haben Sie schon gehört, Frau Sinabel?« Eine schwammige Frau mittleren Alters, die Gabriel noch nie zuvor aufgefallen war, packte Katja am Arm. Ihre Stimme oszillierte zwischen Erregung und Entsetzen. »Der Herr Dörfler ist tot! Abgestürzt beim Wandern, heißt es, schon gestern. So ein vitaler Mann war das!«

Gabriels Herz raste, stolperte und er holte tief Atem, um die Enge in der Brust zu bekämpfen. Wenn das ein Traum war, wollte er nicht erwachen. Die Zielperson tot, der Auftrag erledigt ohne sein Zutun. Wie viel Glück konnte ein Mensch ertragen? Er legte den Arm um Katja und drückte sie an sich. Verwundert sah sie ihn an und er schlug sich die Hand vor den Mund, brachte das breite Grinsen unter Kontrolle.

»Entschuldige, der Schock!«, murmelte er. »Ich geh schon mal duschen. Wir sehen uns nachher.«

Er musste jetzt einfach alleine sein, das Unfassbare verarbeiten. Von wegen Zorn Gottes und für seine Taten bezahlen. Ein Glückskind ohnegleichen war er! Erst Katja und jetzt das! Pfeifend zog er die Karte über den Sensor und öffnete die Tür.

Ein Tritt gegen das Schienbein, der linke Arm brutal auf den Rücken verdreht. Keuchend wurde er vorwärts gestoßen, fiel vor die Füße des Mannes, der mit übergeschlagenen Beinen auf dem geblümten Sofa saß.

»Herr Horvath, wie ich annehme? Waldner, Kriminalpolizei. Mein Kollege Moser. Wir hätten da einige Fragen bezüglich des Todes von Herrn Dörfler. Aber setzen Sie sich doch!«

Kalter Schweiß, Atemnot. Mühsam rappelte Gabriel sich auf und wuchtete sich in den Sessel. »Was habe ich damit zu tun? Ich habe gerade erst gehört, dass er abgestürzt ist.«

»Schon, schon. Allerdings hat uns das Zimmermädchen von gewissen Unterlagen berichtet, die es auf ihrem Balkon gefunden hat.« Er lächelte und warf die graue Mappe auf den Couchtisch. »Ein reizendes Mädel übrigens, Studentin, sehr eigen-initiativ.«

Gabriel schnappte nach Luft, sein Herzschlag jagte dröhnend, jeder Rhythmus verloren. Wie hatte er die Mappe draußen vergessen können?

»Im Lichte des Ablebens ihres Arbeitgebers«, fuhr Waldner freundlich fort, »gewann die Akte ganz neue Bedeutung und das Fräulein hat sich entschlossen, uns zu verständigen. Was soll ich sagen? Die Ergebnisse der Befragung der in ihrem Dossier so prominent erwähnten Witwe – die inzwischen übrigens tatsächlich untröstlich ist – hat uns bewogen, ihren Safe zu öffnen, Herr Horvath. Und was haben wir wohl gefunden?«

Waldner lüftete das rotsamtene Sofakissen, das er neben sich auf der Sitzfläche platziert hatte. Beim Anblick seines Waffensortiments breitete sich ein bisher ungekannter, unerträglich drückender Schmerz von Gabriels Brust in Schulter, Arm und Unterkiefer aus. Er griff sich ans Herz, röchelte nach Luft.

»Und stellen sie sich vor«, sagte Waldner ungerührt, »bei der Überprüfung ihres Mietwagens fanden wir dann im Kofferraum eine Waffe, mit der möglicherweise vor zwei Tagen ein Salzburger Unternehmer erschossen wurde.«

Gabriel krümmte sich, die Hände auf die Brust gepresst, der Schmerz keine Sekunde länger zu ertragen.

»Da liegt er, der Falott. Herzinfarkt anscheinend. Und jetzt?«, hörte er den Polizisten noch aus wolkiger Ferne fragen. Dann nichts mehr.

Andreas M. Sturm

FEHLGRIFF

Putzig sahen die beiden Kerlchen aus. Wenn Roswitha sie
ansah und sich an den dicken Knollennasen und den dichten Bärten erfreute, bekam sie sofort gute Laune. Doch wenn
sie genau hinschaute, glaubte sie hinter dem breiten Grinsen
der beiden identischen Räuchermänner eine leichte Anzüg-
lichkeit zu erkennen. Fast als würden die Figuren durch-
schauen, was um sie herum geschah.

Roswitha griff sich eines der beiden Räuchermännlein
und kontrollierte, ob das angespitzte Streichholz noch an
seinem Platz saß. Sie hatte diesen Holzspan in den kleinen
Spalt zwischen Unter- und Oberteil der Figur geklemmt. So
wollte sie verhindern, dass sich die beiden Teile beim Trans-
port voneinander lösten. Sehr behutsam legte sie den Räuchermann in die mit Holzwolle gefütterte Schachtel, warf
ihm noch einen Kuss zu und verschloss den Karton mit dem
Deckel. Ihre Freundin Wanda würde vor Freude ganz aus
dem Häuschen geraten, wenn sie das Paket öffnete. Roswitha
kicherte, denn sie war sich sicher, es würde eine Riesenüber-
raschung für Wanda werden.

Roswitha hatte zuerst nur einen Räuchermann am Stand
auf dem Dresdner Striezelmarkt gekauft, doch bereits nach
ein paar Schritten war sie zögernd stehen geblieben. Sie
wusste, wenn sie das allerliebste Kerlchen nach Spanien
schickte, würde sie die gesamte Weihnachtszeit über an den
hölzernen Wichtel denken und der Neid würde sie quälen.
Sie hatte kurz entschlossen kehrtgemacht, war zu dem Stand
zurückgeeilt und hatte einen Zwilling der Figur für sich

selbst gekauft. Roswitha gönnte es Wanda nicht, etwas zu haben, was sie nicht ebenfalls besaß.

Wanda lebte in den grauen und kalten Wintermonaten in ihrer Finca und genoss das milde Klima in dem warmen, sonnigen Land. Ob dort Weihnachtsstimmung aufkommen würde? Roswitha bezweifelte es.

Wanda konnte sich ein Heim in Spanien leisten, sie war vermögend. Nicht durch eigenen Verdienst, nein, mit ihrer Hände Arbeit hatte Wanda ihren Wohlstand nicht begründet. Roswitha zog eine abfällige Schnute. Wanda war das Mehrfamilienhaus in Blasewitz in den Schoß gefallen. Sie hatte es noch zu DDR-Zeiten geerbt. Damals war es eher eine Last als ein Vermögen gewesen. Aber nach der Wende verkaufte Wanda das Mehrfamilienhaus an einen Investor und hatte ausgesorgt. Für sich hatte sie Mietfreiheit auf Lebenszeit gesichert, aber an sie, ihre beste Freundin, hatte Wanda nicht gedacht. In Roswitha stieg Zorn auf, wenn sie an den Betrag dachte, den sie monatlich von ihrer Rente für die Miete abziehen musste. Da blieb nicht mehr viel für sie. Wanda wäre nicht ärmer geworden, wenn sie wenigstens einen geringeren Mietpreis für ihre Jugendfreundin herausgeschlagen hätte. Es wäre ja nur noch für ein paar Jahre gewesen.

Roswitha schüttelte vorsichtig die Schachtel mit dem Räuchermann und nickte zufrieden. Es klapperte nichts. Sie hatte ihn gut und sicher verpackt. Sie nahm die Rolle mit dem Paketband vom Tisch und verklebte alle Kanten des Päckchens. Man weiß ja nie, wo neugierige Zöllner oder Postboten ihre Finger hinstreckten.

Sie stand auf, ging zur Schrankwand und genehmigte sich einen Kräuterlikör. Auf dem Rückweg brachte sie gleich ihr Adressbuch mit. Doch als sie es aufschlug, um Wandas Adresse herauszusuchen, starrten sie die Termine des Monats Dezember an. Da hatte sie doch glatt ihren Kalender mit dem Adressbuch verwechselt. Roswitha schüttelte lächelnd ihren Kopf. Ein wenig vergesslich war sie schon geworden, aber mit zweiundsiebzig ist das vielleicht keine Schande und außerdem sind beide Bücher schwarz. Ihre Stärke lag eben auf einem anderen Gebiet. Stolz betrachtete Roswitha ihre Hände. Diese hatten nichts von ihrer Geschicklichkeit eingebüßt. Über die Hälfte ihres Lebens hatte sie damit zugebracht, Uhren zu reparieren. Von wuchtigen Stubenuhren bis hin zu winzigen Damenarmbanduhren – sie hatte jeden noch so komplizierten Mechanismus gemeistert.

Nachdem sie das richtige Buch aufgeschlagen hatte, malte sie in großen Druckbuchstaben Wandas Adresse auf die Schachtel. Den Absender ließ sie weg. Roswitha hatte sich extra auf der Post erkundigt und so wusste sie genau, dass der nicht zwingend erforderlich war. Sie betrachtete ihr Werk abschließend noch einmal kritisch, und nachdem sie zufrieden genickt hatte, stellte sie den Karton in den Flur. Morgen würde sie das Päckchen zur Post tragen und dann würde der Räuchermann seine lange Fahrt antreten.

Zufrieden, dass sie wieder etwas erledigt hatte, gönnte sich Roswitha ein weiteres Schnäpschen. Dann griff sie zum Feuerzeug und zündete die Kerzen auf der Pyramide an. Erfreut beobachtete sie, wie flink sich die Heilige Familie und die drei Könige aus dem Morgenland drehten. Wie immer war sie froh, dass es Holzfiguren waren, die da auf der Scheibe rotierten. Lebendige Männlein hätten ihr bei diesem enormen Tempo längst die Tischdecke vollgekotzt.

Sie beschloss, dass es Zeit für eine Scheibe Dresdner Stollen und eine Tasse Kaffee war. Genussvoll kauend lehnte sie sich zurück und ließ ihre Blicke über das weihnachtlich dekorierte Wohnzimmer gleiten. Dabei gerieten auch die Reisebeschreibungen von Erich Wustmann in ihr Sichtfeld. Sie hatte diese Bücher bereits zu DDR-Zeiten erworben. Dies war ihr damals nur möglich, weil sie als Beschäftigte in einem Juwelierladen Mitglied in der Mafia war, die den Warenaustausch in der kleinen Ladenstraße kontrolliert hatte. Sie hatte diese Bücher verschlungen und schon damals war der Wunsch fast übermächtig geworden, die südamerikanischen Länder selbst in Augenschein zu nehmen. Doch erst nach der Wende war die Erfüllung dieses Wunsches überhaupt vorstellbar. Aber ihr Mann Harald hatte das Geld lieber in die ständige Erweiterung seiner Briefmarkensammlung investiert, als seiner Frau eine Reise zu spendieren. Doch Roswitha hatte unverdrossen weiter geträumt und war in ihrer Begeisterung für die lateinamerikanischen Länder so weit gegangen, dass sie Spanisch lernte.

Nach Haralds Tod hatte Roswitha aus Gründen der Pietät ein Jahr gewartet, dann hatte sie die Sammlung hervorgeholt und Stück um Stück verkauft. Nie hätte sie geahnt, was sie in den Umschlägen seltener Ersttagsbriefe finden würde: Liebesbriefe von ihrer Jugendfreundin Wanda an ihren Harald. Die zwei hatten über Jahre hinweg ein Verhältnis. Die Beweise dafür hatte Harald wie Reliquien zwischen seinen Schätzen aufbewahrt. Frivol waren diese Briefe und sie strotzten nur so von detaillierten Beschreibungen der sexuellen Praktiken des heimlichen Pärchens. Tagelang hatte Roswitha geheult und sich mit den Beweisen der Untreue wieder und wieder gemartert. Sie wunderte sich immer noch, was Harald an Wanda bloß gefunden hatte? Diese Bohnenstange! An ihr war wenigstens etwas dran. Das mochten doch die Männer!

Roswitha schluchzte leise, wischte aber sofort mit einer trotzigen Bewegung die Tränen fort und tröstete sich mit dem Gedanken an die Vergeltungsmaßnahmen, die sie sofort eingeleitet hatte.

Harald, der Blumenfreund würde wohl in Zukunft auf einen angemessenen Grabschmuck verzichten müssen.

Roswitha hatte die Grabpflege zum frühestmöglichen Zeitpunkt storniert und bald würde eine hübsche Unkraut-
sammlung sein Grab zieren.

Sie rieb sich die Hände und freute sich, wenn sie an ihre
Überraschung für Wanda dachte. Roswitha bedauerte nur,
dass sie nicht dabei sein konnte, wenn Wanda die Quittung
für ihr Verbrechen bekam.

Um Wanda zu bestrafen, hatte sie das Angenehme mit
dem Nützlichen verbunden. Durch den Verkauf von Haralds
Briefmarken, hatte sie sich eine Reise nach Kolumbien leisten können. Kaum war sie in dem Land angekommen, hatte
Roswitha einen Reiseführer für sich organisiert und einen
Ausflug in das Gebiet der Choco-Indianer unternommen.
Da Roswitha nicht an der falschen Stelle gespart und ihren
Fremdenführer fürstlich geschmiert hatte, brachte sie dieser
zu einem alten Mann, welcher der Zauberer des Stammes
sein sollte. Die Spanischkenntnisse des verschrumpelten,
kleinen Hexenmeisters waren auch nicht besser als die ihren, vielleicht hatte deshalb die Verständigung so reibungslos funktioniert. Roswitha hatte ein Bündel Geldscheine gegeben und dafür ein hübsch verziertes Tongefäß erhalten.

Der alte Geisterbeschwörer hatte anschließend ihre Hände getätschelt, wiederholt das Wort ›rana‹ genuschelt und
dabei verschwörerisch gekichert, was wie das Krächzen
eines alten Papageien klang. Roswithas Spanischwortschatz
hatte ausgereicht, diesen Begriff als ›Frosch‹ zu übersetzen.

Roswitha hatte sich natürlich nicht auf die gebrabbelten,
kaum verständlichen Worte des halb verrückten alten
Mannes verlassen. Kaum war sie wieder zurück in der Hotelanlage, hatte sie einen der kleinen Blasrohrpfeile aus dem
Behälter genommen und damit ein streunendes Katzenkind
verletzt. Das Ergebnis hatte Roswitha mehr als überzeugt.
Die Katze hatte sich fauchend unter eine Hecke verzogen,
war Sekunden später zusammengebrochen, hatte krampf-

haft ihre Schnauze aufgerissen, noch einmal gezuckt und war tot.

Zurück in Dresden hatte Roswitha nachgeschlagen. Dadurch hatte sie erfahren, dass die Choco-Indianer eine Technik entwickelt hatten, mit deren Hilfe sie die Wirkung ihrer Pfeilspitzen durch das Gift von Fröschen enorm steigerten. Die bedauernswerten Tiere werden dabei am Boden festgespießt und dann rieben die Indianer die Spitzen der Blasrohrpfeile an der Haut der kleinen bunten Frösche. Roswitha hatte diese Tierquälerei mit einem Schulterzucken abgetan. »Der Zweck heiligt die Mittel«, hatte sie gemurmelt und dabei an Wanda gedacht.

Jetzt war Roswitha von gespannter Erwartung über das Gelingen ihrer kleinen Rache erfüllt. Und Vorfreude ist doch die schönste Freude, dachte sie mit einem verklärten Lächeln, und dies gerade in der Weihnachtszeit. Sie beschloss, es sich an diesem Abend so richtig gut gehen zu lassen. Der Duft einer Räucherkerze durfte da nicht fehlen. Sie überlegte, welche Sorte heute wohl am besten passen würde. Sie hatte die Wahl zwischen Weihrauch, Tanne, Waldhonig oder Sandel. Roswitha entschied sich für einen der schwarzen Kegel, welcher ihre gute Stube mit einem Weihraucharoma füllen würde. Ihren neu erworbenen Räucherwichtel einzuweihen, würde ihr dabei zusätzliches Vergnügen bereiten.

Sie nahm den Räuchermann vom Tisch und trennte mit einer Drehung Unter- von Oberteil. Sie erschrak nicht, als sie das leise Schnappen vernahm, und den winzigen Stich in die Handfläche spürte sie kaum. Roswitha lehnte sich seufzend im Sessel zurück, hob ihre linke Hand und sah nachdenklich auf den kleinen Blutstropfen, der aus ihrem Handballen quoll. Noch einmal glitzerte Stolz in ihren Augen. Das mechanische Kunstwerk, welches sie in den Körper des Räuchermanns gesetzt hatte, funktionierte genauso, wie sie es kalkuliert hatte. Wenn doch nur die beiden Räucherwichtel nicht so verdammt gleich aussehen würden. Roswitha bemerkte mit Entsetzen, dass sie es nicht mehr schaffte zu atmen. Das Letzte, was sie vor ihrem geistigen Auge sah, war der Todeskampf der kleinen Katze in der Hotelanlage.

Mandy Kämpf

MÖRDERISCHER VALENTIN

Es hatte über Nacht geschneit. Eine dicke, weiße Decke ummantelt die Welt um sie herum. Träge klettern die ersten Sonnenstrahlen am Horizont empor, kriechen lautlos über das Eis, strecken sich weit in das Dunkel und umfassen die Füße der Frau in der Finsternis, als wollten sie an ihnen ziehen. Als solle sie den Boden unter ihnen verlieren. Doch das ist längst geschehen. Sie befindet sich schon im freien Fall. Blickt an sich herunter, in das Grauen des Morgens. Es ist der 14. Februar, Valentinstag. Der Winter hält sie noch immer gefangen. Er wird sie nicht mehr loslassen. Die Kettensäge baumelt wie ein übergroßes Schmuckstück an ihrem rechten Handgelenk. Ein mörderisches Accessoire. Die scharfen Zähne noch getränkt von lebloser Flüssigkeit und Schmerz.

Sie steht im Garten, hinter ihrem gemeinsamen Haus. Der Schnee zu ihren Füßen verfärbt sich dunkel und langsam sickert der Lebenssaft zurück zu Mutter Erde. Mit leerem Blick verfolgt sie die Spur und blickt wie plötzlich begreifend auf die leblose Gestalt vor ihr. Sie hat es tatsächlich getan. Ein diabolisches Grinsen breitet sich auf ihrem Gesicht aus.

Gerade vierzig Jahre geworden, ist Gabriele noch immer eine attraktive Frau. Die ersten, zarten Fältchen zeichnen sich auf ihrer rosigen Haut ab, doch das macht sie noch interessanter, noch schöner. Ihre Augen, hübsch eingerahmt von dichten, schwarzen Wimpern, leuchten hellgrau und gaben schon manchem Mann ein Versprechen. Auch ihr Körper kann sich noch sehen lassen. Noch immer sehr schlank, hat sie mit den Jahren ein paar weibliche Rundungen mehr bekommen und setzt diese Reize gekonnt ein. Sie ist durch und durch Frau. Auch heute. Hier im Schnee. Ihre Blutrot geschminkten Lippen kräuseln sich abschätzend. Da liegt sie nun vor ihr und kann ihr nichts mehr anhaben. Zerstört. Ausgehauchtes Leben.

Selbst schuld!, korrigiert Gabriele ihr Gewissen. Ihr Mann gehört ihr. Von Nebenbuhlerei hält sie nichts. Sie ist eine sehr eifersüchtige Frau, das weiß er, und trotzdem hat er es getan. Nun muss er mit den Konsequenzen leben. Entschlossen wirft sie ihr langes, blondes Haar zurück, als wolle sie damit ihre Tat unterstreichen.

Schon lange ahnt Gabriele, dass sie nicht die einzige Frau in Stefans Leben ist. Er ist ein schlechter Schauspieler. Seine angeblichen Überstunden, sein sich ändernder Kleidungsstil. Abende, die er in der Garage verbringt, statt mit ihr bei einem Glas Wein im Wintergarten des Hauses. Seine Treueschwüre sind in ihren Augen nur Lippenbekenntnisse. Und dann hat sie ihn beobachtet. Ist ihm nachgegangen und hat sie gesehen.

Noch immer im Schnee stehend, den Tod unter sich, erinnert sie sich schmerzhaft an den Tag, an dem sie seine neue Liebe das erste Mal sah.

Groß, mit ausladenden Hüften, war sie das genaue Gegenteil von Gabriele. Erst wollte sie es nicht glauben, dachte sie doch immer, dass ihr Stefan eher an Frauen wie sie es war Gefallen findet. Nicht so mächtig in Figur und Form. Sie verstand nicht, wie sie sich so täuschen konnte. Begriff nicht, warum.

Doch sie sah, wie er die andere zärtlich streichelte und ihr schmeichelnde Worte zuflüsterte. Wie er ihren üppigen, glänzend geschmückten Busen küsste. Ab diesem Tag verbrachte Gabriele ihre Zeit mit detektivischer Feinarbeit und verfolgte die beiden, wo es nur ging. Aus der anfänglichen

Romanze wurde bald mehr. Es dauerte nicht lang, da erwischte sie die beiden in flagranti. Das war vor sechs Tagen.

Schmerz drängt in ihre Brust bei der Erinnerung, ihr wird schlecht und beinah übergibt sie sich auf den geschändeten Leib ihrer Nebenbuhlerin.

Sie hat sie gesehen. Ausgerechnet in der Garage ihres gemeinsamen Hauses. Gabriele stand vor dem Fenster, einer kleinen dreckigen Scheibe am Garagentor. Stefan war so in sein amouröses Techtelmechtel vertieft, dass er seine Frau nicht bemerkte. Noch immer hat sie das Bild vor Augen, wie er seine rechte Hand in der stählenen Hand der anderen vergräbt und die linke fest in ihren dicken Busen krallt. Seine Schenkel umschlingen und reiben sich dabei an ihrem Leib. Sein Blick ist verklärt. Er führt und verführt, streichelt und zupft. Das Crescendo der pochenden Musik aus der Stereoanlage wird immer wilder und erreicht mit ihm seinen Höhepunkt. Gabriele drehte sich angeekelt weg. Zorn und heiße Wut blitzten in ihren Augen auf. Es wurde Zeit.

Noch einmal lässt Gabriele die Kettensäge an. Metallisch kreischend zerschneidet ihr Klang die Luft, um sich im selben Augenblick in das Gebein der Toten vor ihr zu senken. Er sollte ein Souvenir bekommen. Zur Erinnerung daran, dass sie, seine Frau, keine zweite Leidenschaft neben sich duldet. Sie wählt die kalte, bleiche Hand mit dem neuen, feinen Lederhandschuh, welchen er seiner Geliebten gestern liebevoll angezogen hatte und macht sich an ihr Werk.

Stefan betritt das Haus mit einem großen Strauß Chrysanthemen, die Lieblingsblumen seiner Frau. Eine Flasche Rotwein unter den Arm geklemmt, stößt er die Tür hinter sich zu und lässt die eisigen Atemwölkchen davor stehen. Verwundert blickt er den Flur hinauf, darauf wartend, dass Gabriele ihm entgegen eilt. Er weiß, wie wichtig ihr dieser Tag ist und er ahnt, dass sie sauer auf ihn ist, da er in den letzten

Wochen so wenig Zeit mit ihr verbracht hatte. Doch die Arbeit frisst ihn auf. Und manchmal möchte er einfach für sich allein sein. Nichts sagen müssen, einfach entspannen können. Dinge, die Gabriele nicht versteht. Genau wie sein Hobby, sein Maschiene. Manchmal meint er, sie wäre eifersüchtig auf sein Moped. Heute im Morgengrauen hatte er ihr gemütliches Heim verlassen, seine Frau zum Abschied auf die warmen, weichen Lippen geküsst und ist mit dem Versprechen, heute nicht so lange zu arbeiten, aus dem Haus geeilt. Nun ist er zurück und freut sich auf einen gemeinsamen Abend mit seiner Gabriele und vielleicht auf mehr. Sie noch immer mit Blicken suchend, legt er Blumenstrauß und Wein auf dem Küchentisch ab, direkt neben einem großen Paket. Verwundert der Aufmachung wegen, betrachtet er es näher. Der Karton ist sorgfältig mit feinem Papier umwickelt und mit einer großen Schleife verschnürt. Oben auf liegt eine Karte. ›Stefan‹ steht darauf in ihrer Handschrift. Lächelnd nimmt er die Karte in die Hand.

›Alles Liebe zum Valentinstag‹ ist dort schlicht geschrieben. Neugierig löst er die Schleife des Paketes. Er liebt Überraschungen. Vor allem die von Gabriele. Auspackend überlegt er, was sie sich hat einfallen lassen. Vielleicht wieder eine Schnitzeljagd, wie zu seinem letzten Geburtstag?

Seine Frau hatte im ganzen Haus Abschnitte eines Fotos von sich verteilt. Zusammengesetzt ergab es eine Aktaufnahme von ihrem wunderschönen Körper, wobei er das letzte Puzzleteil hübsch arrangiert auf ihren, in zarter Spitze verhüllten Busen, auffand.

Den Deckel anhebend, strahlen seine Augen noch bei dem letzten Gedanken. Seine Hände greifen nach dem raschelnden Seidenpapier, die letzte Hülle, die seine Augen von dem Geschenk trennen. Er schlägt es zurück und starrt verwirrt auf den Inhalt. Sein Hirn will nicht begreifen, was er sieht. Entsetzen weitet seine Augen, als er erkennt. Wie hypnotisiert greift Stefan nach der in feinem Leder verhüllten Stahl-hand, verstümmelt mit brachialer Gewalt. Als wolle er sich berührend versichern, was seine Augen erblicken. Ein kalter Schauder kriecht zwischen seinen Schulterblättern am Rück-grat entlang. Feine Härchen richten sich in seinem Nacken auf. Einer Eingebung folgend rennt er aus der Hintertür in den Garten. Auf der Terrasse bremst er seinen schnellen Schritt fassungslos ab. Dort steht sie. Seine Frau, umrahmt von orange züngelnden Fackeln. In der einen Hälfte ihres engelsgleichen Gesichtes tanzen schwarze Schatten, die an-dere Hälfte wird vom feurigen Schein der Lichter erhellt. Ihre Augen scheinen übergroß und kleine Flammen spiegeln sich in ihren Augäpfeln wieder. Er betrachtet sie schwei-gend. Tonlos. Reaktionslos. Fassungslos. Zu ihren Füßen liegt seine Geliebte, er erkennt Teile von ihr, sieht die Ver-stümmelung und riecht den Tod, der über den winterlich verhüllten Garten liegt. Sie ist tot, seine Harley Davidson, sein Motorrad – oder das, was von ihr übrig ist. Der abge-trennte Lenker mit den neuen Ledergriffen gleitet aus seiner Hand …

Ingrid Schmitz

EIN NEUES LEBEN

Andrea schlich um Frank herum, wie die Katze um den heißen Brei.

Er beschwerte sich: »Sorry, aber könntest du bitte einen
Schritt zur Seite treten?« Dabei sah er noch nicht einmal auf,
war viel zu konzentriert auf seinen Versuchsaufbau, vermi-
schte irgendwelche Substanzen, nur um sie anschließend
wieder zu zentrifugieren.

»Jetzt läuft das Ding schon wieder!«, stöhnte Andrea.
»Jede Nacht! Ich kann es bis ins Schlafzimmer hören. Wann
ist endlich Schluss damit?«

Nie hätte sie damit einverstanden sein sollen, dass Frank
sich den später mal als Kinderzimmer vorgesehenen Raum
zum Labor einrichtet. Prompt hatte er alle Wände weiß ge-
kachelt und graue Fliesen gelegt. Ihr Kinderwunsch schien
dadurch in weite Ferne gerückt zu sein und dabei tickte ihre
biologische Uhr immer lauter. Außerdem wusste sie nicht,
was schlimmer war. Dieses Versuchslabor oder seine tausend raumfüllenden Dinge als Sammelwütiger.

»Seit zwei Wochen hockst du ständig in deinem Labor herum und schließt dich sogar ein. Du scheinst vergessen zu
haben, dass ich auch noch da bin. Meinst du etwa, ich will
den Rest meines Lebens damit verbringen, dass ich nebenan
auf dich warte?«

Andrea appellierte an seine Vernunft: »Frank, so kann
das nicht weiter gehen. Merkst du das nicht von selbst?«

Keine basische Reaktion.

Andrea musste nachhelfen: »Nächste Woche fahre ich

erst einmal mit Isabella für vierzehn Tage an den Gardasee, zum Ferienhaus. Muss nach dem Rechten sehen. Ich nehme an, du hast keine Zeit mitzukommen?«

Sie hatte diese Aussage vorsichtig als Frage intoniert und wartete gespannt auf seine Antwort.

»Genial!«

Gerade wollte sie sich freuen, da begriff sie, dass sich dieser Ausruf auf seine Versuchsanordnung bezog.

»Frank? Hast du mir überhaupt zugehört?« Argwöhnisch suchte sie seinen Blick, der jedoch an der Retorte klebte. »Du hast echt nichts kapiert!«

»Klar doch! Isabella fährt für vierzehn Tage an den Bodensee«, murmelte er geistesabwesend vor sich hin.

»Hab ich's doch gewusst!« Sie konnte sich nicht länger zurückhalten, schlug mit der flachen Hand auf die Arbeitsplatte: »ICH, Andrea, deine herzallerliebste Freundin, fahre MIT Isabella für zwei Wochen zum GARDASEE! Und der, mein Guter, liegt in Italien!«

Frank hielt schützend seine Hände über die Retorte, in der eine undefinierbare, wie Pudding aussehende Zähflüssigkeit bedrohlich zu zittern begann.

»Vorsicht! Das Zeug verträgt keine Erschütterungen. Ich muss es noch verbessern.«

»Und *ich* bin es leid! Du kannst mich mal! Dann mache ich eben Urlaub ohne dich!«

»Woher hast du das Geld?«, schreckte er plötzlich auf.

»Von meiner Mutter! Sie hat mir vorzeitig mein Erbe ausgezahlt. Auch das Ferienhaus gehört jetzt mir. Das habe ich dir schon vor zwei Wochen erzählt, aber du hattest ja nichts Eiligeres zu tun, als dich in deinem Labor einzuschließen. Übrigens, wenn du meinst, mich weiter für deine Chemiespinnereien anpumpen zu können, hast du dich getäuscht. Kümmere dich lieber um deinen *Doktor* …«

Das letzte Wort betonte sie absichtlich abfällig, da er seit

mehreren Jahren damit beschäftigt war. »Den hast du nämlich bitter nötig!«, schimpfte sie weiter. »Aber eher einen Dr.
med! Ich werde in Italien sicher genügend Zeit finden,
gründlich über unsere Beziehung nachzudenken. Solltest du
vielleicht auch einmal tun, wenn ich weg bin. Falls wir uns
nicht mehr sehen werden: ›Auf Wiedersehen, Dr. Jekyll!‹«

Andrea warf die Labortür mit solch einer Wucht ins
Schloss, dass der Kalk nur so von den Wänden rieselte.
Frank brach der Schweiß aus. Mit bebenden Händen hielt er
die Retorte fest und die Luft an.

Die folgenden Wochen verliefen sehr ruhig, für beide an getrennten Orten, und bescherten ihnen völlig neue Erfah-
rungen und Erkenntnisse. Frank hatte erstmals ungestört
Zeit, sich in aller Ruhe seinen Versuchen zu widmen. Tag
und Nacht experimentierte er mit nur gelegentlichen Unterbrechungen, nämlich dann, wenn der Magen mit lautem
Knurren nach Nahrung verlangte. Immer wieder dachte er
in diesen Pausen an Andrea, öfters als sie glaubte.

Andrea genoss derweil die Stille und Ruhe, das Zusammen-
sein mit ihrer besten Freundin. Außer in den seltenen, aber
mit der Zeit immer schwerer zu verdrängenden Momenten,
in denen sie sich ernsthafte Sorgen um ihr Leben nach dem
Urlaub machte.

»Warum hast du dich noch nicht von diesem Idioten getrennt?«

Andrea wusste es selbst nicht. Sie räkelten sich oben ohne
am Privatstrand in der italienischen Sommersonne und genossen das wunderbare Klima des Gardasees. Das Ferienhaus war einfach traumhaft. Seit ihrer Jugendzeit war Andrea nicht mehr hier gewesen, und nun war sie ihrer Mutter
unendlich dankbar dafür, es damals nicht verkauft zu haben.

»Andrea? Was ist los? Träumst du?«, fragte Isabella.

Sie seufzte. »Ach, ich will jetzt nicht über Frank reden. Lass uns lieber die Zeit genießen. Bald müssen wir schon wieder nach Deutschland zurück.« Sie zupfte ihre Bikinihose zurecht. »Cremst du mir den Rücken ein?« Diesmal hatte sie an die Sonnencreme gedacht, die sie von zu Hause mitgebracht hatte.

Das ließ sich Isabella nicht zweimal sagen. Auf eine solche Aufforderung hatte sie nur gewartet. Die ganze Zeit über schon hatte sie den verlockenden Körper ihrer Freundin begutachtet, während diese sich mit geschlossenen Augen sonnte. »Sehr gerne«, schnurrte sie.

Neidvoll betrachtete sie ihre Freundin von oben bis unten. Nicht nur Andreas innere Werte stimmten, sondern auch die äußeren. Die langen, dunklen Haare, die tiefgründigen, haselnussbraunen Augen, das ebenmäßige Gesicht, die festen Brüste ... Frank musste blind sein, dass er sich das entgehen ließ. Er verpasste einen schlanken, mittlerweile braungebrannten Luxuskörper, der Isabella erregte, als sie verträumt begann, die samtweiche Haut zu streicheln.

»Warte!« Andrea blickte sie verwundert an. »Ohne Sonnencreme wirst du damit wenig Erfolg haben. Außerdem muss ich mich erst umdrehen!«

Sie lachten.

»So ist es auch schön«, sagte Isabella. »Du weißt doch: Wahre Liebe gibt es nur unter Frauen!« Dabei meinte sie es ernster als Andrea es in dem Moment auffasste. Andrea reichte ihr schmunzelnd die Flasche Sonnenmilch ohne Etikett. Kurz wurde sie wehmütig. »Die ist von Frank. Er meinte, er stelle auch nützliche Dinge in seinem Labor her. Die Lotion soll einen hohen Lichtschutzfaktor haben und die Haut samtweich werden lassen.«

Isabella drehte den Schraubverschluss ab und roch an der Flasche. »Hmmm ... riecht nach deinem teuren Parfum.«

»So ein Schuft. Deshalb war der Flakon fast leer.«

Die Freundin malte ihr mit der Sonnenmilch ein riesiges Herz auf den Rücken und begann die Milch zu verteilen.

Andrea schrie: »Wisch das weg! Das brennt wie Feuer! Wisch das weg!«

Auch Isabellas Hände waren feuerrot geworden und juckten plötzlich fürchterlich. Sie nahm ihr T-Shirt und putzte sich ihre Hände und dann sofort Andrea die teuflische Lotion vom Rücken ab. Zurück blieb das krebsrote Herz, das sich immer tiefer einzubrennen schien. Schnell nahm sie Andrea bei der Hand, zog sie hoch und lief mit ihr in den See, wo das Wasser die ätzende Flüssigkeit kühlend verdünnte und der Schmerz langsam nachließ.

Die letzte Woche verging wie im Zeitraffer. Zumindest kam es ihnen so vor. Die Sonnenmilch war entsorgt, der Vorfall vergessen, die Haut geheilt. Zahlreiche Ausflüge ins Landesinnere ließen Andrea und Isabella zu übermütigen, jungen Mädchen werden, die zum ersten Mal von zu Hause fort waren. Am letzten Urlaubstag fuhren sie nach Verona, um shoppen zu gehen und sich mit ein paar Köstlichkeiten für ihre private Abschiedsfeier einzudecken.

Der Abend war berauschend. Wie ein dunkelroter Feuerball schien die Sonne langsam im Meer zu versinken. Die Luft war lau und duftete betörend nach Lavendel und anderen Blüten und Kräutern. Verträumt und eng aneinander geschmiegt, saßen Andrea und Isabella auf dem noch warmen Sandstrand, direkt am See, und beobachteten das rhythmische Auf und Ab der mit weißen Schaumkronen bedeckten Wellen. Auch in ihrem Inneren schwappten Wellen über und wie selbstverständlich fanden sich ihre Hände.

Isabella legte ihren Arm um Andrea und küsste sie auf die Schulter. Eine klitzekleine Träne der Rührung schlich sich aus dem Augenwinkel.

Andrea reichte ihrer Freundin das Rotweinglas.

»Auf unseren phänomenalen Urlaub! Es war sehr schön mit dir! Ich wünschte, dieser Augenblick würde uns für immer gefangen halten!« Sie räusperte sich und wirkte plötzlich bedrückt: »Ferien, die nie zu Ende gehen dürften!«

»Müssen sie es denn?«, fragte Isabella. »Hey! Wie wäre es, wenn wir einfach hier bleiben?« Sie beugte sich zu Andrea, um ihre Reaktion besser sehen zu können. »Ich habe noch ein dickes Sparbuch und zuhause wartet sowieso niemand auf mich.«

Andrea schaltete. »Aber auf mich. Was ist mit Frank?«

»Ach, vergiss Frank. Dem bist du sowieso gleichgültig«, sagte Isabella.

Andrea blieb zunächst skeptisch, dann aber erhellte sich ihr Gesicht. »Du hast recht, warum eigentlich nicht? Zumindest könnten wir erst einmal den Urlaub um eine Woche verlängern. Ihr Plan stand plötzlich fest. »Ja, genau! Danach fliegen wir zurück nach Deutschland, brechen dort unsere Zelte ab und wandern aus. Geld spielt keine Rolle. Ich habe genug davon, bis wir Fuß gefasst haben«, sagte sie bestimmt.

Isabella wusste auch schon wie und spann den Faden weiter: »Du könntest malen, ich Handtaschen flechten, und wir könnten in den Tag hinein leben und lieben. Dolce Vita!« Begeistert hielt sie Andrea das Glas entgegen. »In der Übergangszeit wohnst du solange bei mir. Stoß an, dann ist es beschlossene Sache!« Sie ließen die Weingläser klingen und tranken auf ex. »Du hast wie immer die besten Ideen, Isabella!«, flüsterte Andrea ihr ins Ohr und drückte sie heftig. »Ich liebe dich!«

Für Isabella klang es diesmal nicht wie eine Liebeserklärung unter Freundinnen. Nein, da war mehr, das ging tiefer. Sie war erleichtert, dass sie endlich dem Ausdruck verliehen hatte, was sie selbst seit mehreren Tagen fühlte. »Ich dich auch!«, flüsterte sie kaum wahrnehmbar. Nachdem sie sich eine Weile tief in die Augen geblickt hatten, küssten sie sich innig.

»Wir fangen ein neues Leben an!«, rief Andrea mit ausgestreckten Armen dem Himmel entgegen. Dann etwas weniger euphorisch: »Gleich morgen schreibe ich Frank eine SMS, dass er meine persönlichen Sachen zu dir schicken soll. Nur das Nötigste. Ich schreibe, dass ich jemanden kennengelernt habe, dann lässt er mich wenigstens in Ruhe und kreuzt nicht bei dir auf.« Sie überlegte angestrengt weiter. »Das mit dem Kennenlernen stimmt ja auch. Ich habe dich nun richtig kennengelernt, Isabella. Isabella, meine Busenfreundin – im doppelten Sinne.« Sie strich ihr zärtlich über die Wange. »Und vor allem bin ich endlich bereit, ich selbst zu sein.«

»Andrea, du bist himmlisch!«, strahlte Isabella, wartete eine bedeutungsvolle Sekunde, zog ihre Freundin leidenschaftlich an sich und im nächsten Moment wälzten sich die beiden im warmen Sand. Schnell waren die Bikinioberteile und Strandtücher abgestreift, und der mittlerweile ausgedehnte Rotweinkonsum ließ sie alle bisherigen Hemmungen vergessen, in dieser betörenden Nacht am Strand.

»Dieser Schuft! Jetzt sind es bereits drei Wochen her, und Frank hat immer noch nichts von sich hören lassen. Kein Päckchen, kein Brief – nichts! Was der sich wohl einbildet? Ich hätte gerne meine Sachen – zumindest meine Lieblingsstücke«, wetterte Andrea am Frühstückstisch bei ihrer Freundin.

»Ruf ihn an«, empfahl Isabella, »und frag nach, was er sich dabei denkt.«

»Eigentlich will ich nicht mit ihm reden. Aber du hast recht. Was soll's.« Sie griff zum Hörer und wählte. Sie ließ es acht, neun, zehn Mal klingeln, aber niemand hob ab. »Er ist bestimmt wieder in seinem Scheißlabor und hört das Telefon nicht.« Andrea konnte nicht anders. Sie musste sich aufregen. Nach einer halben Stunde und mehreren Tassen Kaffee probierte sie es abermals – nichts, keine Reaktion.

»Wir könnten gemeinsam zur Wohnung fahren«, meinte Isabella.

»Nein, wir fragen meine Mutter, ob sie mal nach dem Rechten schauen kann«.

Ihre Mutter, die mittlerweile in ihrem Vorhaben eingeweiht war, hatte den Wohnungsschlüssel abgeholt und wollte sich sofort melden, nachdem sie mit Frank gesprochen hatte und im Besitz der Kleidung war. Auf sie war wenigstens Verlass. Andrea liebte sie sehr und das mit ihrer Sinneswandlung, was Frauen anbelangte, würde sie tolerieren, da war sie sich ganz sicher.

Am Abend ertönte nicht das Telefon, sondern die Türklingel. Andrea lief zur Tür, riss sie auf und wollte ihrer Mutter um den Hals fallen. Stattdessen stieß sie gegen ein Geschenkpaket, das Frank in den Händen hielt.

»Frank! Was machst du denn hier?« Etwas Blöderes fiel ihr im Moment nicht ein.

Isabella schüttelte nur fassungslos den Kopf.

»Ich bin gekommen, um dich mit nach Hause zu nehmen – wo du hingehörst!« In seiner Stimme lag ein Drohen.

Isabella stellte sich zwischen sie: »Da kommst du zu spät! Außerdem ist Andrea kein Hund, den man einfach mitnehmen kann.« Harmlose Sätze im Vergleich zu dem, was ihr sonst dazu einfiel. Aber sie wollte die Lage nicht eskalieren lassen. Zudem hielt sein Blick sie davon ab, mehr zu sagen.

»Scher dich vom Acker!«, schob sich Andrea wieder vor. »Ich will nichts mehr mit dir zu tun haben!«

Isabella strahlte, umarmte sie von hinten und küsste ihren Hals. »Andrea gehört jetzt zu mir«, fasste sie es in Worte.

»Ach, so ist das! Ihr seid Lesben geworden!«, fauchte Frank.

Das Telefon dudelte. Isabella ließ Andrea ungern mit ihm allein, ging schließlich doch ins Wohnzimmer zur Feststation, aber nur, um den lästigen Anrufer abzuwimmeln. Unterdessen hatte sich Frank beruhigt. Dennoch durfte er nicht herein kommen.

»Das war doch ein Scherz, oder? Was ist Andrea, kommst du mit?«, versuchte er es gezielter.

»Nein!«

»Wie du willst! Habe es mir schon gedacht.« Zorn bestimmte seine Mimik. »Hier. Nimm es – mein Abschiedsgeschenk für dich.« Frank streckte ihr das Paket entgegen. Andrea wollte ihm diesen letzten Gefallen tun und griff danach. Er lächelte zum ersten Mal.

Isabella riss es ihr aus der Hand und schrie: »*Nein*! Lauf weg!«

Frank, der es sehr eilig hatte, war bis zum Treppenabsatz gekommen. Er drehte sich blitzartig um, sah das Paket auf sich zukommen und wollte es reflexartig fangen. Die Tür knallte zu. Er erschrak und bückte sich. Das Paket flog über ihn hinweg – es prallte auf die Betonkanten der Stufen, ein Mal, zwei Mal, drei Mal ... *Wooooooooommmmmmm!!!*

Andrea und Isabella saßen zitternd auf der Couch und hielten sich aneinander fest.

»Woher wusstest du ...?«, japste Andrea.

»Der Anruf. Es war deine Mutter. Sie war in Franks Wohnung gegangen, nachdem ihr nicht geöffnet worden war.«

Isabella holte tief Luft.

»Im Labor fand sie dann seine Versuchsaufzeichnungen, die betitelt waren: Erster Versuch: *Creme Revanche* – Lichtschutzfaktor gut ätzend (Lotion) und zweiter Versuch: *Never come back* – Abschiedsgeschenk für Andrea (zähflüssig) und daneben lagen zerschnittene Fotos von dir.«

Andrea schluckte schwer: »Der Pudding verträgt keine Erschütterungen.«

»Was?«, fragte Isabella.

»Schon gut. Wir fangen ein neues Leben an!«

»Ich rufe erst einmal die Polizei.«

Andrea Gerecke

KUSCHELKISSEN

»Kannst Du nicht ein Mal aufpassen?!«, zischte Irmgard und blickte dabei mit gerunzelter Stirn über ihre Brille hinweg. Ihre Mundwinkel hingen abfällig nach unten.

»Es ist doch alles in Ordnung«, besänftigte Harald mit leiser Stimme und schob den Teewagen an den Wohnzimmertisch. Als er die Teppichkante genommen hatte, war die Kanne auf dem Stövchen ins Wanken geraten, das Kerzenlicht hatte heftig geflackert und ein wenig von dem heißen Getränk war aus der Tülle übergeschwappt.

»Alles in Ordnung! Von wegen. Beinahe wäre die Teekanne auf den Fußboden gestürzt und der Inhalt hätte sich auf unseren funkelnagelneuen Teppich ergossen! Die Flecken mag ich mir gar nicht vorstellen ...«

»Es ist doch aber nichts passiert«, entgegnete Harald und wechselte das Thema, während er das Geschirr sorgsam auf den Tisch stellte und neben jedes Gedeck eine Serviette legte. »Komm, setz dich zu mir. Ich habe heute früh vom Bäckerwagen zwei Stücken Frankfurter Kranz mitgebracht. Den isst du doch so gern.«

Jetzt war es an Irmgard, etwas freundlicher dreinzuschauen. Da hatte ihr Mann nun wirklich recht. Diesen Kuchen mit der Buttercreme und der Mandelschicht mit Krokant aß sie am liebsten. Früher hatte ihre Mutter den immer gebacken, aber das war lange her. Irmgard rechnete kurz hoch, was sie im Laufe des Tages an Kalorien zu sich genommen hatte, aber das ergab noch einen offenen Posten. Also durchaus Platz für diese Köstlichkeit und außerdem hatte sie für ihre fünfundsiebzig Jahre eine ausgesprochen gute Figur. Weil sie sich eben niemals gehen ließ. Ganz anders als Harald, der einen strammen Bauch vor sich hertrug.

»Wolltest du nicht auf deine Linie achten?«, erkundigte sich Irmgard scheinheilig. Sie wusste, damit traf sie ihren Angetrauten.

»Nicht, dass ich wüsste ...« Harald schüttelte verlegen den Kopf. »Aber ich kann dir von meinem Stück gern noch etwas abgeben, wenn dir deines nicht reicht«, schlug er diplomatisch vor.

Irmgard meinte nur abfällig: »Das eine Stück ist schon völlig in Ordnung. Jedenfalls für mich!«

Schweigend verzehrten beide die cremige Leckerei. Nur die Wanduhr gab Laut.

Als Harald den Teewagen wieder in die Küche schob, hing er seinen Gedanken nach. Wohin war nur die große Liebe verschwunden, die sie beide einst verbunden hatte. Er konnte sich nicht erinnern, zu welchem Zeitpunkt sie auf der Strecke geblieben war. Dabei hatte alles so phänomenal angefangen. Damals, als sich beide auf der Uni kennenlernten. Irmgard von Anfang an außerordentlich emanzipiert. Gerade das hatte ihm an ihr gefallen. Sie ließ sich von keinem Mann unterkriegen, auch nicht später im Beruf. Und er?

Harald räumte das schmutzige Geschirr in die Geschirrspülmaschine und stellte die Kaffeesahne wieder in den Kühlschrank. Seine bequeme Haushose ließ einen Blick auf die Feinrippunterwäsche zu. Er hätte vielleicht nicht all die Jahre so nachlässig sein sollen. Dabei fand er es schon in Ordnung, dass man sich in einer Partnerschaft in den Haushalt teilte. Nur, dass es so eine Teilung wurde, wo der größere Batzen an ihm hängen blieb, das hatte er nicht vorgehabt! Harald griff sich die Kornflasche aus der Kühlschranktür und nahm aus dem Hängeschrank ein Wasserglas. Dann schenkte er sich einen Daumen breit ein. Mit einem Zug trank er alles aus und verstaute auch das Glas im Geschirrspüler.

»Wo bleibst du denn?«, drang es ungehalten aus dem Wohnzimmer.

»Ich komme gleich«, erwiderte Harald und atmete tief durch.

»Wir wollten doch noch unsere Reisepläne durchgehen«, empfing ihn Irmgard vorwurfsvoll. Der Himmel zeigte sich wolkenverhangen und die Frau hatte die Deckenlampe eingeschaltet. Sie hatte in der Zwischenzeit auf dem Wohnzimmertisch allerlei Prospekte ausgebreitet und erläuterte ihrem Mann, was sie genau wollte. Es sollte dieses spezielle Wellnesshotel sein, mit den ganz besonderen Anwendungen, die ihr so gut taten. Und natürlich lag es in den Bergen. Harald sah vor sich seine geliebte Nordsee, an die er gefahren wäre, wenn es nach ihm ginge. Aber es ging nicht nach ihm.

»Ja, Irmgard«, beugte sich Harald über den Tisch. »Dann machen wir das so, wie du möchtest.«

»Hast du schon wieder getrunken?«, fauchte Irmgard. »Du riechst ganz widerlich nach Fusel …«

Harald zuckte nur mit den Schultern, wie ein ertappter Lausbub: »Es war doch nur wegen dem Völlegefühl nach unserem ausgiebigen Kaffeeklatsch!«

Vierzehn Tage später befanden sich die Eheleute in Österreich, in dem von Irmgard gewünschten Wellnesshotel. ›Morgenstund hat Gold im Mund‹ war die Maxime von Irmgard, weshalb sie sich von der Rezeption um sieben Uhr wecken ließ. Harald konnte nur die Augen verdrehen und musste sich damit abfinden. Da er alles seiner Frau zuliebe tat, verzichtete er auch auf das morgendliche Ausschlafen.

Im Speiseraum waren sie früh die ersten Gäste und Irm

gard rief ungehalten nach dem Kellner, damit ihr nur ja keine Minute in der Planung durcheinander geriet.

»Ich hoffe, Sie haben gut geschlafen! Kaffee oder Tee, die Herrschaften«, erkundigte sich der junge Mann formvollendet und legte ein breites Lächeln in sein Gesicht.

»Ich habe kein Auge zugetan«, murrte Irmgard. »Aber das interessiert Sie ja sicher sowieso nicht! Und natürlich: Kaffee!«

Harald blickte von seiner Frau zu dem Angestellten, dessen Lächeln gefror. Musste sie immer auch mit anderen so umgehen? Konnte sie nicht ein Mal freundlich sein? Außerdem hatte sie doch – im Gegensatz zu ihm – blendend geschlafen. Sie hatte fast pausenlos geschnarcht, als wolle sie sämtliche Bäume der Bergregion umlegen. Und er, er hatte Löcher in die Decke gestarrt.

Er hätte früher den Absprung wagen sollen, ja müssen. Jetzt war es zu spät. Jetzt waren sie schon fünfzig Jahre miteinander verheiratet, hatten gerade erst ihre Goldene Hochzeit gefeiert. Da konnte man den Rest des Weges auch noch getrost gemeinsam gehen. Schon der Kinder wegen, die frühzeitig aus- und ans andere Ende des Landes gezogen waren, vielleicht auch um dem Streit der Eltern zu entkommen. Sie fehlten ihm so unendlich. Harald seufzte.

»Schon wieder missgelaunt, der werte Herr?« Irmgard erhob sich vom Tisch und präsentierte aufrecht ihre durchtrainierte Figur. »Ich bin fertig mit dem Frühstück und du solltest das auch sein. Kannst ruhig mal ein bisschen abnehmen während unseres Aufenthaltes. Deshalb habe ich uns auch einen entsprechenden Fitnessplan aufgestellt. Wir starten gleich mit der Bergtour.«

Harald hätte am liebsten erneut tief geseufzt, aber er verkniff es sich und stand auf.

Wenig später befanden sich beide am Aufstieg auf einen Dreitausender. »Du willst doch aber nicht wirklich ganz bis oben auf die Spitze?«, zweifelte Harald und schaute in den strahlend blauen Himmel. Irmgard lachte: »Eigentlich wäre das eine gute Idee. Aber deine Leistungsfähigkeit wird das wohl nicht hergeben. Ich habe uns einen Weg bis zu einer Hütte herausgesucht, wo wir einen kleinen Imbiss nehmen können. Sind keine zwanzig Kilometer.«

Harald schluckte, aber er wollte sich auf keine Diskussion einlassen. Zwanzig Kilometer in einer gebirgigen Gegend. Das war kein Pappenstiel. Und vor allem war es nur der Hinweg!

Irmgard marschierte munter drauflos und Harald folgte ihr zunächst zügig. Er wollte sich keine Blöße geben und versuchte den Abstand nicht zu vergrößern, der sich trotzdem rasch zwischen beiden einstellte. Die Sonne brannte mitleidlos hernieder. Der Mann wischte sich wieder und wieder den Schweiß von der Stirn. Seine Flasche Mineralwasser hatte er fast geleert. Irmgard wirkte nur noch wie ein Pünktchen in der Ferne. Er wollte aufholen und beschleunigte seine Schritte. Sein Herz schien zu rasen und er spürte plötzlich einen stechenden Schmerz. *Ich sollte besser ein wenig pausieren*, fuhr ihm ein Gedanke durch den Kopf. Harald griff zu seiner Wasserflasche. Das heißt, er wollte greifen, aber seine Rechte gehorchte ihm nicht mehr. Er nahm ohne nachzudenken die linke Hand, klemmte sich die Flasche mit dem Unterarm an den Bauch und öffnete den Schraubverschluss. Dann setzte er die Flasche an. Doch statt im Mund, landete das Getränk auf seiner Brust. Harald tastete vorsichtig mit der Linken um seine Mundwinkel. Eine Seite hing deutlich herunter.

»Was ist nur mit mir?«, sagte er laut und doch unverständlich nuschelnd. *Schlaganfall*, fiel es ihm blitzartig ein. Und gleich darauf: *Notarzt*. Harald blickte sich um und sah weit und breit keine Menschenseele, nur seine Frau, die in der Höhe immer kleiner wirkte. In den Lüften kreisten ein paar Greifvögel. Einen Hilferuf würde er nicht von sich geben können. Winken war nur mit dem linken Arm machbar und das fiel ihm auch schwer. Harald setzte sich apathisch auf einen Stein und sank kurz darauf in sich zusammen.

»Hallo, hallo, hören Sie mich?« Eine Frauenstimme sprach sanft durch eine dicke Nebelwand auf ihn ein und eine zarte Hand lag auf seiner Schulter. Harald drehte den Kopf und öffnete die Augen. Besorgt schaute ihn ein junges Mädchen an, dahinter ein Bursche, beide vielleicht so um die siebzehn. »Wir haben schon Hilfe alarmiert. Der Rettungshubschrauber muss gleich hier sein.« So viel Aufhebens um einen alten Mann musste doch gar nicht sein. Mir geht es bestimmt gleich besser, wollte Harald sagen, aber die Worte ließen sich nicht formen. »Ganz ruhig«, lenkte die kleine Brünette beruhigend ein und strich sich eine Strähne hinter das Ohr. »Wir sind ja bei Ihnen.«

Harald schloss die Augen wieder. Dann war ja alles gut, wenn so eine hübsche Fee bei ihm bleiben wollte. Er verlor wieder den Faden und kam erst zu sich, als sich ein Hubschrauber mit Dröhnen näherte.

»Ihr Mann hätte sich eine solche Strapaze nicht zumuten dürfen«, hörte Harald und öffnete die Augen einen Spalt. Er lag offensichtlich in einem Bett und der Mann auf der einen Seite hatte einen weißen Kittel an. Ihm gegenüber stand Irmgard. »Ja, ich weiß«, sagte sie betont freundlich, »aber er ist immer so unternehmungslustig und einfach nicht zu bremsen.«

Harald kniff die Augen wieder zusammen. Die Aussage schob ihm nun auch noch die Schuld an seinem Gesundheitszustand zu. Er wollte sich erneut in seine Traumwelt zurückziehen. Aber es gelang ihm nicht.

Der Arzt hatte inzwischen das Krankenzimmer verlassen und Irmgard saß neben dem Bett und murmelte: »Ein Glück nur, Harald, dass wir im Automobilklub sind. So entstehen uns wenigstens keine weiteren Kosten. Ist schon schlimm genug, dass wir den Urlaub vorfristig beenden mussten.«

Ungläubig riss Harald die Augen auf. Das waren jetzt ihre wichtigsten Gedanken?

»Ach«, stellte Irmgard fest, »du bist wieder munter?!«

»Ja«, sagte Harald. »Schön, dass du da bist.« Es klang sehr verschwommen, so als habe er einen über den Durst getrunken.

»Du hattest eine Gehirnblutung, hat der Arzt festgestellt, dadurch ist unter anderem deine Stimme in Mitleidenschaft gezogen«, erklärte Irmgard. »Und laufen wirst du auch vorerst nicht können. Es gibt Lähmungserscheinungen in deinem rechten Bein.«

Na toll, dachte Harald, *das hat mir gerade noch gefehlt, aber wenigstens ist es kein Schlaganfall. Wobei? Was war da bloß das kleinere Übel?*

»Da werde ich mich wohl jetzt um dich kümmern müssen«, atmete Irmgard tief durch und legte die Stirn in Falten.

Die Wochen zogen dahin. Haralds Situation schien sich nicht zu bessern. Er lag zu Hause in einem speziellen Pflegebett, das im Wohnzimmer seinen Platz gefunden hatte. Es sollte ja auch nur eine Zwischenlösung sein. Sein rechtes Bein ließ sich nach wie vor nicht einsetzen und mit dem anderen allein konnte er sich nicht fortbewegen. Auch der Arm hing haltlos an seinem Körper herunter. Harald war verzweifelt. Dreimal am Tag kam der Pflegedienst. Nette junge Fachkräfte, die sich redlich mühten, aber immer in Eile waren und nur das Nötigste bewerkstelligten.

Irmgard hielt sich nur zurück, solange das medizinische Personal im Haus war. Kaum hatte sie die Tür hinter ihnen geschlossen, grollte sie. »Du gibst dir aber auch überhaupt keine Mühe«, schimpfte sie und zerrte die Decke über Harald zurecht. Dann zog sie sich in die Küche zurück.

»Irmgard«, rief Harald kurz darauf nach seiner Frau. »Irmgard, ich muss mal. Bring mir bitte die Ente.«

Als ob nicht eben Linda dagewesen wäre und sich um alles gekümmert hätte. Irmgard lief raschen Schrittes ins Wohnzimmer. *Nein*, dachte sie, *das ertrage ich nicht länger. Ich hasse diesen Waschlappen, der da jetzt liegt wie ein fauler Sack. Meine ganzen Pläne macht er zunichte. Zu nichts taugt er mehr, zu gar nichts.* Wütend und grob setzte sie ihm die Urinflasche an. Harald erleichterte sich, was geraume Zeit in Anspruch nahm, währenddessen Irmgard nervös auf und ab lief.

»Danke«, sagte Harald.

Irmgard zog ihm die gefüllte Flasche weg und wollte sie auf den Teewagen stellen, der seit dem Unfall umfunktioniert worden war. Dabei verschüttete sie etwas von der Flüssigkeit auf den Fußboden. Sie bemerkte es nicht. In einer inneren Eingebung griff sie sich mit beiden Händen das Kuschelkissen, das sich neben Harald befand und legte es ihrem Mann auf das Gesicht. Dann drückte sie fest zu. Ihr Gatte stieß erstickende Laute aus und wehrte sich, so gut es ging. Die kräftige, sportliche Frau gab nicht auf. Irgendwann wurde Harald ohnmächtig, zuckte nicht mehr und Irmgard ließ von ihm ab. Sorgsam positionierte sie das Kissen wieder neben seinen Kopf und schlug mit der Handkante eine Kerbe in die obere Seite. Als sie sich umdrehte, rutschte sie auf der Urinlache aus und stürzte mit dem Hinterkopf auf eine große Bronzefigur. Irmgard blieb regungslos daneben liegen.

Es dauerte ein Weilchen, ehe der Mann wieder zu sich kam. *Was war nur passiert?*, grübelte er. Er konnte sich keinen Reim darauf machen. Auf sein Rufen nach Irmgard hin herrschte absolute Stille in der Wohnung. Keinerlei Echo.

Nichts. Nur Dunkelheit. Mühsam tastete Harald nach dem Telefon. Das musste doch auf dem Nachttisch neben ihm liegen. Schließlich hielt er es in der Linken und gab die Notrufnummer ein. Dann versuchte er ganz langsam die Situation zu schildern, in der er sich befand. Der Mitarbeiter in der Leitzentrale zeigte Geduld, als Harald die Stichwörter Gehirnblutung und Pflegefall mühsam herausbekam. »Ich verstehe Sie schon«, sagte er. »Sie sind in einer hilflosen Situation. Wir schicken gleich jemanden vorbei. Auch einen Fachmann, der Ihre Wohnungstür öffnet. Bleiben Sie ganz ruhig.«

Harald atmete tief ein und aus. Irmgard stöhnte plötzlich auf dem Fußboden.

»Wir haben eine wunderbare Lösung für Sie gefunden«, erklärte die Heimleiterin freundlich. »In aller Regel gibt es bei uns ja Einzelzimmer. Und die sind mit einem großen gemeinsamen Badezimmer miteinander verbunden. Normalerweise bewohnen dann rechts und links Männer oder Frauen die Räume. Das Bad kann man natürlich auch verschließen. Jedenfalls liegen Sie, lieber Herr Winkelmann, in dem einen Zimmer und Ihre Frau gleich nebenan. Wir können Sie auch im Rollstuhl hinüber fahren, damit Sie ein Weilchen bei ihr sitzen können. Sie ist ja leider, leider seit jenem tragischen Unfall nicht mehr ansprechbar.«

Harald nickte dankbar. Wenn ihm doch bloß einfallen wollte, was da geschehen war! Aber in seiner Erinnerung tauchten immer nur Bilder von Irmgard in ihren gemeinsamen, jungen Jahren auf, voller Glück und Zuversicht.

In der folgenden Zeit wechselten sich die Physiotherapeuten bei Harald ab. Auch die Logopädin kam regelmäßig. Die Anwendungen zeigten Erfolg. Nach einer Weile konnte Harald wieder die Sätze verständlich artikulieren und er war auch wieder gut zu Fuß.

»Sie könnten wieder nach Hause«, erklärte eines Tages die Heimleiterin, die Harald einen Blumenstrauß zu dessen sechsundsiebzigsten Geburtstag brachte. »Jetzt, wo Sie wieder so fit sind. Hier wird es doch sicher zu langweilig für Sie. Es stellt sich nur die Frage, ob Sie das daheim auch alles allein bewältigen, wo Ihnen Ihre Frau nicht mehr zur Seite stehen kann. Für sie sieht es gar nicht gut aus. Auf jeden Fall würden wir die Pflege hier im Heim für die nächste Zeit noch unbedingt empfehlen.«

Harald nickte: »Dann will ich wohl doch wieder nach Hause.«

»Ich veranlasse alles. Am besten erklären Sie das Ihrer Frau, wenn sie das versteht.« Die Heimleiterin nickte freundlich und verabschiedete sich.

Harald stand unschlüssig am Fenster und blickte auf die Grünanlagen. Im Park saßen ein paar ältere Herrschaften und tranken Kaffee, einige Frauen spielten ›Mensch ärgere dich nicht‹ oder beschäftigten sich mit Handarbeiten. Im Hintergrund galoppierten drei Pferde über eine Koppel. Von der nahegelegenen Kirche erklang ein Läuten.

Harald drehte sich um und lief durch das Badezimmer. Nebenan lag Irmgard im Bett und starrte ins Leere. Ihre Hände wanderten nervös über die Bettdecke. Sie schien nicht wahrzunehmen, dass da jemand zu ihr gekommen war.

»Irmi«, hauchte Harald. »Ich ziehe hier wieder aus. Mir geht es jetzt einigermaßen. Wenn du dich besser fühlst, dann kommst du nach Hause. Das wird bestimmt bald sein. In der Zwischenzeit schaue ich jeden Tag nach dir.« In seinen Augen sammelten sich Tränen. Wenn er sich doch nur erinnern könnte, was da passiert war ...

Kristina Herzog

SCHLANGENKÜSSE

Brittas Bein war eingeschlafen. Sie kniete in der Dunkelheit, eingepfercht zwischen zwei dicken Steinen, umgeben von einem Haufen grüner Pflanzen. Der Unterschenkel pikste, doch sie wagte es nicht, sich zu bewegen, um das Bein zu entlasten. Er konnte jeden Moment hier sein. Mit bebenden Fingern strich sie sich eine blonde Strähne hinter das Ohr, die sich aus dem festgebundenen Pferdeschwanz gelöst hatte. Die Luft hier drinnen war abgestanden und ein modriger Geruch waberte durch den menschenleeren Raum.

Sie war so schrecklich nervös! Ein hysterisches Glucksen breitete sich in ihr aus. Sie presste die Lippen zusammen, um nicht herauszuplatzen und sich zu verraten. Jeden Moment konnte er herein kommen. Sie durfte nicht riskieren, dass er sie in ihrem Schlupfwinkel entdeckte, denn dann wäre der ganze Plan dahin.

Sie atmete tief ein. Ihr Atem zitterte, aber sie spürte, wie sie wieder ruhiger wurde. Trotzdem machte sie die Hitze hier wahnsinnig. Es war ein gewaltiger Unterschied zwischen der Reptilienabteilung und dem Streichelzoo. Wie gerne wäre sie jetzt bei ihren Tieren und würde ihre Abendrunde machen. Aber dann wäre diese wunderbare Chance dahin. Und sie war fest entschlossen, es zu tun. Ihr blieb gar keine Wahl, wenn sie sich im Spiegel wieder erhobenen Hauptes in die Augen schauen wollte. Nachher, wenn hier alles erledigt war, würde sie mit ihren Tieren feiern. Mit Extrarationen und ein paar Streicheleinheiten. Sie wusste, dass sie dann von der Freude über den gelungen Coup so erfüllt sein würde, dass es der beste Abend ihres Lebens werden würde. Besser als ihre Hochzeit. Viel besser!

Britta versuchte das Gewicht zu verlagern. Sie rutschte nach rechts, aber sie kam nicht weit, weil ein anderer Stein im Weg lag. Auch Hocken war unbequem. Es war zu wenig Platz hier zwischen den großblättrigen Grünpflanzen, die dem langgestreckten Raum ein dschungelartiges Flair geben sollten.

Das Scheppern einer zufallenden Metalltür ließ Britta aufhorchen. *Klack, klack, klack*. Britta hielt die Luft an und horchte auf die Schritte. Sie hätte sie aus tausenden wieder erkannt. Er war es, auf ihn hatte sie gewartet: Frank – Tierpfleger wie sie – und … ihr Mann. Das neonhelle Licht flammte auf. Alle Besucher hatten das Reptilienhaus bereits verlassen. Nichts war zu hören außer Franks Schritten auf dem Steinboden.

Er musste an den Schlangenterrarien arbeiten. Die halbjährliche Generalreinigung stand an. Und genau deshalb war sie hier. Er stellte die Putzutensilien und die Box für die Schlangen bereit, zog sein Handy aus der Hosentasche und warf einen Blick darauf. Er brummte unwillig: Offenbar keine Nachrichten. Er ließ es in die Brusttasche gleiten und machte sich dann daran, das große Terrarium zu öffnen. Angespannt spähte Britta in Franks Richtung. Ein Gummibaumblatt verdeckte ihn zur Hälfte. So ging das nicht: Sie brauchte freie Sicht auf ihn.

Vorsichtig rutschte Britta ein kleines Stückchen vor. Das Blatt hing immer noch in ihrem Blickfeld, aber das meiste konnte sie sehen. Sie musste es im entscheidenden Moment zur Seite drücken. Britta beobachtete, wie er alles vorbereitete, um an das Terrarium zu kommen. Es gab Sicherheitsmaßnahmen, schließlich waren das hier die giftigsten Schlangen der Welt. Britta hatte ihre Hausaufgaben gemacht.

Vorher hatte sie sich nie für seine Arbeit interessiert, aber jetzt fand sie die Fähigkeiten der riesigen Viecher, die wahrscheinlich alle Bewohner ihres Streichelzoos problemlos verspeisen würden, interessant. Nicht dass sie Ahnung hatte von dem Viehzeug, geschweige denn, dass sie sie mochte. Nein, sie konnte sie nicht leiden! Man konnte schon fast sagen, dass sie eine Schlangenphobie hatte, was zugegebenermaßen in der Vergangenheit zu einigen Problemen geführt hat. Ihre Abneigung gegen die Schützlinge ihres Mannes machte es nicht einfacher, sich von ihrem Mann berühren zu lassen. Nicht mit diesen Händen, die vorher an den Schlangen waren. Bah, wie eklig! Der Schweiß tropfte von ihrer Stirn und brannte in ihren Augen. Unwirsch wischte sie mit dem Ärmel darüber.

Was hatte Frank letzte Woche gesagt, als sie ihn wegen der Gerüchte, die ihr Dany, die Kollegin aus dem Affenbereich gesteckt hatte, angeschrien hatte?

»Du bist doch selbst schuld daran. Wenn du nicht immer so abweisend gewesen wärst, hätte ich mich doch nie nach anderen Frauen umsehen müssen!« Er grinste: »Ein Mann braucht eben ein Mindestmaß an körperlicher Nähe!«

Natürlich! Selbstverständlich hatte sie ihm gar keine Wahl gelassen. Da musste er sich quasi in die Arme der nächstbesten Tierärztin stürzen.

Sie hatte den ganzen Abend geheult. Als sie am nächsten Tag mit verquollenen Augen die Blicke der Kollegen bemerkte, reifte der Entschluss in ihr. Je mehr Gestalt der Plan annahm, desto stärker wurde das Gefühl, wieder selbst Kontrolle über ihr Leben zu haben.

Es war ein Witz des Schicksals, dass Franks Geliebte, Ulrike Bunke, ihr dabei in die Hände spielte: Vorgestern stand die Impfung ihrer Meerschweinchen im Streichelzoo an. Als die Bunke und Brittas Kollegin Anja die Tierchen einfingen, um sie zu behandeln, nutzte Britta die Möglichkeit und flitzte zur Tierarztpraxis. Um die Zeit waren alle unterwegs.

Britta juchzte innerlich über ihre Geschicklichkeit, mit der sie der Bunke in dem Gewirr der fliehenden Meerschweinchen den Praxisschlüssel aus der Hosentasche gezogen hatte.

Mit zitternden Fingern schloss sie auf und hastete zum Medikamentenschrank. Sie wusste, was sie wollte, jetzt musste sie es nur noch finden. Mit fliegenden Händen durchsuchte Britta die Arzneimittel. Da war es! Hastig griff sie zu. Ein Poltern ließ sie zusammenfahren. Blitzartig drehte sie sich um. Niemand da. Sie hatte nur versehentlich einige Kisten umgerissen, die über den Boden verstreut da lagen.

»Mist!«, entfuhr es Britta. Rasch kniete sie sich hin und raffte alles zusammen, um es schnellstmöglich wieder aufzustapeln. Niemand durfte bemerken, dass sie hier gewesen war. Endlich war alles sauber und Britta stürmte – ohne einen Blick zurück – aus der Praxis und brachte ihre Fundstücke in Sicherheit.

Und jetzt, zwei Tage später, war es soweit: Der Zeitpunkt der Abrechnung war gekommen …

Frank arbeitete langsam und sorgfältig. Behutsam beförderte er eine Schlange nach der anderen in eine Transportbox und machte sich dann an dem Terrarium zu schaffen. Das war nicht dumm, denn das Gift der Schreckensklapperschlange war tödlich. Einen Biss der *crotalus durissus* überlebte niemand ohne Gegengift, manchmal trat der Tod schon nach wenigen Minuten ein. Britta schüttelte sich, als sie einen Blick auf die sich umher windenden Schlangen warf. Wie widerlich die Viecher aussahen! Lang und schuppig und mit dunklen Flecken mit heller Umrandung. Kein Vergleich mit ihren Hasen, Meerschweinchen und Ziegen. Obwohl Frank immer zu ihr sagte: »Das sind wenigstens richtige Tiere. Keine kleinen Frühstückshäppchen wie deine Streichelkompanie!«

Mistkerl! Aber sollte er doch sagen, was er wollte, denn wenn Frank hier nicht seinen Arbeitsplatz hätte, wäre ihr diese Lösung ihres Dilemmas sicher gar nicht eingefallen. Aua! Der Stein drückte an ihrem Bein. Vorsichtig versuchte Britta ihre Position zu ändern, aber es war nicht genug Platz! Sie musste hier raus. Sie war schon ganz verspannt!

Das Blasrohr lag neben ihr. Ihre Finger hatten gezittert, als sie die tödliche Ladung Gift in den Hohlraum des Pfeils appliziert hatte. Ein Lächeln kräuselte ihre Lippen, als sie sich vorstellte, wie sie mit einem schnellen Puster Frank ins Jenseits befördern würde, ohne dass es jemandem auffiele, dass es Mord war und kein Arbeitsunfall. Er nahm gerade die Trink- und Futterschalen aus dem Terrarium, schüttete den Inhalt in einen mitgebrachten Eimer und spülte beide sorgsam aus. Schön, dass sie das Gift der *crotalus durissus* so problemlos hatte besorgen können. Der Rest war ein Kinderspiel. Wie oft schon hatte sie zugesehen, wenn ein Tier durch den Betäubungspfeil des Tierarztes zu Boden sank. Britta wusste, welche Handgriffe nötig waren. Jetzt machte sich Frank daran, den Bodengrund auszutauschen. Er schaufelte den alten Boden in den gleichen Eimer und summte dabei ein Lied. Britta kannte es, aber ihr fiel nicht ein, wie es hieß. Fast hätte sie in das Summen eingestimmt, aber im letzten Moment biss sie sich auf die Zunge. Ihr Bein war inzwischen fast taub. Wieder drückte sie es gegen den Stein, aber er bewegte sich immer noch nicht, sondern bildete ein enges Gefängnis für Britta. Vielleicht klappte es, wenn sie versuchte, es auf die andere Seite zu bringen? Sie hob ihr lebloses Bein mit beiden Händen an und wuchtete es über das Rohr. Vorsichtig jetzt, dass nichts schiefging. Britta hatte genau studiert, was passierte, wenn das Schlangengift erst einmal im Körper war: Starke Schwellungen, Ödeme, blutgefüllte Hautblasen, Übelkeit mit Erbrechen, Hautblässe,

Lähmung der Augenlider, dann des gesamten Körpers und schließlich Exitus.

In Ordnung, angesichts von Franks Verhalten!

Was hatte er gestern zu ihr gesagt? »Du musst endlich lernen, selbst Entscheidungen zu treffen, Britta. Mach was aus deinem Leben.«

Dann hatte er seine Unterhosen und Socken in seine Sporttasche geworfen und hatte pfeifend die Wohnungstür ins Schloss fallen lassen.

Ach herrje! Brittas Nase kribbelte plötzlich. Was, wenn sie niesen musste? Frank hatte inzwischen fast die gesamte Einstreu entfernt. Britta drückte die Hand auf die Nase. Dieses Jucken machte sie ganz nervös. Beunruhigt sah sie sich um. Kein Wunder, dass ihre Nase verrückt spielte: Die Blätter der Pflanzen, unter denen sie lag, waren mit einer dicken Staubschicht bedeckt.

Was für eine Schlamperei! Die sahen nicht aus, als hätten die in den letzten Monaten oder gar Jahren mal einen feuchten Lappen gesehen. Wenn das Ganze mit Frank erledigt war, würde sie das Problem ansprechen. Was machte das denn für einen Eindruck auf die Besucher, wenn hier nicht ordentlich geputzt wurde?

Gleich würde das Niesen kommen. Britta bemühte sich, durch den Mund zu atmen und hoffte inständig, dass es ihr gelingen würde, es unterdrücken.

Wenn Frank sie vor der Zeit hier fand, war alles verloren! So eine Chance würde so schnell nicht wieder kommen.

Oh nein! Es musste raus. Britta presste die Hand vor Nase und Mund, aber ein ›Pffft‹ entwich ihr trotzdem. Erschreckt hielt sie die Luft an und blickte mit aufgerissenen Augen auf Frank. Er hob den Kopf und lauschte. Dann drehte er sich um und ließ den Blick durch den leeren Raum schweifen. Britta spürte, wie ihr die Hitze in den Kopf schoss, der vor

Anspannung hämmerte. Frank runzelte die Brauen und warf einen Blick auf die Schlangenbox. Er schien aber nichts Auffälliges zu entdecken, denn nach einem kurzen Zögern zuckte er mit den Achseln und beugte sich wieder über das Terrarium. Erleichtert löste Britta ihre Hand vom Mund und ließ die angehaltene Luft heraus. Puh, Glück gehabt!

Jetzt gab es kein Zurück mehr. Der Zeitpunkt war gekommen, das Blasrohr herauszuholen und … Es klemmte fest. Es musste bei Brittas ruckelnden Versuchen, ihr eingeschlafenes Bein zu entlasten, unter den dicken Stein gerutscht sein.

Britta zog an dem Blasrohr, aber ihre feuchte Hand rutschte ab. Sie wischte sie an ihrem T-Shirt ab und zerrte heftiger daran, doch es rührte sich nicht. Sie hatte aber auch einen ungünstigen Winkel. Vielleicht, wenn sie den Po anhob und eine Brücke machte… ja, jetzt hatte sie es! Sie ließ sich auf den Boden klatschen und setzte das Blasrohr an die Lippen.

Auch das noch! Das Rohr hatte einen Knick. Wahrscheinlich hatte es sich verbogen, weil sie so stark an ihm gezerrt hatte. Aber es würde doch funktionieren, oder? Hektisch setzte Britta das Blasrohr an, zielte auf Frank Rücken und … nichts. Der Pfeil schien stecken geblieben zu sein.

Britta rüttelte an dem Rohr und drückte mit der flachen Hand gegen die Biegung. Dann setzte sie es erneut an und blies. Immer noch nichts. Oh nein, gleich war Frank fertig mit dem Terrarium und die Chance, sich an ihm zu rächen, wäre dahin.

Britta hielt das Rohr hoch und lugte hinein. Sie konnte den Pfeil sehen. Er steckte gar nicht so tief. Kurz vor dem Knick des Rohres. Wenn sie mit dem Finger ein wenig nachhalf, konnte es gehen. Sie drückte ihren Zeigefinger gegen die Öffnung des Rohrs. Er passte nicht. Ihre Haare fielen darüber und versperrten ihr die Sicht. Sie spürte, wie Schweiß an ihrem Rückgrat herunterlief. Auch der Mittel- und der Ringfinger waren zu groß. Jetzt presste Britta den kleinen Finger in das Rohr. Gott sei Dank! Er passte. Allerdings reichte sie damit nicht bis an den Pfeil heran. Ein Blick in Richtung ihres Ehemannes zeigte ihr, dass er bereits dabei war, die Schlangen wieder in ihr gereinigtes Terrarium zu setzen. Langsam schlängelten sich die widerlichen Viecher zurück. Gleich war es vorbei. Nein! Nie im Leben würde Frank einfach so davon kommen...

Nur wenige Millimeter fehlten bis zu dem Pfeil. Sie brauchte das Gift. Notfalls würde sie den Pfeil auch so in Frank rammen. Der Pfeil brauchte nur einen kleinen Stupser, dann hatte sie ihn. Sie würde ihn ein Stückchen vorwärts pusten, dann konnte sie ihn greifen und herausziehen. Britta setzte das Blasrohr an die Lippen und blies sanft hinein. Der Pfeil bewegte sich nicht. Frank war bereits dabei, alles wieder zu verschließen. Der zweite Blasstoß war bedeutend heftiger als der erste. Und endlich bewegte sich der Pfeil. Der Schmerz brannte hell, als er sich in ihren Finger bohrte. Augenblicklich zerrte Britta an dem Blasrohr, um ihren Finger zu befreien. Doch das Ding bewegte sich kein Stück. Ihr kleiner Finger klemmte fest in dem Rohr. Britta spürte, wie sich das todbringende Gift in Windeseile in ihrem Körper verteilte. Sie wusste, dass es ihre Blutgerinnung zerstören würde, wenn kein Gegenmittel gespritzt wurde. Und wer sollte sie hier finden? Sie hatte sich gut versteckt. Es würde eine Weile dauern, bis man sie vermissen würde. Sie wollte schreien, aufspringen, aber es kam nur ein undefinierbarer Laut heraus, der von dem Klappern, das Frank mit den Putzmitteln verursachte, übertönt wurde. Sie spürte, wie sie nicht mehr schlucken, nicht mehr frei atmen konnte. Frank raffte seine Arbeitsgeräte zusammen, löschte das Licht und ging.

Ihre Leiche wurde vier Tage später gefunden. Niemand konnte sich erklären, wie sie dorthin gekommen war und wie das Schlangengift in ihren Körper gelangen konnte, denn es wurde keine Spritze oder ähnliches und auch keine ausgebrochene Schlange gefunden.

Nach einigen Wochen erfolgloser Ermittlungen wurde der Körper der beliebten Tierpflegerin zur Bestattung frei gegeben und der unlösbare Fall zu den Akten gelegt. Man wunderte sich nur, dass der Witwer bereits zur Beerdigung mit der jungen Tierärztin im Arm auftauchte.

Gisela Witte

DER BESTE FREUND

»Die Rinderrouladen sind dir heute besonders gut gelungen. In der Kantine haben sie immer wie gerollte Schuhsohlen geschmeckt«, sagte Hans nach dem Abendessen und legte das Besteck auf den Teller. Er verließ den Raum und kehrte mit einer Flasche Pommery zurück.

»Ein Geschenk der Kollegen zu meiner Pensionierung.« Hans ließ den Korken gegen die Decke knallen.

»Jetzt werde ich alles tun können, wozu ich sonst nie Zeit hatte«, verkündete er strahlend und goss den Champagner in die Kelche.

»Und das wäre?«, erkundigte sich Birgit.

Er starrte in die Leere, den Kopf in die Hände gestützt, als würden Ideen ohne Ende vor seinem geistigen Auge an ihm vorbei ziehen.

»Mir schwebt eine Südseereise auf den Spuren von Captain Cook vor«, sagte er träumerisch. »Vielleicht in einem Kanu.« Dabei strich er sich über sein graublondes Haar.

»Ja, ja, die Südsee. Ich dachte du wolltest alte Freundschaften auffrischen, Hobbys pflegen, Sport machen.«

Hans winkte genervt ab.

Schon am frühen Morgen hatte Hans das Haus verlassen. Später hörte sie im Flur ein großes Getöse und sie eilte aus der Küche.

»Zieh dir die Hausschuhe an, Hans.«

»Aus dem Weg!« Hans stolperte, mit beiden Armen einen großen Pappkarton umfassend, ins Wohnzimmer. Ächzend stellte er ihn auf den Tisch. Wie sich herausstellte, enthielt der Karton ein Aquarium.

»Du hättest das mit mir besprechen sollen. Und wieso überhaupt Fische?«, fragte sie. »Du wolltest noch nie Haustiere, noch nicht einmal einen kleinen Hund.«

»Fische kann man stundenlang betrachten, das ist entspannend und blutdrucksenkend. Außerdem sind sie pflegeleicht und sauber im Gegensatz zu diesen Flohkisten.«

Dass Hans keine Hunde mochte, hatte er schon häufig am Beispiel des Nachbarhundes Moritz gezeigt, einem großen Mischling mit gelbem Fell und schwarz umrandeten Augen. Es machte Hans außerordentlich Spaß, den Hund aus sicherer Entfernung zu ärgern. Mehrfach hatte Birgit ihn dabei beobachtet, wie er einen Stock durch den Zaun steckte und Moritz damit zur Weißglut trieb, bis der nur noch heiser kläffen konnte.

Die nächsten Tage hielt sich Hans ausschließlich in der Veranda auf, wo er sich ganz dem Aufbau des Aquariums hingab. Daher sah sie ihn nur zum Abendessen.

»Das ist nicht so leicht, wie du denkst und braucht Zeit«, sagte er, »ich muss Heizkabel verlegen, Wasseraufbereiter und Filter installieren und die Lichtverhältnisse müssen stimmen. Und dann muss man wissen, welche Pflanzen und Fische zueinanderpassen.«

»Wann hast du eigentlich das letzte Mal die Fische gefüttert, sie sehen so matt aus«, fragte sie ihn eines Abends beim Essen.

»Oh«, sagte er nur und lief zur Veranda. Mit schuldbewusster Miene setzte er sich kurze Zeit später wieder an den Tisch.

»Ich glaube, ich bin eher ein Kopfarbeiter«, sagte er nachdenklich. »Das war deine Idee, dass ich mir ein Hobby zulegen sollte. Kannst du dich nicht um die Fische kümmern?«

»Tatsächlich? Vielleicht kippe ich sie auch ins Klo.«

Hans reagierte nicht. Er schaute vor sich hin und kippte geistesabwesend sein Rotweinglas um. Birgit stieß einen kleinen Schrei aus und bestreute den Fleck, der sich ausbreitete, mit Salz.

»Pass doch auf!«, sagte sie ärgerlich.

»Ich überlege, meine Memoiren zu schreiben«, fuhr er fort. »Du weißt ja, als Gerichtsvollzieher habe ich so einiges erlebt. Das dürfte eine Menge Leute interessieren.«

Hans zwinkerte ihr zu.

»Wie würde es dir gefallen, die Frau eines erfolgreichen Schriftstellers zu sein?«

»Mir würde es auch gefallen, wenn du deine Post aufmachst. Seit Tagen wird der Stapel im Flur höher. Es ist übrigens eine Todesanzeige dabei.«

Sie schob ihm einen schwarzumrandeten Umschlag hinüber. Hans riss ihn auf.

»Onkel Friedrich hat's erwischt. Du musst nicht mit zur Beerdigung kommen, hast ja den vornehmen Teil meiner Sippe ohnehin nie leiden können.«

Am nächsten Morgen blieb sie überrascht mit dem Frühstückstablett an der Schwelle zum Esszimmer stehen. Der ganze Raum, sämtliche Möbel, sowie jede Ecke des Fußbodens war mit beschriebenen Zetteln bedeckt. Hans sah übernächtigt aus. Unverständliches vor sich hin murmelnd, balancierte er auf Socken zwischen den Blättern.

»Was tust du da?«

»Das sind Notizen für meine Memoiren, die ich jahrelang gesammelt habe. Das Leben ist kurz, man muss die Ereignisse festhalten, bevor es zu spät ist.«

Er kratzte sich am Kinn und es hörte sich an wie eine Schaufel, die über Kies gezogen wird, was ihr eine Gänsehaut verursachte.

»Verschwinde mit dem Zeug in dein Zimmer. Hier wird gegessen.«

Später sah sie vom Küchenfenster aus den Nachbarhund wartend am Zaun stehen. Er winselte vor Vorfreude, als sie aus der Verandatür in den Garten trat und sich näherte. Sie schob ihm den Knochen durch die Gitterstäbe. Er schnappte sofort danach und peitschte freudig mit dem Schwanz gegen die Hecke. Wenn sie schon keinen eigenen Hund halten durfte, so machte es ihr Freude, Moritz zu verwöhnen. Anschließend schnitt sie Kräuter für den Salat und legte sie in einen Korb.

»Was ist denn das für ein Grünzeug?«, fragte Hans dicht hinter ihr. Sie zuckte zusammen und drehte sich zu ihm um. Sie sah in sein unrasiertes, gerötetes Gesicht und registrierte, dass er einen fleckigen Trainingsanzug trug.

»Petersilie, Oregano, Minze, Dill«, antwortete sie kurz angebunden. »Und zieh dir etwas Frisches an.«

»Muss mich sowieso gleich für die Beerdigung von Onkel Friedrich umziehen«, murmelte er.

In der Küche spülte sie die Kräuter unter fließendem Wasser und hörte Moritz draußen wütend kläffen. Ein sicheres Zeichen dafür, dass Hans ihn wieder mit dem Stock ärgerte.

Am nächsten Morgen stellte sie fest, dass Hans nicht nach Hause gekommen war. Erst am späten Nachmittag hörte sie den Schlüssel in der Haustür.

»Wo warst du? Ich hab mir Sorgen gemacht.«

»Hab bei den Verwandten übernachtet. Schließlich hat man sich lange nicht gesehen«, antwortete er, wich ihrem Blick aus und lief sofort die Treppe hinauf in sein Zimmer.

Früher war er entschieden mitteilungsfreudiger gewesen. So hatte sie sich ihr Zusammenleben nach der Pensionierung von Hans nicht vorgestellt.

An einem sonnigen Nachmittag hatte Birgit ihre beiden besten Freundinnen zum Kaffee trinken im Garten eingeladen.

»Dein neues Kleid ist super«, sagte Doris und nahm sich ein drittes Stück Erdbeertorte. »Und du siehst so schlank darin aus, hast du abgenommen?«

»Benutzt du eine neue Tönung?«, fragte Christa. »Dein Haar glänzt wie Gold in der Sonne.«

Es war ein rundherum gelungener Nachmittag: Die Torte war als absolute Krönung der Backkunst gewürdigt worden, von den Rosensträuchern wehten zarte Düfte herüber und die Komplimente der Freundinnen wirkten wie ein Aufenthalt in einem Wellnessbad.

Das sollte sich schlagartig ändern. Sie ging in die Küche, um frischen Kaffee zu brühen. Als sie mit der Thermoskanne aus der Verandatür zum Garten hinaus trat, erwartete sie eine Überraschung. Noch nie hatte sich Hans zu ihrem Damenkränzchen gesellt. Jetzt hatte er sich mit einer seiner Pensionschampagnerflaschen zu ihnen gesetzt und goss großzügig die Gläser voll. Doris und Christa waren inzwischen enger an Hans herangerückt und lauschten den Geschichten aus seinem bewegten Berufsleben. Auch war er frisch rasiert, trug eine helle Leinenhose und ein blaues, makellos gebügeltes Hemd. Nachdem sie sich wieder gefasst hatte, trat Birgit an den Tisch und schenkte Kaffee ein.

»Warum hast du uns nur diesen charmanten Mann so lange vorenthalten?«, rief Christa aus.

Das war das Stichwort für Hans, umgehend für eine neue Flasche Champagner zu sorgen.

Warum haute er nicht ab, das hier war eine Frauenrunde. Er nahm ihr etwas, was nur ihr gehörte und Birgit überkam das Verlangen, ihn zu ohrfeigen oder zumindest anzuschreien.

Abends ließ Hans es sich nicht nehmen, die Damen bis zum Bus zu begleiten. Untergehakt, mit Hans in der Mitte, wankten sie die Straße entlang. Birgit winkte den Dreien, mit einem matten Lächeln hinterher.

Sie spürte, dass sich etwas zusammenbraute. Hans hatte sich so verändert. In der letzten Zeit war er kaum noch zu Hause oder schloss sich in sein Zimmer ein. Ansonsten hinterließ er nur Unordnung und Schmutz. Auch wich er ihr aus, wenn sie ihn auf sein Verhalten ansprach.

Birgit beschloss seine Abwesenheit zu nutzen und stieg die Treppe hinauf. Die Zimmertür ließ sich kaum öffnen, der Fußboden war mit Münzen und Zeitungen übersät und zwei leere Cognacflaschen standen herum. Auch türmten sich auf seinem Bett Berge von Kleidungsstücken. Gezielt ging sie auf seinen Sekretär zu und öffnete das sogenannte Geheimfach, indem sie auf eine Vertiefung drückte. Das hatte sie seit über zwanzig Jahren nicht mehr getan. Damals, als sie Hans einer Affäre verdächtigte, hatte sie dort Liebesbriefe gefunden. Das Fach enthielt einen schmalen Ordner mit unterschiedlichen Dokumenten. Plötzlich hielt sie ein Testament in der Hand, ein Testament von Onkel Friedrich. Hans erbte ein Vermögen von hundertfünfzigtausend Euro. Kein Sterbenswort hatte er ihr davon gesagt! Und es kam noch schlimmer: Darunter lag ein Flugticket nach Tahiti – nur ein Hinflug. Sie spürte eine Leere im Kopf, musste sich setzen. Es dauerte einige Minuten, bis das Zittern aufhörte. Als unten die Haustür klappte, verschloss sie in aller Eile das Geheimfach und huschte in ihr Zimmer. Singend hörte sie Hans die Treppe herauf wanken.

Birgit verbrachte eine schlaflose Nacht. Hatte Hans neulich nicht mit einem fremden Herrn mit Aktentasche und Klemmbrett jeden Winkel des Hauses besichtigt? Das war bestimmt ein Makler gewesen. Jetzt machte alles einen Sinn. Hans wollte sein Haus verkaufen und sich für den Rest seiner Tage in die Südsee absetzen. Und was sollte aus ihr werden?

Sie sah sich in einer düsteren Sozialwohnung sitzen und auf die Müllkästen im Hof starren. Seinen Teil der Vereinbarung hatte er nicht eingehalten. Schließlich hatte er damals darauf gedrängt, dass sie ihre Blumenhandlung aufgab. Das war alles andere als fair. Sie konnte nicht sagen, was stärker in ihr brodelte: Ihre Wut oder ihre Empörung. Am liebsten hätte sie Hans sofort wachgerüttelt und ihn zur Rechenschaft gezogen. Aber jetzt half nur ein kühler Kopf. Plötzlich wurde ihr bewusst, dass sie Hans hasste. Sie konnte kaum noch seine Gegenwart ertragen. Als der Wecker klingelte, wusste sie es schlagartig: Es gab nur noch eine einzige folgerichtige und unausweichliche Lösung: Hans musste verschwinden. In dreißig Tagen ging sein Flug, bis dahin musste sie sich etwas überlegen.

Während sie die Himbeeren zu Konfitüre einkochte, wurde ihr mit Bedauern klar, dass sie keine Ahnung hatte, wie man einen ordentlichen Mord durchführte. Jahrelange Hausarbeit qualifizierte nicht unbedingt dazu. Sie würde spontan alles aufschreiben, was ihr einfiele, ohne nachzudenken. Diese Methode, zu einer Entscheidung zu gelangen, hatte sie einmal in einem Volkshochschulkurs gelernt. Sie setzte sich an den Küchentisch und notierte auf dem Einkaufsblock alle möglichen Mordarten, die ihr gerade einfielen.

1. Rattengift
2. Erwürgen
3. Betäuben und dann gefesselt auf ein Floß setzen
4. Auftragskiller
5. Zu Tode erschrecken
6. Während eines Zoobesuches in die Bärengrube werfen
7. Betrunken machen und über ein Brückengeländer stoßen
8. Schlaftabletten in den Kaffee rühren und X danach im Wald aussetzen

Jetzt müsste sie noch prüfen, inwieweit ihre Ideen durchführbar waren. Auf keinen Fall durfte sie sich selbst verdächtig machen und natürlich sollte Hans nicht unnötig leiden müssen. Das war sie ihm trotz allem nach fast fünfunddreißig Jahren Ehe schuldig. Plötzlich stand er vor ihr. Sie hatte ihn nicht kommen gehört und zuckte zusammen. Hatte er nicht gesagt, dass der Zahnarztbesuch länger dauern würde?

»Ah«, säuselte er, »die umsichtige Hausfrau. Immer im Dienst. Schreib doch noch Tomaten auf.«

»Hast du den Einkaufszettel mitgenommen?«, fragte er, als sie die Gartentür abschloss. Sie nickte und schulterte die große Tasche. Im gleichen Moment trat der Nachbar aus der Tür mit Moritz, der noch nicht angeleint war. Der Hund starrte in ihre Richtung und streckte witternd die Nase in die Luft. Dann raste er los und auch Hans setzte sich in Bewegung.

»Der Hund ist harmlos, sie müssen keine Angst haben«, rief der Nachbar. Hans rannte in einem Tempo über die Straße, wie schon lange nicht mehr. Im gleichen Moment bog ein schwarzes Auto mit hoher Geschwindigkeit um die Ecke. Das Auto bremste – zu spät. Hans wurde erfasst. Es gab ein Geräusch, als ob ein Tonkrug zerbrechen würde. Hans flog über die Kühlerhaube und dann entschwand er aus ihrem Gesichtsfeld. Der Nachbar rannte über die Straße. Der Fahrer war inzwischen aus dem Auto gesprungen. Ungläubig starrte er auf die am Boden gekrümmt liegende Gestalt, der ein feiner Blutfaden aus dem Mund floss.

»Wir brauchen einen Krankenwagen«, schrie der Nachbar und suchte in der Jackentasche nach seinem Handy. Während er das Handy ans Ohr hielt, kniete er nieder und berührte Hans Halsschlagader.

»Kein Puls«, sagte er leise.

Da spürte Birgit etwas Feuchtes an ihrer Hand. Moritz stupste sie an. Sie sah den Ausdruck von Zuneigung und Ergebenheit in seinen braunen Augen.

Stefan B. Meyer

FREIGANG

Er war fast zwölf Jahre alt gewesen, als ihn eine Pflegefamilie aufgenommen hatte. Mit vierzehn verließ er diese wieder, etwa zur selben Zeit, in der er sich zum ersten Mal vor Gericht verantworten musste. Nach weiteren, mehr oder weniger kleineren Diebstählen folgten Raubdelikte und Körperverletzungen, und somit ließ die erste Haftstrafe, welche nicht mehr zur Bewährung ausgesetzt wurde, nicht lange auf sich warten. Bis zu seinem zwanzigsten Geburtstag saß er mit Unterbrechungen dreieinhalb Jahre hinter Gittern. Mit zweiundzwanzig erstach er bei einem Raubüberfall einen Ladeninhaber und wurde wegen Mordes zu einer lebenslänglichen Freiheitsstrafe verurteilt.

Ein knappes Vierteljahrhundert verging im Trott wahllos austauschbarer Tage, von Zeit zu Zeit wurde ihm bescheinigt, dass er weiterhin als schwer gestört und gewaltbereit galt, bis es ihm irgendwann gelang, von einem ehrgeizigen, selbstverliebten und obendrein sehr eitlen Psychologen eine positive Persönlichkeitswandlung attestiert zu bekommen, woraufhin man ihm seinen ersten Freigang gewährte. Nach zögerlichen Anfängen lernte er die Vorzüge der gitterlosen Welt wieder zu schätzen, er nutzte seine Chance und wurde alsbald in den offenen Vollzug verlegt. Er bekam einen Job bei einer Firma für Spezialreinigungen, er kletterte tagsüber mit Maske und Handschuhen in leere Waggons und er kehrte jeden Abend brav in die Anstalt zurück, auch wenn er das Feuer, das die Aussicht auf Freiheit in ihm entfacht hatte, tagtäglich hinter einer demütigen Fassade verbarg. Aber vor

173

zehn Tagen, nachdem ihn seine anfänglich misstrauischen Kollegen zu einem Feierabendbier eingeladen hatten, und nach dem anschließenden, erfolglosen Versuch einer Vergewaltigung, hatte er beschlossen, unterzutauchen. Der Scheiß Alkohol machte ihn nach all den Jahren immer noch aggressiv.

Dies hier würde wohl sein letzter Trip durch die Freiheit sein, dessen war er sich durchaus bewusst, aber den wollte er so lange wie möglich genießen. Zumal ihm ein einziger, unter freiem Himmel verbrachter Tag um so vieles ereignisreicher vorkam, als ein ganzer Monat, gar ein ganzes Jahr in der Anstalt. Außerdem, so glaubte er, waren die Bullen weit weg und hatten keine Ahnung, wo er sich aufhielt. Möglicherweise hatten sie inzwischen den Alten gefunden, in dessen Bungalow er die Waffe aufgestöbert hatte, aber das war jetzt schon ein paar Tage her und etliche Kilometer entfernt.

Er nahm die Zeitung, die die alte Frau heute früh aus dem Briefkasten geholt hatte, vom Tisch und verzog sich damit aufs Klo. Seine Brille legte er in Reichweite auf dem Waschbecken ab, dann schob er die Hosen über die Knie, hockte sich nieder und schlug die Zeitung auf. Wenigstens hatte er im Knast lesen gelernt.

»Ein Jogger will Jürgen Barthke gesehen haben. Vor einem abgelegenen Hotel namens Waldidyll.«

»Der wievielte Zeuge ist das heute?«

»Hier bei uns der Vierte. Der Siebenunddreißigste seit dem Aufruf im Fernsehen.«

Polizeioberkommissar Blaschke unterdrückte ein Gähnen. »Schick einen Wagen hin, Personalien feststellen et cetera!«

»Heute noch?« Polizeimeister Braun hatte die große Uhr an der Wand fest im Blick.

»Natürlich! Ist sowieso wieder nur falscher Alarm.«

»Die Funkwagen sind alle im Einsatz, aber Wendt und

Fahl von der Zivilstreife sind gerade rein gekommen. Die hätten jetzt allerdings gleich Feierabend.«

»Ach was! Die soll'n das übernehmen, dann haben wir's hinter uns. Für Feierabend ist danach noch genug Zeit.«

Eine halbe Stunde später bogen die beiden Zivilfahnder Frank Wendt, vierundvierzig, geschieden und kinderlos, und Thomas Fahl, siebenunddreißig, verheiratet, zwei Kinder, von der schmalen Straße auf jenen Waldweg ab, der zu dem abgelegenen Hotel Waldidyll führte. Die Sonne war fast untergegangen und hohe, kräftige Bäume säumten die unbefestigte, zerklüftete Fahrbahn. Selbst für erfahrene Provinzpolizisten fühlten sie sich hier draußen ziemlich weit weg vom Schuss. Wendt, dessen Dienstgrad der eines Polizeihauptmeisters war, saß am Steuer und ließ den Wagen langsam vorwärts rollen.

»Das mag ich an dem Job«, sagte er grimmig. »Du kommst in Ecken, die du gar nicht sehen willst!«

»Jedenfalls nicht nach Feierabend und im Dienstwagen«, pflichtete ihm Fahl, Polizeiobermeister, bei. »Meine Kinder schlafen sicher schon, wenn ich heimkomme.«

Wendt schluckte lautlos. Die Zeiten, in denen jemand auf ihn wartete, waren lange vorbei. »Sicher wieder Fehlalarm«, schwenkte er zum eigentlichen Thema ihres Dienstausfluges zurück.

»Hoffen wir's mal.« Fahls Grinsen wirkte ob der finsteren Natur um sie herum angespannt. »Für alles andere wäre ich jetzt eh nicht mehr zu gebrauchen.«

Nach weiteren zwei Minuten holpriger Fahrt schimmerte das Hotel, ein ehemals fürstliches Jagdhaus, inmitten einer Lichtung zwischen all den düsteren Stämmen hindurch.

»Was hat Barthke gemacht?« In Fahls brüchiger Stimme schwang mehr als nur Neugier mit. »Ich meine, wofür hat er eingesessen?«

»Brutale Vergewaltigungen, Raubüberfälle«, brummte Wendt. »Soviel ich weiß, hat er dabei mindestens ein Opfer abgestochen.«

Fahl schluckte leise. »Was, wenn das hier wirklich Barthke ist? Dann sollten die uns doch das SEK schicken?«

Wendt zuckte die Schultern. »Frag über Funk nach. Falls es hier draußen noch Funk gibt.«

Es gab Funk. »Negativ», kam es laut und wie immer undeutlich aus dem Lautsprecher. »Personalien feststellen, ihr kennt das doch, sowieso nur wieder heiße Luft.» Kollege Braun klang genervt. Auch er würde erst nach Hause kommen, wenn die Sache hier abgehakt war.

»Bist du sicher?«, fragte Fahl nach. »Der Tote gestern ist nur zwanzig Kilometer von hier entfernt gefunden worden.«

»Macht ihr euch deswegen in die Hosen?«

Wendt riss seinem Nachbarn das Gerät ärgerlich aus der Hand und sagte: «Hör mal zu, Kollege Bequem! Wir machen hier draußen auch Überstunden und wenn du nichts sachdienliches mehr für uns hast, dann halt einfach die Klappe!«

»Würde ich ja gern«, lenkte Braun ein. »Aber eben kam noch ein weiterer Hinweis auf Barthkes Aufenthaltsort, und den Einsatz darf ich auch noch koordinieren. Also, Jungs ...«

»Was ist mit dem Fahndungsfoto, dass du mir auf's Handy schicken wolltest?«

»Negativ, der Kollege sucht noch. Ihr müsst euch vorläufig mit der Personenbeschreibung zufrieden geben.«

Wendt unterbrach verärgert die Verbindung und drückte Fahl das Gerät wieder in die Hand. »Negativ, negativ«, äffte er mürrisch nach, »mir wird plötzlich auch ganz negativ zumute!« Er lenkte den Wagen in eine Nische kurz vor der Lichtung und schaltete die Zündung aus.

Der Parkplatz vor dem Hotel, eine dem Wald abgetrotzte

Fläche von vielleicht hundert Quadratmetern, war leer. Das Haus war gut zwanzig Meter lang und hatte zwei Geschosse plus ausgebautes Dach. Im ersten Stock stand ein einziges Fenster offen, weit und breit war kein Mensch zu sehen und das umliegende Biotop gab Geräusche von sich, die den Ohren der beiden Polizisten so fremd waren, dass sie sie gar nicht wahrnahmen.

»Diese Scheißstille«, sagte Wendt. »Hier ist echt der Hund begraben.«

»Ideal für ein Arschloch wie Barthke«, flüsterte Fahl.

»Wir werden sehen.« Wendt tastete nach seinem Holster unter der Jacke, zog die Dienstwaffe hervor und sah seinem Kollegen ins Gesicht. Der nickte entschlossen und griff ebenfalls nach seiner Pistole. Nahezu synchron luden sie die Waffen durch, prüften die Sicherung und steckten sie wieder weg.

»Bringen wir's hinter uns!«

Sie stiegen aus und liefen auf die mit grobschlächtigen Schnitzereien verzierte Eingangstür zu, die breiten Stufen davor wurden an beiden Seiten von mannshohen Yuccapalmen eingerahmt. Der Kies knirschte unter den Füßen der beiden Beamten und noch bevor sie die Tür erreichten, wurde diese geöffnet, und eine alte Frau mit Kopftuch, gebeugtem Gang und einer Mülltüte in der Hand kam ihnen entgegen.

»Kann ich Ihnen helfen?«, krächzte sie mit einer scheinbar auf dem zweiten Bildungsweg erlernten Freundlichkeit.

Die Polizisten, deren Hände schon in Richtung des schweren Metalls gezuckt hatten, entspannten sich vorläufig.

»Wir suchen den Chef ... oder die Chefin dieses Hotels.«

Die Alte deutete mit dem Daumen über die Schulter. »Mein Sohn«, antwortete sie knapp und lief weiter.

Der Empfangsbereich war erstaunlich geräumig, aber nicht sehr hell.

An den Wänden hing der übliche Kokolores aus Geweihen, ausgestopften Tierköpfen und röhrendem Hirsch auf Leinwand. Der hagere, kleine Mann hinter der rustikalen Rezeption wirkte indes zeitgemäß bieder und schob ein professionelles Lächeln vor sich her, als er um den Tresen herum kam und den Polizisten entgegen ging. Er öffnete den Mund für eine Floskel, hielt allerdings inne, als ihm ein Dienstausweis direkt vor die Nase gehalten wurde.

»Polizei«, sagte Wendt betont forsch, und der offenbar weitsichtige Mann machte ein Hohlkreuz, um den nötigen Abstand zwischen sich und die Legitimation zu bringen.

»Polizei?«, sagte er, und machte dabei fast so etwas wie einen Knicks. »Was verschafft mir die zweifelhafte Ehre?«

»Haben Sie die letzte Kripo-Live-Sendung gesehen?«

»Sie meinen, im Fernsehen?«

»Genau. Gibt es hier draußen so was?«

»Ja, aber, das heißt nein, ich habe die Sendung nicht gesehen.«

»Ein Zeuge hat sich bei uns gemeldet. Deswegen sind wir hier. Wir suchen einen Mann mit schütterem, dunklem Haar, einsachzig groß, kräftig, augenscheinliches Alter Ende fünfzig, der mit einem schwarzen Rucksack unterwegs ist.«

»Das klingt nach dem Gast oben in Zimmer 1.4. Der im Übrigen zur Zeit unser einziger Gast ist.«

Die Polizisten tauschten nervöse Blicke aus und Wendt senkte seine Stimme.

»Seit wann?«, fragte er.

»Seit gestern Abend«, antwortete der Hagere, dessen Neugier erwachte. »Hat er was verbrochen?«, wollte er wissen, aber Wendt ging nicht darauf ein.

»Was hat er seither gemacht?«

»Er hat geschlafen, nehme ich mal an, dann hat er gefrühstückt und ist weggegangen. Und dann, keine Ahnung ...«

»Ist er jetzt gerade auf seinem Zimmer?«

»Das nehme ich doch an.«

»Gut. Wir brauchen einen Grundriss des Zimmers. Und dann gehen wir folgendermaßen vor …«

Es dauerte nur zehn Minuten, dann schlichen die drei Männer hintereinander über den Teppichboden des Flures im ersten Stock bis zum Zimmer mit der Nummer 1.4. Wendt postierte sich rechts der Tür und gebot dem hageren Hotelchef, auf der linken Seite zu verharren, während Fahl sich auf einem Knie nieder ließ und durch das Schlüsselloch spähte. Ein paar Sekunden später sah er seinen Kollegen mit einem stummen Kopfschütteln an, dann ließ er sich von dem Hageren den Zweitschlüssel geben. Im Gang und hinter der Tür war es so still, wie im Inneren eines vergrabenen Kachelofens. Fahl holte tief Luft, dann schob er den Schlüssel langsam und nahezu geräuschlos ins Schloss, drehte ihn vorsichtig bis zum ersten Widerstand und nickte Wendt zu. Der zog seine Waffe, hielt sie mit beiden Händen, den Lauf zu Boden gerichtet, und gab dem Hageren ein Zeichen.

Der Hotelchef schluckte sein Erstaunen angesichts der Waffe herunter. Er straffte sich und klopfte entschlossen, aber nicht zu laut an das Türblatt.

»Herr Schmitt? Eine kleine Aufmerksamkeit des Hauses!«, rief er, während Fahl das Schloss gefühlvoll aufschnappen ließ und dabei den Knauf festhielt, sodass nur ein winziger Spalt entstand.

»Jetzt nicht!«. rief eine überrascht klingende Stimme von drinnen zurück. »Kommen Sie in 'ner Viertelstunde wieder!«

Mit einer kurzen Bewegung seines Kinnes bedeutete Wendt dem Hageren, zurückzutreten. Fahl, immer noch kniend, zog ebenfalls seine Waffe, den Türknauf behielt er fest im Griff. Wendt begann tonlos zu zählen, indem er die Finger der linken Hand einzeln ausklappen ließ. Daumen,

Zeigefinger, Mittelfinger, bei Drei gab Fahl dem Knauf einen
kräftigen Stoß …

Der Mann, der mit herunter gelassenen Hosen auf dem Toi-
lettenbecken saß, wollte eben die Zeitung wieder anheben,
die er nach der Störung durch den Hotelier gesenkt hatte,
als er plötzlich ein lautes Poltern vernahm und kurz darauf
einen verwischten Schatten an der Tür vorbei hechten sah.
Wie vom Donner gerührt, verharrte er einen Wimpernschlag
lang reglos, aber es war längst nicht vorbei.

Fahl sprang auf und wollte seinem Kollegen folgen, der ihm
allerdings, nachdem er das winzige Zimmer leer vorgefun-
den hatte, schon wieder entgegenpreschte und mit vorge-
haltener Pistole die Badtür ins Visier nahm. Fast gleichzeitig
schwenkten die Waffen der Polizisten in die kaum schul-
terbreite Öffnung, und fast gleichzeitig sahen sie, wie der
Mann, der da vor ihnen auf dem Klo hockte und ihnen ent-
gegenstarrte, nach etwas Schwarzem griff, was auf dem
Sims des Waschbeckens lag, und dass er dabei offensichtlich
versuchte, die entfaltete Zeitung zur Verdeckung dieser verdächtigen Bewegung zu benutzen. Die beiden Schüsse er-
tönten ebenfalls fast gleichzeitig, sie durchlöcherten die Zeitung und trafen den Mann in die Brust. Der Oberkörper des
Getroffenen lehnte sich gegen die gefliese Wand hinter seinem Rücken, dann sackte er langsam seitwärts weg und
blieb über dem Rand der Badewanne hängen. Die Arme fielen schlaff herab, die Zeitung raschelte zu Boden und der
Ausdruck des Entsetzens blieb auf dem leblosen Gesicht
haften, wie eine Botschaft an die Nachwelt.
　　Die Polizisten rührten sich nicht, registrierten den Kordit-
geruch nicht, den ein Schusswaffengebrauch nach sich zog.
Starr vor Schreck betrachteten sie die aufgerissenen Augen,
den offenen Mund über dem erschlafften Kinn und die bei-

den nahe beieinander liegenden, blutigen Einschüsse auf dem feingerippten Unterhemd. Und vor allem das Etui mit der Brille, nach dem der Mann hatte greifen wollen.

»Sie haben ihn erwischt«, meldete sich plötzlich eine hagere Stimme. Der Hotelchef lugte vorsichtig vorne durch die Zimmertür.

Wendt warf ihm einen Blick zu, an dem ein Echo abgeprallt wäre. Fahl wagte ein, zwei vorsichtige Schritte in das Bad hinein und zog die Brieftasche des Toten aus der um dessen Waden zusammen geschobenen Jeans.

»Mit welchem Namen, sagten Sie, hat er sich bei Ihnen eingetragen?«, fragte er den hageren Mann, während er das kunstlederne Päckchen aufklappte.

»Rolf Schmitt, Schmitt mit Doppel-T«, antwortete der Hotelchef.

»Mit Doppel-T«, murmelte Fahl tonlos und reichte seinem Kollegen den Ausweis.

Wendt betrachtete das Plastikkärtchen lange, dann drehte er es um, drehte es erneut um, und betrachtete es nochmal. »Scheiße«, murmelte er schließlich. »Verdammte Scheiße!«

Jürgen Barthke lachte trocken, warf die Zeitung auf den Boden und putzte sich den Hintern ab. Die Bullen hatten auf der Suche nach ihm einen Frührentner in einem Hotel erschossen. Was mussten die für eine Scheißangst vor ihm haben. Er setzte die Brille wieder auf, zog die Hose hoch und schnappte sich auf dem Weg nach draußen die auf der Waschmaschine abgelegte Pistole. Die Alte, die er mit einem einzigen Schlag getötet hatte, lag immer noch neben dem kalten Kamin. Eine Horde Fliegen hatte sich der Wunde, die das Brecheisen auf der Stirn hinterlassen hatte, angenommen.

In der Küche holte er sich einen Harzer Käse aus dem Kühlschrank, brach sich ein Stück Brot ab und stellte sich kauend ans Fenster. Die Felder vor dem abgelegenen Haus waren schier endlos.

Kauend dachte er über den eben gelesenen Artikel nach. Sie hatten den Falschen erschossen. Konnte passieren, Bullen waren schließlich auch nur Menschen. Schwache, ängstliche Menschen. Aber dass man ihn mit einem Frührentner verwechselt hatte, gab ihm zu denken. Der Trott im Knast hielt einen nicht gerade jung, klar, und die Aussicht auf eine endlos lange Strafe ließ die Lebensgeister erlahmen. Aber Frührentner? Scheiße.

Egal, er war draußen und das Abenteuer gefiel ihm, und er würde so lange wie möglich draußen bleiben. Er schluckte den letzten Bissen herunter, ließ sich auf das Sofa fallen, legte sich die Pistole auf den Bauch und verschränkte die Hände hinter dem Kopf. Irgendwann würde er weiter ziehen müssen, sicher. Aber nicht jetzt.

Heike Gellert

DER EINSAME

In etwa dreißig Metern Höhe explodierte der erste Schuss der Batterie, gefolgt von weiteren – im Sekundentakt. Im Nachbarort, nur wenige Kilometer entfernt, rannten Bewohner hinaus auf die Straße. Schnell zweifelten diese, ob es sich um ein Feuerwerk handele. Zumal plötzlich nur noch schwarzer Rauch am Horizont zu erkennen war …

* * *

ER saß in seinem Garten, schmunzelte und erinnerte sich an frühere Zeiten. Das Galmei-Veilchen galt vor über dreißig Jahren weltweit als ausgestorben. HA! Dieses blau-blühende ›Nichts‹ war seiner Meinung nach nicht auszurotten. Nun blühte es hier, bei ihm.

»Nein, ich habe das nicht in der Hand, dafür sind ANDERE zuständig. Ich bin für die Arbeitsaufteilung. Jedem das Seine!«

Doch plötzlich erschrak er. Was passierte dort …?

»Ich verlese nun den letzten Willen des Fionn Callahan – Teil eins.«

Der Testamentsvollstrecker, Jack Grath, der den letzten Willen des Verstorbenen bereits kannte, pflegte höflich zu bleiben, obwohl die letzten Wünsche mancher Verstorbener ihn fast in den Wahnsinn trieben.

Mein letzter Wunsch ist es, gekleidet in meiner Lamm-Leder-weste, für drei Tage in einem der Räume meiner Tankstelle aufge-

bahrt zu werden. Dazu beauftragt werden soll Eoin O'Brady vom Beerdigungsinstitut Brady & Mac & O. Ich habe mir aus Roisin's Wolle eine Decke gestrickt, Stricknadel-Größe zehn, das ging schnell … In dieser wird mein Leichnam eingewickelt werden.

Jack Grath legte eine wohltuende Pause ein. Die Anwesenden schauten pikiert. Warum wollte sich der ungeliebte Einzelgänger in diesen ekelhaft stinkenden Klamotten aufbahren lassen? Fionn Callahan war und blieb ein undurchschaubarer Mann.

»Nun gut. Das haben wir erledigt. Er liegt in seiner *Wolldecke*, hergestellt aus der Wolle seines *Schafes Roisin* in seinem von ihm selbst geschreinerten Pinien-Sarg. Er trägt eine *Lammfell-Lederweste* seines *Lammes Roisin I.*, aus dem Fell des leider viel zu früh verstorbenen *Lammes*, abgezogen und pflanzlich gegerbt! Möchte noch jemand zum ersten Teil dieses Testamentes einen Einwand erheben?« Jack Grath legte das Blatt Pergament auf die anderen Papiere.

ER grübelte laut nach: »Dieser Fionn hatte sich doch gar nicht antriebs- und appetitlos verhalten, und hat doch auch gar nicht sein Leben an sich vorüberziehen lassen! Da stimmt doch was nicht!«

ER hörte der Testamentseröffnung weiter zu.

»Wenn das doch sein letzter Wille war, was kann ich denn schon dagegen sagen? Es ist ein Jammer. Er hatte noch so viel vor. Fionn wollte in unserer schönen Provinz Leinster Kartoffeln anbauen, nachdem er zuvor als Leiter der Joseph-Klinik in Munster gekündigt worden war«, räusperte sich eine Dame jenseits der achtzig, die sich als Großcousine dritten Grades ausweisen konnte.

»Das ist mein Wissenstand – genau! Deshalb befand ich mich noch nicht vor seiner Tür. Dieser Fionn hätte mich doch ausgeschimpft: So – pass' auf, du Stinkstiefel. Packst du mich an, reiß' ich dir den Kopf ab und scheiß' dir in den Hals! Noch Fragen?«

So ungefähr hätte sich Fionn ausgedrückt. ER lachte bei diesem Gedanken.

»Kommen wir zum Testament zweiter Teil – ich verlese!« Jack Grath sprach lauter, waren doch Schwerhörige unter den Anwesenden.

Ich bestelle den Postboten Connor Smith aus dem Zweiten Bezirk zu meinem Betreuer und beauftrage ihn mit der Haushaltsauflösung. Hierbei wird er das Testament dritter Teil finden.

»Dann fahre ich jetzt wieder nach Hause«, sagte die Großcousine und stand auf. Bevor sie den Raum verließ, rief sie, mit dem rechten Fuß aufstampfend: »Wäre er doch nie Schafzüchter in der Provinz Munster geworden!«

Der Postbote Connor Smith, der zuvor selbstverständlich nichts von diesem Testament wusste, wurde nach vorn geholt.

Testamentsvollstrecker Jack Grath war nicht in der Lage zu lächeln, doch sagte er freundlich:

»Sie haben alle Vollmachten und sind von Ihrem Arbeitgeber für drei Monate beurlaubt. Meine Sekretärin händigt Ihnen alle notwendigen Unterlagen aus.«

ER hängte sich an den Postboten dran.

»Ich habe zwar potentielle sechs Milliarden Kunden, doch erfüllte ich meine Aufträge strengstens genau – bisher!«

ER nahm seine Blockflöte und spielte etwas Lustiges – sozusagen Music-Comedy.

Dieser Fionn Callahan bekam sehr viel Post, wusste Connor Smith. Von wo genau konnte er nicht sagen, jedoch amüsierten ihn die Farben der Umschläge. Sie waren rot, blau, grün, orange mit wunderschönen Briefmarken darauf. Und Päckchen! Seinetwegen konnte er oft nicht mit dem Fahrrad kommen und musste den Wagen nehmen.

Connor Smith fuhr zunächst zu der weit außerhalb liegenden Tankstelle. Diese lag an einer einsamen Straße direkt neben einem Wäldchen. Das erste, was ihm auffiel, war, dass auf den Wiesen der *Hammel Herman* fehlte. Er wusste von *Schaf Roisin, Lamm Roisin I.* und *Hammel Herman*. Täglich waren sie draußen. *Herman* trug zwei lila Farbkleckse in seinem Fell, ein rosa Schleifchen um den Hals.

Das Haus des Verstorbenen neben der Tankstelle – eine Bed & Breakfast-Unterkunft – hatte zwölf Zimmer. Gäste blieben in den letzten Monaten aus, nun quartierte sich Connor Smith ein.

Das Problem um den *Hammel Herman* löste sich flugs, als Connor Smith den Gefrierschrank inspizierte. Dort befanden sich mehrere Portionen gegrilltes Fleisch. Vorratshaltung. *Selbstverständlich*, dachte Connor Smith. So weit draußen.

Er wollte bei der Suche nach dem Testament systematisch vorgehen. Er nummerierte die Räume durch und nahm einen College-Block hinzu.

Zimmer eins war der Hammer. Feuerwerk der Klasse zwei stapelte sich für zwanzig Neujahrs-Nächte. Connor sah fünf Batterien namens ›Hellfire‹ mit einhundert Schuss. In einem Kleiderschrank ohne Kleidung fand er zehn Batterien ›Uranus‹ mit dreiundachtzig Schuss. In einer Truhe fünfzehn Marathon-Batterien mit jeweils achtundsiebzig Schuss.

Für seine Begriffe am meisten Unrat fand er in Zimmer zwei: Berge von Kronkorken, Bierdeckeln, Schnapspinchen mit Aufdrucken, Schlüsselanhänger, Magnetpins, Kugelschreiber, Notizblöcke, Jahreskalender aus den Apotheken. Danach zu urteilen war Fionn Callahan ein Sammler.

Bereits in Zimmer drei wurde Georg fündig: Vier Koffer Briefe, diese bunte Post der vergangenen Jahre, und einen Koffer voller Tagebücher.

Er nahm einen gelben, noch nicht geöffneten, Briefumschlag zur Hand, steckte ihn in seine Manteltasche, als er im obenauf liegenden Tagebuch einen Eintrag von Fionn Callahan fand. Notizen über sein Frühstück vom Tage seines Todes. Lasagne garniert mit Kartoffelsalat, Hammelfleisch mit Thymian, Kartoffeln und Auberginen – dazu Beeren.

Welche Beeren?

Eintrag am Abend: *Mir geht es gar nicht gut!* Die Schrift befand Connor Smith als schon sehr unleserlich. Er war dermaßen aufgeregt, dass er das Haus abschloss und direkt in die Stadt fuhr.

Sein Ziel war das Polizeipräsidium.

»Wir müssen ihn exhumieren!«, schrie er. Die Polizisten meinten allerdings, das sei der falsche Ausdruck, da Callahan noch gar nicht unter der Erde, sondern aufgebahrt sei. Ansonsten waren sie seiner Meinung.

ER spürte Unbehagen.

»Das hätte ich bemerken müssen, wenn Fionn vergiftet worden wäre. Das bedarf einer Vorbereitung durch einen Mörder!«

Für ihn schien die Angelegenheit eindeutig zu sein.

»Nee, nee. Zahl' mal weiter deine Steuern, Fionn!«

Nach dem Abtransport der Leiche fuhr Connor Smith wieder zu Fionns Haus, um heimlich nach weiterem Beweismaterial zu suchen. Außerdem hatte er den dritten Teil des Testamentes noch nicht gefunden. Vielleicht gab das Aufschluss darüber, ob er sich bedroht gefühlt habe. Hatte Jemand Fionn Callahan vergiftet?

Die Briefe trugen verschiedene Absender, waren allerdings laut Poststempel oftmals in der Stadt aufgegeben worden. Der arme Kerl schrieb sich selbst Post, dachte Connor. Eine Serie Briefe trug den Absender eines T. Callahan aus Leinster. Die gleiche Stadt, in der die Großcousine wohnte?

Er las einige Briefe jüngeren Datums und es fiel ein Bild heraus. Der Mann darauf sah Fionn Callahan irgendwie ähnlich. In dem Brief stand sinngemäß: ... *habe ich erst jetzt entdeckt, dass wir den gleichen Namen tragen. Ich werde Dir einen Besuch abstatten.*

Wie oft war dieser Mann, wegen einer gewissen Ähnlichkeit eventuell ein Großcousin, hier gewesen? Wo hielt er sich jetzt auf? Warum war er nicht bei der Testamentseröffnung?

»Zum Deiwei«, rief *ER* und klopfte sich lachend auf die Oberschenkelknochen.

»Gott hat ihn noch nicht zu sich gerufen. Das wird ja immer interessanter. Liegt hier eine Verwechslung vor?«

»Hier steht nichts von einem Cousin gleichen Namens«, versicherte die Angestellte beim Gericht. »Die Großcousine ist aus einem Altersheim für Demenzkranke hergebracht worden. Sie sagte etwas von sechs Brüdern und drei Schwestern. Vielleicht meint sie ihre eigene Familie. Die Erbschaftsdetektive sind noch vor Ort!«

Nach der Untersuchung im Institut für Rechtsmedizin wurde der Leichnam des Fionn Callahan in dessen Tankstelle eisgekühlt wieder aufgebahrt. Ein ›letzter Wille‹ war in dieser von Gott verlassenen Gegend heilig.

Die Räumlichkeiten der Bed & Breakfast-Unterkunft, die von der Spurensicherung freigegeben wurde, durchsuchte Connor Smith unmittelbar. Er wollte nun weiterhin strategisch vorgehen. Die nächsten drei Zimmer beherbergten nur persönliche Habseligkeiten, wie Andenken aus den vergangenen vierzig Jahren und seltsamerweise Unterwäsche, unbenutzte Oberhemden, nicht getragene Rollkragenpullover sowie Notizen über Frühstücksrezepte. Connor Smith schüttelte sich. Wie konnte man seinen Gästen *Kartoffelbrei mit Pommes* zum Frühstück anbieten? Connor bestellte einen Einsatz für das Sozialkaufhaus, was allerdings zwei Wochen auf sich warten lassen konnte. Und einen Container für die übrigen Dinge – Sperrmüll.

Endlich fand er das Testament dritter Teil. Im verschlossenen Umschlag. Da er sich nicht sicher war, ob er dies öffnen sollte, obwohl er bevollmächtigt war, nahm er es mit in die Stadt.

»Das geht zu weit. Ständig muss ich hin und her. Ihr scheucht mich noch zu Tode!«

ER musste zwar nicht lachen, doch dieser Satz gefiel ihm ausgesprochen gut.

»Ha! Wenn ich mal sterbe, kann ich für immer Feierabend machen ...«

»Wir sind hier kein Strafgericht, sondern eröffnen das dritte Testament. Doch möchte ich vorweg schicken, dass ich schockiert bin: Laut Bericht der Rechtsmedizin war die mit *Kartoffelsalat garnierte Lasagne* mit hoch toxischen Beeren vergiftet.«

Jack Grath holte tief Luft.

Connor Smith hob die Hand, um anzuzeigen, dass er etwas sagen möchte.

»Dann wurde er umgebracht?«

»Dies ist ja keine Gerichtsverhandlung«, war die kurze Antwort. »Wir eröffnen das dritte Testament – ich verlese wie folgt: ... *geht mein gesamtes Vermögen an meinen ›Bruder im Geiste‹ Thomas Callahan.*«

Der Schock saß. Freunde aus vergangenen Tagen standen auf, sowie nochmals erschienene Verwandte verließen die Testamentseröffnung.

In diesem Moment betrat ein Gerichtsdiener den Raum. Er überreichte Jack Grath eine Mappe. Dieser schaute kurz drauf und bat Connor Smith nach vorn. Er flüsterte: »Sie nehmen sich jetzt ein paar Polizisten an die Seite und befolgen deren Rat! Das ist eine Anordnung! Denn UNSER Callahan hat nach diesem Bericht kein *Hammelfleisch* gegessen – nur irgendwelche Beeren!«

Connors Gedanken rotierten. Wer war dann der Tote, der nach seinen Wünschen aufgebahrt in der Tankstelle liegt? Und wo war der Testamentsschreiber, der hier drei Testamente geschrieben hatte und verlesen ließ. Lebte er womöglich noch? War das alles inszeniert worden?

Die Fahrt mit den Polizisten zur ›Petrol Pump‹ hätte nicht beeindruckender sein können, dachte Connor. Der Fahrer raste zuverlässig. Doch gesprochen wurde nicht. So ließ Connor seinen Gedanken freien Lauf. Was würde er machen? Er versuchte, sich in die Person des Fionn Callahan zu versetzen. Ein einsamer, seit Jahren gemiedener Mann vermachte sein Vermögen einem Fremden, wenn auch ›Bruder im Geiste‹, den er erst jetzt kennen gelernt hatte? Nein. Da stimmte etwas nicht. Welches Vermögen? Da fiel es ihm ein: Er hatte wegen der Suche nach dem letzten Testament vergessen, die Konten zu prüfen. Banken hätten befragt werden müssen. In dem Haus fand er bis gestern keine Sparbücher, Lebensversicherungen, ebenso keinen Personalausweis.

Das Feuerwerk, welches sie am Horizont sahen, suchte seinesgleichen. Besser hätten es die Profis mit der Handelsklasse drei auch nicht hinbekommen. Nur flogen hier Silvestersortimente unkontrolliert in die Luft. Näher an die Tankstelle heranzufahren, war auch den Polizisten zu riskant – sie brannte bereits lichterloh. Nur noch eine Minute, dann würde die Petrol Pump explodieren.

»Jep!«
ER sah' sich das Feuerwerk ebenso an. Teuflisch bunt fand er es. Die Aussicht von oben war noch berauschender.
Doch wer läuft denn dort unten?
»Mannomann«, rief ER.

In diesem Moment fiel dem Postboten Connor Smith der gelbe, unverschlossene Brief ein. Er nahm ihn aus seinem Mantel, öffnete ihn – las: ... *vermache ich dir gern im Gegenzug meine Schafherden und fünf Hammel sowie meine Kartoffelfelder in der Provinz Leinster ... Dein ›Bruder Thomas‹.*

»Jetzt habe ich dich erwischt, Fionn. Mich hält man nicht zum Narren. Bald hast du nichts mehr zum Lachen. Das werden nicht deine besten Jahre werden. Wir sehen uns in Leinster ...!«

Sarah Naomi Masur

MORDKOMPLOTT IM EIS-CAFÉ

Im Eis-Café herrschte an diesem sonnigen Herbstnachmittag ein munteres Treiben. Viele Anwohner aus dem westlichen Teil des Kurfürstendamms nutzten die letzten sommerlichen Tage für eine erfrischende Unterbrechung. Auch Vivien, Barbara und Ruth, drei etablierte Schauspielerinnen, die ihre größten Erfolge im Film und am Boulevard bereits hinter sich gelassen hatten, genossen den Aufenthalt.

Paul, ein sportlicher Langnasenmops, lag zu Ruths Füßen und ließ sich die Sonne auf seinen kamelhaarfarbenen Pelz scheinen. Zu Pauls Leidwesen war Halensee der Ortsteil mit der größten Mopsdichte Berlins, so dass Paul bei seinen Spaziergängen im Grunewald und am Halensee permanent auf die röchelnde Kurznasen-Konkurrenz stieß.

Der ovale Bambustisch, der täglich für die drei Damen reserviert war, barst fast unter der Last der Sahne verzierten Eiskreationen, die geschwind von Tessa, der stets freundlichen Serviererin des Eis-Cafés, herbeigeschafft wurden.

Barbara schaute zur Bushaltestelle, als sie die quietschenden Bremsen des Linienbusses vernahm und sah zwei junge, hübsche Mädchen auf den Gehsteig springen. Die zwei Schönen schlängelten sich schubsend und spaßend durch die Bistrotische. Die eine der beiden hielt vor dem Tisch der Schauspielerinnen inne, zögerte eine Sekunde, prustete unvermittelt los und stürzte ins Café. Die andere folgte ihr ebenfalls kichernd und glucksend. Ruth, Vivien, Barbara und Paul drehten sich in Richtung Schaufensterscheibe um und sahen, wie sich die Mädchen vor Lachen krümmten.

Ruth stiegen Tränen in die Augen. Barbara starrte fassungslos auf ihr in der Sonne schmelzendes Zitroneneis. Vivien gewann als erste ihre Fassung zurück und herrschte ihre Freundinnen an: »Sie haben doch recht, seht euch doch an. Wir sind drei abgewrackte, alte Schachteln.«

Ruth fing an zu schluchzen, dicke Tränen rannen über ihre rötlich schimmernden Wangen. Barbara hatte sich aus ihrer Starre gelöst und zischte Vivien an: »Ja, Vivien, alte Schabracken sind wir, du bist 'ne magere Zicke, Ruth ist fett, wir haben aufgeplatzte Lippen, die letzten Face-Lifts haben alles nur noch schlimmer gemacht, von den ausgelaufenen und verwachsenen Silikonimplantaten ganz zu schweigen …«

Ungefähr die Hälfte der anwesenden Gäste des Cafés starrte jetzt zum Tisch der Schauspielerinnen. Diese schienen das nicht zu bemerken.

»Nicht zu vergessen die Dellen und Narben vom Fettabsaugen und die entzündeten Augenlider«, fügte Ruth bitter hinzu.

Mittlerweile hatte sich auch die andere Hälfte der Terrassengäste zu ihnen umgedreht.

»Und wem haben wir das zu verdanken?«, fragte Vivien anklagend in die kleine Runde. »Professor Stahmer-Johanns«, erklang es giftig im Chor.

Paul schnappte wütend nach einer Fliege, verfehlte sie und döste wieder ein. Die Gäste des Cafés wandten sich tuschelnd ihren Gesprächspartnern und Eisträumen zu. Der Gedanke an Professor Stahmer-Johanns, dem Schönheitsexperten, der die drei Künstlerinnen nun schon seit fast dreißig Jahren durch die Irrwege der Schönheitschirurgie begleitet hatte, war bei allen drei Schauspielerinnen erbittert verhasst.

So manches Karrieretief wurde auf Anraten von Don Scalpello durch straffere Haut, größere Brüste oder aufgespritzte Lippen umschifft. Nur in den letzten Jahren konnte er nicht mehr viel für die Drei tun, hatte sich neuen, jüngeren, ästhetisch lohnenswerteren Aufgaben gewidmet.

»Er ist reich und berühmt durch uns geworden. Ich war eine seiner ersten Patientinnen, das Aushängeschild für die Kundschaft in Grunewald«, durchbrach Barbara die Stille. »Er hat uns benutzt und dann fallen gelassen«, sagte Ruth leise.

»Wir dürfen uns das nicht gefallen lassen. Das haben wir nicht verdient«, hauchte Vivien verschwörerisch. »Stahmer-Johanns hat den ...«, Vivien zögerte, »... den Tod verdient«, flüsterten Ruth und Barbara gleichzeitig. »Den Tod verdient«, raunte Vivien besiegelnd.

»Wir treffen uns heute Abend Punkt acht bei mir«, ordnete Ruth mit fester Stimme an und erhob sich. Vivien und Barbara nickten. Paul sprang auf und zerrte an seiner Leine.

Ruth wohnte in einer mit prachtvollen weißen Mietshäuser der Jahrhundertwende bestückten Seitenstraße des Kurfürstendamms. Platanen säumten die breiten Gehsteige. Ihre geräumige Jugendstilwohnung mit blank gebohnertem Parkett, riesigen Kassetten-Flügeltüren und Unmengen von Stuck an Decken und Wänden lag Belle Etage. Die drei Freundinnen und der Mops hatten es sich im Wintergarten bequem gemacht.

»Wie stellen wir es an, ihn umzubringen, ohne erwischt zu werden? Ich möchte nicht die letzten zwanzig Jahre meines Lebens hinter Gittern verbringen«, warf Barbara in die Runde.

»Wir sollten es wie einen Unfall aussehen lassen ...«

„Prima Idee, Ruth, willst du die Bremsschläuche seines Wagens anknabbern?«, unterbrach Vivien spöttisch.

Ruth verzog ihr Gesicht zu einer Grimasse. »Schade, dass Stahmer-Johanns nicht jagt, sonst könnte man es wie einen

Jagdunfall aussehen lassen«, schwelgte Barbara. »Er jagt schon, ... nur kein Wild«, höhnte Vivien.

»Jemand könnte einen Fön in seine Badewanne werfen«, flötete Ruth.

»Ist eine der anwesenden Damen in letzter Zeit beim Baden eines männlichen Wesens über fünf zugegen gewesen?«, fragte Barbara schnippisch.

Die Damenrunde schwieg betreten.

»An sich keine schlechte Idee«, nahm Vivien den Faden auf, »aber wir wissen nicht, ob er badet oder lieber duscht, und wann er dies tut.«

»Funktioniert das mit dem Fön auch beim Duschen?«

»Keine Ahnung, Ruth«, setzte Vivien fort. »Womöglich müssen wir uns tagelang im Haus verstecken, bis endlich mal das Badewasser eingelassen wird.« Die drei lachten bei dieser Vorstellung.

»Können wir irgendwie in sein Haus gelangen und eventuell an den Schlüssel herankommen?«, fragte Barbara.

»Bei meinen Besuchen im Hause Stahmer-Johanns gab es immer einen Schlüssel im Keller zum Garten, der von innen steckt«, stellte Ruth fest. »Der Professor ist doch schon etwas schusselig und sucht ständig seine Schlüssel.«

»Ja, beginnende Alzheimer«, artikulierte Vivien undeutlich, während sie sich gerade ein Lachs-Canapé in den Mund schob.

»Was haltet ihr von einer Explosion?«

Barbara fuchtelte verschwörerisch mit den Händen in der Luft.

»Willst du ganz Halensee und Grunewald weg sprengen?«, fuhr Vivien dazwischen.

»Nein, obwohl ... wie nannte Christopher Isherwood in ›Goodbye to Berlin‹ den Grunewald? War es nicht Millionärsslum?«

»Warum?«, fragte Ruth ahnungslos.

»Weil es so eng, dunkel und voll von feuchtem Nadelgehölz ist …«, antwortete Barbara.

»Na, na, ich wohne auch dort.« Vivien klopfte mit den Fingerknöcheln auf den schwarz glänzenden Art-Déco-Tisch.

»Ist eine Explosion nicht zu gefährlich für die Nachbarn?«, fragte Ruth besorgt.

»Eine Gasexplosion schon, die kann man nicht steuern, eine Sprengstoffexplosion lässt sich dagegen leicht dosieren.«, dozierte Barbara. »Erinnert ihr euch an meinen Erfolg in ›Gold und Blut‹? Ich spielte die Ehefrau eines südafrikanischen Minendirektors.«

»… die eine Affäre mit dem Sprengmeister hatte«, ergänzte Vivien.

»Ich habe dort viel über Sprengungen gelernt. Außerdem ist mein Neffe Stephan Pyrotechniker und Sprengmeister beim Film. Ich könnte leicht an alles Notwendige herankommen.«

»Das klingt gut. Wann wollen wir ihn in die Luft jagen?«, fragte Vivien.

»Freitagabend spielt Stahmer-Johanns immer bis weit nach Mitternacht Bridge in seinem Club in Halensee. Ich könnte ihn kurz vorher besuchen, mich um den Schlüssel kümmern und auch um die Kameras, die in seinem Garten installiert sind«, versprach Ruth.

»Wir können mit einem Ruderboot über den kleinen See zu seinem Grundstück rudern. Ich kann das Boot besorgen, und wir können unbemerkt von meinem Grundstück aus ablegen«, schlug Vivien vor.

Die drei Künstlerinnen beschlossen, wie besprochen vorzugehen. Ruth öffnete eine Flasche Champagner, deren Korken mit lautem Knall ins Wohnzimmer flog. Paul jagte kläffend hinterher.

Am Freitag, kurz nach 17.00 Uhr, suchte Ruth Professor Stahmer-Johanns in seiner lindfarbenen Grunewaldvilla auf. Während der Professor noch eine Patientin behandelte, ließ er sie im Wartezimmer warten. Ruth nutzte die Gelegenheit, im Keller den Schlüssel zur Gartentür an sich zu nehmen und schaltete beim Hinausgehen die Kameras aus. Danach huschte sie ins Wartezimmer zurück.

Barbara hatte ebenfalls Glück. Die Sekretärin ihres Neffen war überraschend erkrankt, und Stephan war froh, dass seine Tante bereitwillig die Vertretung übernahm.

Freitagnacht fanden sich die Damen bestens präpariert auf Viviens Grundstück ein. Sie bestiegen ein stabiles, kleines Ruderboot, das heftig schwankte, als die drei Damen versuchten, ihre Plätze einzunehmen. Doch endlich lag es ruhig im Wasser. Es war noch ein warmer Altweibersommer. Vivien ruderte das Boot mit kräftigen, ruhigen Schlägen über den kleinen See, dessen Ufer prächtige Kastanien säumten. Der Blätterwald bot Schutz vor den neugierigen Blicken der Nachbarn. Der Mond spiegelte sich auf der sich kräuselnden Seeoberfläche.

»Es ist wirklich romantisch hier«, flüsterte Ruth.

»Du solltest nicht vergessen, weshalb wir hier sind«, entgegnete Vivien scharf.

Ruth schwieg.

Am Grundstück des Professors angekommen, war es ein Leichtes mit dem Schlüssel in den Keller einzudringen. Die Alarmanlage wurde durch die Benutzung des Originalschlüssels ausgeschaltet, so dass die drei Damen unbemerkt in die Tiefgarage gelangen konnten. Barbara holte ein kleines Sprengstoffpäckchen aus ihrer Tasche und klebte es unter eine am Boden liegende Matte, die als Ölfang diente. Stahmer-Johanns liebte Oldtimer. An dem Sprengstoffpaket befand sich ein Fernzünder.

»So jetzt muss ich nur noch die Lichtschranke installieren«, sagte Barbara, während sie zwei Sensoren an die Garagenpfeiler befestigte, durch die der Professor hindurch fahren musste, um zu seinem Parkplatz zu gelangen.

»Fertig.« Barbara klatschte zufrieden in die Hände.

»Und das funktioniert?«

»Ja, Vivien. Todsicher.« Die drei machten sich zufrieden grinsend auf den Weg zum Boot.

Unterdessen verließ Stahmer-Johanns gut gelaunt den Bridge-Club. Er hatte im Anschluss an das Turnier noch eine Partie unter den Herren des Clubs gespielt und gewonnen. Es ging um ein hübsches Sümmchen.

Warum jetzt schon allein nach Hause gehen, dachte er, stieg in seinen Wagen und machte sich über die Stadtautobahn auf den Weg zum Club ›Diana‹. In seinen Gedanken sah er sich schon in den bezaubernden Armen von Nadeshda und Jasmin.

Vivien, Barbara und Ruth warteten in Viviens Villenetage auf die erlösende Explosion. Nichts passierte. Stunden zermürbenden Wartens waren vergangen. Anspannung und Ungewissheit hatten an ihren Nerven gezerrt. Barbaras Sprengkünste wurden in Frage gestellt. Sie konnten sich vor Müdigkeit kaum mehr auf den Beinen halten. Eine nach der anderen schlief in Viviens gemütlichem Wohnzimmer ein. Paul lag auf dem Rücken, die Pfoten hoch gestreckt, und schnarchte.

Der Professor befand sich inzwischen in einer misslichen Lage. Zu einem Paket verschnürt lag er auf einem mit Kunstleopardenfell bezogenen Wasserbett und war den sadistischen Spielchen seiner beiden Gespielinnen ausgeliefert. Seine Hilferufe wurden durch einen Knebel erstickt. So war das nicht abgesprochen. Er verspürte Stiche in der Brust. Ihm wurde schlecht.

So gegen fünf wurde der Hausarzt Dr. Brenner von der Geschäftsführung des Clubs ›Diana‹ gerufen. Er diagnostizierte Herzstillstand. »Zuviel Viagra für ein zu schwaches Herz«, raunte er den Herren vom ebenfalls herbeigerufenen Bestattungsinstitut zu, als er den Totenschein ausfüllte. Die Herren in den schwarzen Anzügen hatten die Aufgabe, den Verstorbenen möglichst unbemerkt von den übrigen Gästen, die weiterhin ausgelassen feierten, verschwinden zu lassen.

Nadeshda und Jasmin genehmigten sich unterdessen an der Bar des Clubs einen doppelten Wodka auf Kosten des Hauses. »Za zdorov'e!« Ihre Trauer hielt sich erwartungsgemäß in Grenzen, hatten sie doch schon seit längerer Zeit keine Lust mehr, ihre Schönheitsoperationen bei Professor Stahmer-Johanns abzuarbeiten. Zumal die Ergebnisse seiner Künste auch diese Damen nicht zufriedengestellt hatten.

Vivien schreckte als Erste von den Dreien aus dem Schlaf. Jemand klingelte Sturm. Sie sah aus dem Fenster. Draußen stand Viviens Freundin Yvonne im Tennisdress neben ihrem silberfarbenen 911er. Vivien hatte das morgendliche Tennismatch vergessen. Sie eilte zur Haustür. »Yvonne meine Liebe, ich kann heute unmöglich spielen, meine Migräne …«, begrüßte Vivien die bereits ungeduldig wartende Tennispartnerin.

»Vivien, du glaubst es nicht, es hat Stahmer-Johanns erwischt.«, sprudelte es aufgeregt aus Yvonne heraus.

»Wie? … Wo? …«, stammelte Vivien.

»Im Club ›Diana‹ letzte Nacht, ein Herzinfarkt.«

Vivien starrte Yvonne ungläubig an, als ein ohrenbetäubender Knall die morgendliche Stille in Grunewald zerriss.

Anne Kuhlmeyer

NEUES LEBEN

Unten drin ist ein Internetcafé, oben drin bin ich, zwischen-
drin ist das Haus leer. Über dem Dach hängt der Rest der
Nacht, ein Hauch von Morgenkühle – noch. Spätestens um
neun fange ich an zu triefen und der Mittag gart mich leben-
dig. Ich liege im Bett und beobachte Staubkörnchen im Licht.
Das Beste an der Wohnung ist das Licht. Ansonsten hat sie
nicht viel mehr zu bieten als den nahen Himmel und die
Tauben. Also gut. Aufstehen. Bevor die Glut dieses Sommers
mich röstet.

Ich stelle die Füße auf die trockenen Dielen, hieve mich in
die Senkrechte und setze Wasser für den Tee auf. Kaffee ist
aus, seit drei Monaten schon. Ich krame in der Kiste unter
der Küchenplatte, die von Sägeböcken getragen wird, und
finde Knäckebrot und Marmelade. Das Wasser kocht, ich
gieße den Teebeutel auf. Frühstück. Neben meinen Teller
stelle ich eine Kerze und zünde sie an. Ich habe einen kleinen Vorrat davon, falls der Strom ausfällt. Heute hab ich
Strom und Geburtstag. Es ist mein Fünfzigster. Und es ist
der Tag, an dem ich zum Amt gehen werde. Heute um zehn.
Ganz fest habe ich es mir vorgenommen. Meinen Lebtag
lang war ich noch nicht da, hab mich so durchgeschlagen.
Nicht, dass ich keinen Beruf hätte. Ich habe einen ganz wun-
dervollen Beruf. Ich bin Übersetzerin, Dolmetscherin, sogar
mit einem Diplom. Nur habe ich noch nie darin gearbeitet.
Zumindest nicht für Geld. Nicht für eine der großen Firmen,
die ihre Verträge, die Gebrauchsanweisungen für ihre Produkte oder Expertisen übersetzt haben müssen, aus dem

Chinesischen, dem Arabischen, dem Russischen, dem Albanischen, dem Serbokroatischen, dem Tschechischen, dem Ungarischen (ich spreche noch weitere Sprachen, Tamil, Japanisch, Spanisch …), nicht für Universitäten und Verlage. Ich übersetze nicht für Fremde, ich sammle Sprachen. In Büchern, die sich unter den Dachschrägen stapeln, neben dem Bett, neben dem Sessel, an den Wänden in der Küche, auf dem Klo, im Internet. Um mich verständlich zu machen. Um der Verwirrung ein Ende zu machen. Täglich gehe ich hinunter ins Internetcafé, rede und schreibe mit Menschen in der Welt. Ich verstehe mich gut mit ihnen, ganz egal, wie fern sie sind. Nur Martin konnte ich mich nicht verständlich machen, obwohl er meine Muttersprache spricht. Vielleicht hätte ich mit Martin in einer anderen Sprache reden müssen. Die kann ich aber nicht. Nun ist er fort und hat die kleinen Grübchen über seinem Po, die ich so mochte, mitgenommen. Vielleicht ist das das Schlimmste. Dass ich die Grübchen nie mehr wiedersehen kann. Das Niemehr bekommt eine ganz neue Dimension an einem fünfzigsten Geburtstag.

Ich brauche nichts bezahlen im Internetcafé, ich putze die Räume. Heute nicht. Die Sprachen sind meine Bestimmung. Gewesen. Aber wozu, wenn keine gemeinsame zu finden ist mit dem, den man liebt? Ja, ja, man liebt auch jenseits eines fünfzigsten Geburtstages. Man liebt, bis man tot umfällt. Und man lernt.

Heute gehe ich zum Amt.

Zwischen den Häusern lastet der Juli. Die Straße riecht nach Pizza, Diesel und Schweiß. Ich habe mich sorgsam gekleidet, mein Haar hochgesteckt. Im Vorbeigehen kontrolliere ich mein Äußeres in den Schaufenstern. Wenn sich andere Leute mit mir spiegeln, sehe ich, wie klein ich bin. Klein und grau. Früher war ich größer. Es wird Zeit für mich. Das Ende meiner Zeit liegt nur wenige Niemehrs weit weg. Ich will nicht mehr so leben. Ich nehme die Schultern zurück

und trete fester auf. Frei bin ich, seit Martin und seine Grübchen fort sind. So frei, wie man eben ist, wenn man nichts
hat als die Sprachen, mit denen man kein Brötchen kaufen
kann, geschweige Schuhe oder ein Auto. Ich hätte gern ein
Auto, damit würde ich ans Meer fahren und mit den Mu-
scheln plaudern.

Das Arbeitsamt ist ein großer, blasser Klotz. Drinnen frage ich eine Frau nach Zimmer 325, sie schickt mich die Trep-
pen hinauf, durch Gänge und Zwischentüren, bis ich erneut
fragen muss. Schließlich finde ich das Zimmer und eine Reihe von Menschen davor. Libanesen, Türken, Albaner, ein
paar Deutsche unter Neonröhren, sie werfen keine Schatten.
Ihre Gespräche und der Geruch von Papier und Mutlosig-
keit hängen in der Luft. Einige Leute sitzen auf Plastikstüh-
len an den Wänden, andere stehen, warten.

»Wissen Sie«, sage ich zu der Türkin neben mir, sie ist
jung und schmal. »Wissen Sie, man muss etwas aus sich machen, egal was es ist.« Sie lächelt. Sie versteht nicht. Ihren
Dreijährigen presst sich gegen ihren Schoß.

Es vergehen eine Stunde oder zwei. Die Tür von Zimmer
325 öffnet und schließt sich und entlässt Wolken von Resig-
nation. Eine Frau mit dem Gesicht eines Grottenolms kommt
heraus und herrscht: »Mittagspause«. Ich stehe auf und gehe
mir die Beine vertreten. Draußen sticht die Sonne auf die
Stadt. Ich umrunde das Gebäude, taste nach den letzten
zwei Euro in meiner Tasche und den Zigaretten, die mir
Martin dagelassen hat.

Ich will nicht mehr arm sein, nie mehr!

Nach zwei Zigarettenlängen warte ich weiter. Die Türkin
nickt mir zu, als sie aus 325 kommt, der Dreijährige schreit.
Ich bin die Nächste.

Hinter dem Schreibtisch sitzt Herr Schmidt, wie das Na-
mensschild verrät. Herr Schmidt ist ein Berg von einem
Mann, glattrasiert mit grauem Haar, er sieht ein bisschen

fein aus, der Herr Schmidt. Seine Stimme ist verkatert und ich frage mich, ob er auch Grübchen hat. Nachdem er seinen Computer mit meiner Identität gefüttert hat, sagt er: »Beruf?«

»Nein.«

Er nickt, druckt ein Blatt aus und schiebt es über den Schreibtisch.

»Zimmer 473. ALG2.«

»Nein.«

Er sieht auf. Immerhin.

»Ich will kein Arbeitslosengeld. Ich will Arbeit. Und Geld.«

»Sie sind zu alt.«

»Ich war immer schon *zu*.«

Er seufzt. »Was können Sie denn? Abschlüsse? Zeugnisse? Referenzen?«

»Nein.« Für die Tätigkeiten, die ich tat, bekommt man so was nicht. Von meinen Sprachen spreche ich nicht. Nie.

»Dann gebe ich Ihnen einen Fragebogen, der Ihre Fähigkeiten ...«

»Nein.«

Er seufzt wieder. »Was haben Sie gemacht?« Herr Schmidt scheint ein geduldiger Mensch zu sein.

»Kassiererin, Lagerarbeiterin, Taxifahrerin, Stubenmädchen, Mülltrennerin, Hure, Küchenhilfe, Lottospielerin, Näherin, Tänzerin, Pflegerin ...«

»Gut, gut.« Er hebt die Hand, eine sorgsam manikürte Hand. »Was wollen Sie?«

»Geld. Richtiges Geld.«

Er lacht. »Heiraten Sie!« Er hat ein glucksendes Lachen, das perlend in die Höhe schießt.

»Das habe ich erledigt. Das war nicht so erfolgreich. Es gibt andere Wege.«

»Ich habe keine Zeit«, sagt er und schraubt sich aus seinem Schreibtischstuhl. (Ich mag seine Stimme. Vielleicht hat er doch Grübchen.) Aber seine Aufmerksamkeit bleibt an mir haften.

»Kriminalität«, sage ich rasch. »Mit Kriminalität kann man richtig Geld verdienen und ich würde dem Staat nicht auf der Tasche liegen.« Heiraten, Lotto spielen, kriminell werden – das sind die Möglichkeiten, Geld zu bekommen. Die ersten beiden Optionen habe ich ausprobiert.

Eine Pause, in der er wieder Platz nimmt, tritt ein. Er tippt auf seiner Tastatur herum und nagt an seiner Unterlippe. Dann findet er, was er sucht.

»Einbruch, Menschenhandel, Drogen und …« wieder eine Pause: »ach, ja. Professionelle Liquidation. Wir haben noch freie Plätze bei den Umschulungen. Sie müssen …«, der Drucker rattert, er zieht das Blatt aus dem Schacht, »den Bogen hier ausfüllen. Die Umschulungen dauern zwei Monate. In der Zeit erhalten sie einen Ausbildungszuschuss und Wohngeld, wenn Sie sich bei der ALG2-Stelle melden. Was liegt Ihnen denn so?«

Natürlich bin ich nicht unvorbereitet gekommen. Einbruch bringt zu wenig. Menschenhandel erfordert soziale Kompetenzen, über die ich nicht verfüge. Drogen sind unmoralisch. Als Profikillerin kann man das Private sinnvoll im Beruflichen integrieren. Ich mache ein Kreuz an der vorgesehenen Stelle. Gut, die Wahl zu haben.

»Moment«, sagt er, tippt wieder etwas in seinen Computer. Er schüttelt bekümmert den Kopf. »Ich habe nur noch einen einzigen Platz in unserem Angebot *Ü 50 – Der Start ins Leben*. Aber …« Sein Gesicht glänzt vor Freude. »Sie könnten schon morgen anfangen.«

Wieder der Drucker, diesmal dauert es etwas länger. Herr Schmidt legt mir drei Seiten vor, ich lese, der Ausbildungszuschuss ist stattlich. »Ich brauche kein Wohngeld«, sage ich und unterschreibe.

Wir treffen uns morgens um acht im Keller des Arbeitsamtes. Sechs Frauen und ein Mann. Sie könnten alle meine Schwestern sein, klein und grau, auch der Mann. Der Seminarraum ist hell und freundlich, keine Fenster. Schweigsam setzen wir uns in den Stuhlkreis. Herr Schmidt kommt und füllt den Raum. Wir machen ein kleines Spiel mit einem Ball, bis wir unsere Decknamen kennen.

»Die nächsten zwei Monate werden wir gemeinsam verbringen. Morgens Theorie, nach der Mittagspause folgt der praktische Teil«, sagt Herr Schmidt. »Vielleicht werden nicht alle die Prüfung bestehen. Aber wenn Sie ernsthaft bei der Sache sind, werden Sie einen Abschluss erlangen, der Ihnen Ihre Zukunft sichert!« Er strahlt jeden einzelnen an und verteilt Informationsmaterial in Ordnern. Ich blättere. Das erste Kapitel ist mit ›Gift‹ überschrieben, daneben die Abbildung einer Phiole, das nächst Kapitel ›Sprengstoff‹, eine Bombe daneben.

Wir beginnen mit Grundlagen und landen zu Mittag beim Gift.

»Viele Firmen suchen händeringend Experten wie Sie. Fachkräftemangel in Deutschland, Sie wissen das«, sagt Herr Schmidt, bevor er uns den Weg in die Kantine beschreibt. Es gibt Erbseneintopf mit Bockwurst. Bei dreißig Grad im Schatten. Am liebsten würde ich das Gelernte unmittelbar anwenden, doch der praktische Teil ist für den Nachmittag vorgesehen. Mir gegenüber löffelt eine kleine Graue mit dem Decknamen Edith ihre Suppe.

»Hast du schon eine Anstellung in Aussicht?«, fragt sie.

»Nein. Du?« Ich liebäugele mit einer Selbständigkeit, die vom Amt für drei Monate bezuschusst wird.

Edith nickt heftig, ihre Augen glänzen froh. »Ich werde übernommen.«

»Vom Arbeitsamt?«

»Nein, vom Sozialamt. Die haben jede Menge Aufträge.

Und ich bin kostengünstiger als die Finanzierung der Lang-
zeitarbeitslosigkeit. Verbeamtet werde ich leider nicht, dafür bin ich zu alt. Aber ich bin gesund und kann weit über
das Rentenalter hinaus arbeiten. Das ist auch gut so, denn
Horst bekommt eine Stelle bei der Rentenversicherung.«

Horst ist der Deckname von dem kleinen, grauen Mann.
Ich erzähle Edith nichts von meinen Sprachen. Falls sie es
weiter erzählt, käme vielleicht jemand auf die Idee, mich für
die Einwanderungsbehörde anzuwerben.

Der Nachmittag vergeht wie im Fluge. Eine Apothekerin,
eine biegsame Blonde, macht uns mit Substanzen und ihrer
Anwendung vertraut, die einen sicheren, schmerzlosen Tod
garantieren. Sie erläutert die Vorgehensweise beim Gesun-
den, beim Herzkranken und beim Diabetiker. Wir bekommen ein Köfferchen mit Pulvern, Tabletten und Ampullen,
alles wunderbar mit Beipackzetteln in Englisch, Arabisch,
Chinesisch und Russisch versehen. Die Zettel in Deutsch
sind in den Ordnern. Importierte Stoffe.

Es ist achtzehn Uhr. Beschwingt und voller Energie ver-
lasse ich den Keller. Die Sonne scheint milder. Morgen gibt
es Bomben.

Ich schlendere durch die Straßen, die sich mir freundlich
zeigen und finde ein Café. Tische, Korbstühle und Sonnen-
schirme auf dem Gehweg. Ich ziehe das Band aus meinem
Haar, knüpfe es an den Griff meines Köfferchens und öffne
die ersten beiden Knöpfe meiner Bluse.

Die Bedienung bringt mir eine Cola mit Eiswürfeln drin.
Ein kleiner Luxus zur Feier des Tages. Bald werde ich mir so
viel Cola leisten können, wie ich will. Oder Sekt. Und ein
Auto. Und das Meer …

Plötzlich steht Martin neben meinem Tisch, nickt auf den
freien Platz zu und sitzt, bevor ich antworten kann. Er sieht
gut aus. Ich sage nichts. Hat ja eh keinen Zweck.

Eine lange Weile sitzen wir beide da und sagen nichts.

Nach einer weiteren Weile winkt Martin die Bedienung heran, schaut kurz auf mein Glas, ich hebe verneinend die Hand, und bestellt.

»Eine Flasche Portugieser. Wir haben was zu feiern.«

»Martin ...« Monatelang ist er weg und nun will er plötzlich feiern.

»Ich habe Arbeit.« In seinem Gesicht geht die Sonne auf. Martin ist neunundfünfzig, Ingenieur und seit drei Jahren ohne Job. (Von wegen Fachkräftemangel.) Ich hatte Teilzeitjobs und ein bisschen was schwarz. Darüber hinaus hatten wir zu viel Zeit und zu wenig Geld, um uns wunderbar nicht zu verstehen. Bei zu wenig Geld hilft nichts – keine Sprachen, keine Liebe, nur Geld.

»Schön«, sage ich. Aber zu spät.

Martin gießt die Gläser voll und prostet mir zu. Ein bisschen aufgekratzt wirkt er. Ich kenne mein Stichwort, sage es aber nicht.

»Vor vier Wochen habe ich mein Zertifikat bekommen«, sagt er.

Ich nehme einen tiefen Zug vom Wein.

»Eine Umschulung, weißt du?«

Ja, ich mach auch eine.

»Ich hab eine Stelle!« Er wartet auf meine Freude, sie bleibt aus. »Nichts Besonderes. Aber für den Anfang ...«

Er wird sich eine Wohnung nehmen, vielleicht.

»Ich habe eine Wohnung. Und neue Möbel. Werde ganz ordentlich bezahlt.«

Also lebt er nicht mehr bei seiner Geschiedenen. Ich trinke das Glas aus und spüre, wie sich meine Schultern entspannen. Der Alkohol in meinem Blut fühlt sich fremd an, warm und tröstlich.

Also gut: »Was machst du?«

Fröhlich hebt er ein Köfferchen, das genauso aussieht wie

meines. Ich hebe meines auch, dann muss ich doch kichern und wir stoßen an.

»Krankenkasse. Ich hole Pott aus Holland. Nur gutes Dope, versteht sich. Ist billiger als Schmerzmittel. Die verdienen, ich verdiene, die Leute sind schmerzfrei. Alles easy.«

In der Mitte der nächsten Flasche Portugieser steckt mich seine Freude an. Schmerzfrei. Alles easy. Vielleicht …

»Vielleicht …«, sagt er.

»Hör auf mit deinem Vielleicht!« Das kenne ich. Das habe ich nie verstanden.

Er nimmt meine Hand. »Es ist ein anderes Vielleicht.«

Sein Gesicht ist meinem ganz nah. Fältchen um den Glanz in seinen Augen, die ich nicht genau sehen kann ohne Brille.

Vielleicht hat er sogar recht.

Tropisch, hell und samtig ist die Nacht. Wir liegen nackt unterm Himmel, der Wind kühlt die Liebe, die Tauben schlafen. Sterne und Wein wirbeln durch meinen Kopf. Ich streiche mit dem Finger über Martins Wirbelsäule und durch die flachen Grübchen über seinem Po.

»Komm«, sagt Martin. »Lass uns die Nacht verlängern. Vielleicht …« Er steht auf, schwankt ein bisschen und nimmt ein Tütchen aus dem Köfferchen. Ich kichere. Doch nicht nur Dope. Ich hatte noch nie Kokain. Er zieht zwei Linien, eine für ihn, eine für mich.

Dann liegen wir und schweigen und warten.

Ich werde ein bisschen müde und drehe mich auf die Seite, spüre seine Hand auf meiner Hüfte, sehe den Mond, draußen, die Dielen, unsere Gläser und mein Köfferchen offen stehen. Mein Köfferchen.

Sein Atem sanft an meinen Nacken. Meine Lider sind schwer und mein Herz wird leicht.

Die Zeit verharrt.

Niemehr …

Eric Berg

SCORPION

Er war neunundzwanzig, wollte verreisen, die Welt kennenlernen. Geld war nicht das Problem, davon hatte sie genug.
Sie war das Problem.

Sie sagte: »Ich bin fast siebzig und habe schon alles gesehen.«

Na und, sie hatte auch Sylt schon gesehen und fuhr trotzdem jeden Sommer dorthin, um zwei Monate lang in die
Schatzidarlingcherieküsschenküsschen-Gesellschaft einzu-
tauchen.

Für den Winter schlug er ihr Rio de Janeiro vor.

»Ach, die Kriminalität dort. Außerdem ist mir der Flug zu
weit.«

Bangkok. »Der Smog raubt mir die Luft. Und der Flug ist
mörderisch.«

Las Vegas: »Ermüdend. Und dann der Flug …«

Mein Gott, er bat sie ja nicht darum, mit ihm zum Jupiter
zu fliegen! Nur mal raus aus Europa. Trotzdem landeten sie
am Ende immer auf Gran Canaria, so auch jetzt wieder. Aber
das war nicht der Grund, warum er sie hasste, und schon
gar nicht, warum er sie umbringen würde.

»Wo bleibst du denn?«, fragte sie, kaum dass sie ihm die
Tür geöffnet hatte. »Ich warte schon eine Viertelstunde.«

Im Hotel – wie auch in ihrem Haus in Deutschland –
schliefen sie in getrennten Zimmern. Sie waren sich von Anfang an einig gewesen, dass sie eine Zweckgemeinschaft
waren. Von Sex oder gar Liebe war keine Rede. Sie war der
Typ, der ständig Gesellschaft brauchte, um im Mittelpunkt

zu stehen, sowohl als Frau wie auch als ehemalige Schauspielerin, und da schien ihr ein junger, attraktiver, halbwegs
gebildeter und armer Mann die beste Abhilfe zu sein. Ein
klassischer ›Toyboy‹ war er nicht, denn sie gab nicht mit
ihm an, im Gegenteil, zu Einladungen in die Gesellschaft
nahm sie ihn niemals mit. Sie brauchte ihn nur für ihr eigenes Ego und gegen die Einsamkeit. Und er? Ganz einfach, er
wollte nie wieder mittellos sein, war scharf auf Geld. Und er
bekam es, dreitausend im Monat, freie Kost und Logis. Mit
anderen Worten: Er brauchte den Stoff und sie war die Dea-
lerin.

Vorher hatte er in einem Dutzend schlecht bezahlter Jobs
gearbeitet, zuletzt in der Parfümerieabteilung eines großen
Berliner Kaufhauses, wo er von morgens bis abends Düfte
auf Kärtchen gesprüht hatte, bis er davon Kopfschmerzen
bekam. Dort hatte er sie kennengelernt. Sie hatte darauf bestanden, das Parfüm auf seiner Haut zu riechen, hatte an
seinem Handrücken geschnuppert wie an einer Leibspeise
und ihm nach einigem Hin und Her ein Angebot gemacht.
Das Angebot. Er hatte nicht lange überlegt. Drei Jahre war
das her.

Es sollte ja Menschen geben, die glaubten, Arbeit wäre
eine tolle Sache. Er gehörte nicht dazu. Das Leben einer fau-
len Drohne zu führen, machte ihm nicht das geringste aus.

»Gehen wir zum Abendessen?«, fragte er.

»Erst einmal zum ›Abendtrinken‹. Ich will einen Aperitif,
einen Cocktail. Irgendwo, wo etwas los ist.«

Das hatte er vorausgesehen. Er lächelte, und sie brachen
zu ihrem letzten gemeinsamen Abend auf.

Playa del Inglés hatte viele Namen hinter dem Komma:
Stadt des ewigen Frühlings; Acapulco für Arme; kanarische
Hure; atlantisches Paradies. Es stimmte alles. Anfangs war
es ihm ein Rätsel gewesen, was eine Frau wie sie dazu brach-

te, sich ausgerechnet dieses volle, ästhetisch nicht übermäßig gelungene Touristenstädtchen als Winterdomizil zu wählen. Ihre Ansprüche waren normalerweise viel exklusiver.

Sie war Schauspielerin gewesen, in den Sechzigern eine große Nummer in Deutschland, unter den namhaftesten Regisseuren Europas hatte sie gedreht. Fünf sehr guten Jahren waren drei gute und zwei mittelmäßige gefolgt, bevor sie von den Leinwänden und Bildschirmen verschwand. Die nächsten dreißig Jahre verbrachte sie im köstlichen Exil der Côte d'Azur, also auf den Yachten, Partys, Golfplätzen und Anwesen anderer ehemaliger Berühmtheiten, wo sie dasselbe tat wie ihresgleichen, nämlich sich vorzumachen, sie wäre noch immer prominent. Etwa zehn Prozent dieser Zeit, also drei Jahre oder zweitausendfünfhundert Stunden, hielt sie ein Champagnerglas in der Hand, in weiteren zehn Prozent ein Martiniglas.

Dann war der sechzigste Geburtstag gekommen. Und ein leichter Schlaganfall.

Diese beiden Glockenschläge des Schicksals hatten sie bewogen, nach Deutschland zurückzukehren, warum auch immer, denn ihren Lebensstil änderte sie kaum. Vor drei Jahren hatte sie einen weiteren, leichten Schlaganfall gehabt. Seither versuchte sie, ihre Gesundheit mit dem einmaligen Klima der Kanarischen Inseln zu kurieren.

Das Vergnügungszentrum im Herzen von Playa del Inglés quoll über von Bars und von Musik, die aus allen Ecken kam. Es war Samstag, und zu den zahlreichen Touristen aus ganz Europa kamen viele junge Einheimische. Schweigsam schritt das ungleiche Paar durch das babylonische Stimmengewirr, getrennt durch eine Kluft von vierzig Jahren, verbunden dadurch, dass sie seine Hand ergriffen hatte. Berührungen mussten von ihr ausgehen, das war ein ungeschriebenes Gesetz.

»Sieh mal dort, Chico, dort auf der kleinen Terrasse gefällt es mir.«

Brav hielt er ihr den Korbsessel, bevor er sich selbst setzte. Der Name der Bar deutete darauf hin, dass sie von Deutschen geführt wurde, aber weder diese Tatsache noch der gemütlich plätschernde Wandbrunnen hatten ihre Wahl bestimmt, sondern die Leinwand, auf der Musikclips der sechziger und siebziger Jahre liefen – ihre beste Zeit, der sie immer noch nachhing.

Sie klappte die Karte auf. »Was nimmst du, Chico?«

Er hasste es, wenn sie ihn so nannte. Chico, zu deutsch Junge, Kleiner. Dann kam er sich irgendwie billig und beliebig vor. Er war nämlich nicht ihr erster ›Chico‹. Nicht, dass sie darüber gesprochen hätte, aber es kam vor, dass sie in seinem Beisein alten Freunden über den Weg lief, die ihn nicht kannten. »Übrigens, das ist Chico«, sagte sie dann mit einer Handbewegung, als stelle sie ein Auto vor, bei dem nicht gewiss war, ob es den nächsten TÜV schaffte. Und in den Augen der Gesprächspartnerin las er die Frage, ob er wohl Chico III., Chico IV. oder Chico V. war. Er wusste es selbst nicht. Wie viele hatten schon ihre kleinen Gehässigkeiten über sich ergehen lassen müssen, mit denen sie sich den Lebensabend versüßte?

»Ich weiß noch nicht, was ich nehme«, antwortete er.

Sie verdrehte die Augen. Sie wusste immer und überall genau, was sie wollte, was sie mochte, was sie nicht mochte. In einem Restaurant schlug sie die Karte auf und zeigte stets binnen drei Sekunden auf die gewünschte Speisefolge.

»Was dauert denn das bei dir wieder so lange? Das ist eine Cocktailkarte, was du da in der Hand hältst, und nicht der neueste Comic von Disney.«

Es war sie, die das Tempo vorgab. Die bestimmte, was sie unternahmen. Die die Bar aussuchte. Er lebte in ihrem Königreich.

»Würdest du mir wohl antworten, damit ich weiß, dass ich nicht dement bin und mir diese Unterhaltung nur einbilde?«

»Ich habe dich gehört.«

»Aber nicht verstanden.«

Er zählte still: Eins, zwei, drei, vier, fünf … Würde er an Voodoo glauben, hätte er sich schon vor Monaten insgeheim mit einem Püppchen und einer Dose Stecknadeln amüsiert.

Sechs, sieben, acht … Nicht mehr lange, vielleicht bis tausend noch, und sie wäre tot.

Sein Blick fiel auf den Namen eines Cocktails, der hervorragend zu dem Vorhaben passte.

Er lächelte. »Ich nehme einen *Scorpion*.«

»Ulkig, den habe ich mir auch ausgesucht.«

Der Kellner war schon zur Stelle, ein blutjunger Mann, schlank und rank, schwarzhaarig, in Jeans und T-Shirt und jeder Menge tätowierter Haut. Wie die Alte ihn musterte … Bei so was kannte sie gar nichts. Geile, alte Schrapnelle.

»Er hat hübsche Augen«, sagte sie, als der Kellner mit der Bestellung ins Innere der Bar ging. »Findest du nicht?«

Er zuckte mit den Schultern. »Sie sind da, wo sie hingehören, das ist auch schon alles.«

»Die Tattoos stehen ihm gut.«

»Ob sie ihm auch noch so gut stehen, wenn er in deinem Alter sein wird, also in zirka einhundert Jahren?«

Voller Genugtuung empfing er ihren verwunderten Blick. Sklavenaufstände war sie von ihm nicht gewöhnt, aber er konnte sich diesen Luxus heute Abend endlich erlauben. Um jedoch einen Eklat zu vermeiden, kaufte er von einem vorbeikommenden Händler eine rote Rose für sie, sein letztes Geschenk. Sie legte die Blume achtlos beiseite, so wie sie beabsichtigte, schon bald ihren Geber beiseite zu legen. Die Anzeichen mehrten sich, dass sie in Kürze einen neuen Chico zu ihrem Begleiter ernennen wollte, wen auch immer.

Drei Jahre seines jungen, hungrigen Lebens hatte er ihr geschenkt. Er hatte ihre Sticheleien ertragen, ihre Eitelkeit und Herrschsucht sowie die halb mitleidigen und halb höhnischen Blicke der Menschen, die ihn mit ihr Händchen halten sahen. Und das war der Dank, sie wollte ihn abservieren.

Der Kellner brachte die leuchtend gelben Cocktails, für die sie weniger Augen hatte als für den Kellner. Drei Jahre zuvor hatte sie diesen Blick einem Berliner Parfümverkäufer geschenkt. Hexe!

Er erhob das Glas. »Auf dich.«

Sie ergriff den Cocktail mit beiden Händen, die braun und knorrig wie alte Weinreben waren. Tausend Salben hatten das Vergreisen nicht aufhalten können, sehr zu ihrem Leidwesen, und er hatte ihr stets jede einzelne Furche, jeden Fleck, jedes bisschen Leid gegönnt.

Sie tranken, und gleich darauf stand sie auf, um die Toilette aufzusuchen. Auch das hatte er vorhergesehen. Bei Restaurantbesuchen verbrachte sie ebenso viel Zeit in den Waschräumen wie am Tisch.

Das kleine Papiertütchen, das er aus seiner Brusttasche hervorzog, war gefüllt mit den winzigen Samen des Eisenhuts, *Aconitum napellus*. Er hatte sie im Sommer bei einem Kurztrip ins Allgäu gesammelt. An der gehörigen Dosis, die er ihr ins Glas rührte, würde sie binnen zwanzig Minuten verrecken. Körperlähmung, Sprachlähmung, schwerste Übelkeit ohne die Fähigkeit zum Erbrechen, schließlich Atemlähmung, und das alles bei vollem Bewusstsein. Ein nicht gerade humaner Tod, also genau das Richtige für sie. Zudem erinnerten einige Symptome an einen Schlaganfall. Keiner der spanischen Ärzte würde Verdacht schöpfen. Sie hatte bereits zwei Schlaganfälle gehabt, und sie war im passenden Alter.

»Die Toilette ist hübsch«, sagte sie, als sie zurückkam.

Ihre schwere Parfümwolke wehte an ihm vorüber, und er hätte seine Nase lieber in eine Biogas-Anlage gesteckt, als diesem erstickenden Duft aus Tausendundeiner Nacht noch einen Tag länger ausgesetzt zu sein. »Klein«, fuhr sie fort, »aber mit Liebe gemacht. Schöne warme Farben. Alte Fotos. Ich mag so was.«

Sie immer mit ihren Toiletten. Das war so ein Fimmel.

»Gut, dann trinken wir auf die Toilette, die dir so gut gefällt.« Wie passend, dachte er, dass der letzte Trinkspruch ihres Lebens einem Ort galt, wo man seinen intimen Abfall los wurde.

Sie sog kräftig am Strohhalm ihres *Scorpion*, und damit war *er sie* los, war ihr Schicksal besiegelt.

»Alkohol ist ein wunderbares Gift, findest du nicht?«, fragte sie gut gelaunt, und ausnahmsweise stimmte er ihr vollen Herzens zu.

Von diesem Moment an prickelte sein Blut wie Prosecco. Er brachte einen Menschen um, so etwas machte man ja nicht alle Tage, und außerdem würde sein Leben ab morgen eine ganz neue Richtung nehmen. Er sah es vor sich, steil aufsteigend. Zwar würde die Gans sterben, die ihm goldene Eier gelegt hatte, aber er wäre sowieso nicht mehr lange in den Genuss ihres monatlichen Schecks gekommen. Und natürlich erbte er keinen Cent ihres Vermögens, das hatte sie ihm gleich am Anfang deutlich zu verstehen gegeben. Dennoch würde er von ihrem Tod finanziell erheblich profitieren. Er war der Begleiter der letzten Lebensphase einer einstigen Filmdiva – die Talkshows würden sich auf ihn stürzen, und seine vorsichtige Anfrage bei einer Literaturagentur hatte ergeben, dass man sich sehr für eine Biografie aus erster Hand über das Leben des Ex-Stars interessierte. Mit dem hübschen Sümmchen ließe sich eine Weile leben.

»Man darf sich etwas wünschen«, sagte sie.

»Wie bitte?«

»Alte Musikvideos. Drinnen ist ein DJ, der Wünsche von Gästen entgegennimmt. Ich möchte *France Gall* hören, und zwar *Polichinelle*, darauf habe ich damals mit Gérard Depardieu in Cannes getanzt. Machst du das für mich?«

»Natürlich, gerne.«

Irgendwie sahen die Menschen ihn aufmerksamer an als vorher, als er noch kein angehender Mörder gewesen war. Der Barkeeper zum Beispiel, ein Mann mit Strohhut und flinken Händen – sein Blick folgte ihm. Oder bildete er sich das nur ein? Und der spanische DJ, der seinen Musikwunsch einprogrammierte, schien sogar seine Gedanken lesen zu können, denn als nächstes Lied spielte er die *Bay City Rollers* mit *Bye Bye Baby*. Wie passend, das hätte wirklich von ihm selbst kommen können.

Als er an den Tisch zurückkehrte, verflog seine kurzzeitige Nervosität. Sie hatte bereits den halben Cocktail getrunken, war im Grunde schon Geschichte. Gemächlich paffte sie an einem Zigarillo, der Rauch dampfte ihr aus Nase und Mund wie aus einem undichten Schornstein.

»Alles erledigt«, berichtete er. »Trinken wir auf Gérard Depardieu.«

»Aber nein. Auf dich, Chico.«

»Oh, welch seltene Ehre.«

Sie sahen sich *France Gall* auf der Leinwand an, dann die *Bay City Rollers*. Aus den Augenwinkeln verfolgte er, wie sich ihr Zustand verschlechterte. Zunächst fächelte sie sich mithilfe der Cocktailkarte Luft zu, dann verkrampfte sie zunehmend. Erst als *Boney M* gespielt wurde, wandte er sich ihr wieder zu.

Ihr bleibt aber auch nichts erspart, dachte er hämisch – unter den Klängen von *Boney M* zu sterben war wirklich hart, das wünschte er keinem. Sie tat ihm fast ein bisschen leid, aber nur fast.

»Geht es dir nicht gut?«, fragte er.

Sich entspannt in den Sessel lehnend, leerte er den Rest seines Cocktails.

»Ich weiß nicht«, sagte sie. »Irgendwie … ist mir … ist mir …?«

»Ja? Was möchtest du sagen?«

»Ich … brauche … hol … Arzt …«

»Was hast du gesagt? Ich habe dich nicht verstanden. Du musst schon etwas deutlicher sprechen.«

»Arzt … Arzt«, röchelte sie.

»Nein, damit lassen wir uns noch ein wenig Zeit.«

Er lächelte – und in diesem Moment traf ihn eine Art Schlag, von innen kommend, wie eine Explosion im Kopf. Eine unsichtbare Fessel lähmte seine Glieder.

Auf wundersame Weise ging es *ihr* jedoch ganz plötzlich besser.

»Vielleicht hast du recht«, sagte sie. »Das eilt nicht. Außerdem kann dir ohnehin keiner mehr helfen. Es ist vorbei, Chico. Als du drin warst, habe ich die Gläser vertauscht, und vorher habe ich nur so getan, als trinke ich durch den Strohhalm. Du siehst, ich habe das schauspielern nicht verlernt. Lass mich dir noch sagen, dass ich diese drei Jahre sehr genossen habe. Hut ab, du hast es länger mit mir ausgehalten als die meisten deiner Vorgänger.«

Er war kaum noch in der Lage, sich zu bewegen, nur in den Fingerspitzen hatte er noch einen Rest von Gefühl. Die Beine, die Zunge, der Kopf, die Stimmbänder – alles war wie festgeschraubt. Nur mit viel Mühe bekam er überhaupt noch Luft.

»Es hat richtig Spaß gemacht, dich soweit zu treiben, mich umbringen zu wollen. Natürlich habe ich aufgepasst. Regelmäßig habe ich dein Zimmer durchsucht und irgendwann diese Samen gefunden. Ein paar Recherchen genügten, und ich hatte deinen stupiden Plan durchschaut. Während du mich ahnungslos glaubtest, warst in Wahrheit du der Ahnungslose. Wenn du wüsstest, wie viel Spaß ich hatte, du warst ein echter Jungbrunnen für mich. Vielen, vielen Dank. Ist sonst noch etwas zu sagen …? Ach ja, man wird mich juristisch kaum belangen können für das, was passiert ist. Du bist durch ein Versehen deinem eigenen Mordanschlag zum Opfer gefallen. Und das ist noch nicht einmal gelogen. Nun ja, jedenfalls größtenteils. Man wird mich in Talkshows einladen, um von der Tragödie zu erzählen, und vielleicht ist das der beste Moment, um meine Memoiren zu schreiben, in denen natürlich auch du vorkommen wirst.«

Sie trank einen Schluck und lächelte. »Ich bin ein alter Skorpion, weißt du? Und du, mein Lieber, du bist tot.«

Das Letzte, was er hörte, war, wie sie nach dem jungen Kellner rief. »Ach, junger Mann, bitte könnten Sie mal kommen? Ich glaube, mein Begleiter hat ein Problem. Sagen Sie, Chico, wie heißen Sie eigentlich?«

Regina Schleheck

HAHN IM KORB

»Willkommen im Club der einsamen Herzen«, sagte Rudi
bloß, und damit war alles gesagt. Eigentlich hatten wir schon
darauf gewartet und waren auch ganz froh, dass wir jetzt
nicht mehr so einsam waren. ›Dreisam‹ genau genommen.
Rudi, Walter und ich. Jetzt, wo Manes dazugehörte, konnten
wir auch wieder prima Doppelkopf spielen. Ich hasse Skat.

Aber für Manes war noch gar nicht alles gesagt. Der
musste erst mal Müll abladen. Ein paar Wochen brauchte
das, klar, musste ja erst mal sacken.

»Kölsch?«, fragte Walter und legte Manes den Arm um
die Schulter. Manes nickte, und dann schwammen seine Augen, und er konnte gar nicht so viel Kölsch in sich reinkip-
pen, wie die Suppe oben wieder rauslief.

Weiber!

Ruth war die erste gewesen. Kaum dass die Kinder aus
dem Haus waren. Erst die Walking-Treffen an der Dhünn.
Nix mehr mit gemütlichen Fernsehabenden. Sie wär zu dick.
Rudi hatte gar nichts zu meckern gehabt und guckte trotzdem in die Röhre. Dann der Awo-Literaturkreis und schließlich die Selbsterfahrungsgruppe. Als sie genug über sich erfahren hatte, fing sie beim Kaufpark am Overfeldweg an der
Fleischtheke an und nahm sich eine Wohnung in der Heinrich-von-Ketteler-Straße gleich am Dorfplatz. Nach Feierabend ist sie mit ihren Walking-Literatur-Selbsterfahrungs-
Frauen dann meist bei der Moni eingekehrt. War ja direkt
nebenan. Also hat Rudi den ›Dampfkessel‹ gleich gegenüber
zu seinem zweiten Wohnzimmer erkoren, und wir haben

ihm von Zeit zu Zeit Gesellschaft geleistet. Eigentlich waren wir ja sonst immer bei der Moni gewesen, weil wir da im Hinterzimmer auch immer unser Hahneköppen machten. Aber besondere Umstände erforderten besondere Maßnahmen. Den Hübi hat's gefreut, und das Kölsch kostet bei ihm auch nur einsvierzig, da sollte die Moni doch sehen, was sie davon hatte.

Waltraud war die nächste. Mit Bewegen hatte sie es nicht so, und mit Lesen schon gar nicht. Da hat sie gleich mit der Selbsterfahrung angefangen. Und was ist dabei rausgekommen? Sie ist zwei Etagen über der Ruth eingezogen, im Dachstübchen. So ganz richtig im Koppe sind die ja wohl nicht, die Weiber.

Walter und Rudi haben aber aus der Not eine Tugend gemacht und eine Männer-WG gegründet, damit der Walter sein Häusehen im Entenpfuhl nicht verkaufen brauchte. Die Waltraud hat schließlich darauf bestanden, dass er sie auszahlt. Dabei hatten sie das Häuschen gerade erst von Walters Eltern geerbt. Rudi hat seine Umzugskartons also in dem ehemaligen Bügelzimmer gestapelt und Walters Tiefkühlpizzen-Sortiment um Spiegeleier als Frühstücks-Alternative erweitert. So wie es bei den beiden zugeht, ist der ›Dampfkessel‹ auf jeden Fall die bessere Alternative. Klar, dass ich da gelegentlich mal nach denen geguckt hab, die Jungs brauchten schließlich jemand, bei dem sie Dampf ablassen konnten. Und Adel schweißt zusammen. Wir haben das unsere ›Dreikönigs-Treffen‹ genannt. Eigentlich ›Ex-Königs-Treffen‹. Amtierender König war da schon Manes. Natürlich haben wir auch hin und wieder darüber Witze gemacht, dass die Königinnenwürde den Frauen wahrscheinlich zu Kopf gestiegen war. Aber ich hab im Traum nicht damit gerechnet, dass ich der nächste wäre. Also was Regina anging: Ich will mich ja nicht über den grünen Klee loben, aber ich hatte mir unseren Hochzeitstag sogar in meinen

Kalender mit einem Extra-Klingelton eingerichtet, so dass ich schon um Mitternacht wusste, was die Glocke geschlagen hatte. Ich weiß bis heute nicht, was sie geritten hat. Wahrscheinlich war sie eifersüchtig. Jedenfalls fing sie auf einmal an rumzuquengeln: »Statt dass ihr euch bei Hübi dauernd die Köppe voll sauft, könntest du doch eigentlich mal mit mir in die Oper gehn!«

Hallo? Oper ist was für Opas! So alt waren wir doch noch gar nicht! Ein bisschen wollte ich schon noch vom Leben haben. Dass ich ihr dann geraten hab, sie könnte ja mal einen Kochkurs bei der Volkshochschule besuchen, wenn sie sich langweilte, war sicherlich ein Fehler, so im Nachhinein gesehen. Sie hat es aber auch gleich übertrieben. Mit makrobiotischem Essen, links- und rechtsdrehenden Joghurts und Feng Shui im Kühlschrank. Schnitzel und Pommes kamen ihr nicht mehr in die Tüte. Zum Glück hatte der Hübi einen heißen Draht zu dem Imbiss auf der Heinrich-von-Ketteler-Straße. Die lieferten bald alles, was wir haben wollten, in den ›Dampfkessel‹. So gesehen war das ja auch gewissermaßen Notwehr, dass ich immer häufiger da verkehrte.

Ich will das gar nicht weiter vertiefen. Scheußliche Geschichte. Bei uns war es schließlich so, dass Regina mich quasi raus komplimentiert hat. Ich meine, alles lässt man sich ja nun auch nicht bieten. Spät nachts, als ich von unserem ›Dreikönigs-Treffen‹ nach Hause kam, fand ich die Annonce auf meinem Kopfkissen. Ausgeschnitten aus dem ›Leverkusener Wochenende‹. Sie selbst schlief da schon in dem ehemaligen Kinderzimmer.

›Wohnküche mit Bad in Handtuchformat in der Myliusstraße gleich gegenüber von der Bushaltestelle.‹ Da hatte ich auch meinen Stolz und hab gleich angerufen. Nach ein paar Wochen stand sie dann bei mir vor der Tür, aber nicht etwa auf Knien, sondern mit einem Termin beim Scheidungsanwalt.

Maria war die Krönung. Das hatte es in Bürrig noch nie gegeben. Das amtierende Regentenpaar. Und warum? Weil der Manes am elften Elften mit der Falschen rumgeknutscht hatte! Lieber Himmel, wer konnte das ahnen, dass die Helga just eine von Marias Kundinnen war, mit der sie sich auch noch gerade überworfen hatte! Die Maria war seit ein paar Jahren in Sachen Fußpflege mit Hausbesuchen unterwegs, und da muss irgendwas Unappetitliches zwischen den beiden Frauen gewesen sein – wer will das denn schon so genau wissen? Maria nahm es jedenfalls auf einmal sehr genau mit den Ehepflichten und – zack – war der Manes wohnungssuchend, weil sein Häuschen im Rüttersweg idiotischerweise auf Marias Namen lief.

»Das Fass ist voll!«, sagte Manes irgendwann nach Mitternacht, und das traf den Nagel zwar auf den Kopf, aber doch wiederum überhaupt nicht zu, weil der Hübi gerade das dritte Pittermännchen wegschaffte. Immerhin hatte der Manes mit dem Heulen aufgehört und schäumte stattdessen Gift und Galle über sein Noch-Eheweib. Und als der Hübi das nächste Fass anstieß, schäumten alle mit, von der Zapfanlage, den Kölschstangen, über den Rudi, den Walter und mich, und die Stimmung schäumte auch über, aber wir haben am Ende selten so gelacht. Schließlich hatten wir uns fest vorgenommen, beschlossen und verkündet, dass wir diejenigen sein würden, die am Ende am lautesten lachten. Auf dem Heimweg stellten wir uns nebeneinander auf dem Bürriger Dorfplatz vor den beiden Bronzeschweinen auf und ließen es aus vier Hähnen im hohen Bogen darüber sprudeln. In Richtung Moni. Ich schwöre, kein Tropfen versaute das Borstenvieh. Es war wie ein gemeinsamer Schwur. Nur dass wir dazu nicht die Finger hoben, sondern das, was Männer halt so auszeichnet.

Gemeinsam wollten wir stark sein. In Treue zueinander stehen. Wir luden die Fidelio-Vereinsmitglieder zum Män-

nerstammtisch am ersten Adventssonntag in unser Vereinszimmer bei der Moni ein. Logisch, nur die Männer! Alles auf
Anfang! Am 19. Mai 1929 waren unsere Gründungsmit-
glieder zusammen gekommen, um eine Vereinigung zu bilden, die sich zur Aufgabe gestellt hat, Tradition und Brauch-
tum aufrechtzuerhalten. Neun Junggesellen. Was war daraus
geworden? Wir waren samt und sonders unter den Pantoffel
geraten. Junggesellen! Ein aussterbendes Lebensmodell!
Erst kamen Frauen dazu, dann Kinder, klar. Bis die ersten –
schwupps – wieder zu Junggesellen degradiert wurden und
auf einmal nicht mehr recht dazuzugehören schienen. Es
war allerhöchste Zeit! Die Frauen gluckten immer zusammen. Ob in Krabbelgruppen, in Kaffeekränzchen, Kateche-
tenunterweisungen oder in den Kursen der Katholischen
Familienbildungsstätten – selbst aufs Klo gingen sie doch
nie allein! Was sollte angesichts dessen schon dabei sein,
wenn wir unser angestammtes Recht auf Unter-uns-Sein
wieder in Erinnerung riefen?

Aber da hatten wir uns schwer verkalkuliert. Die Weiber
haben heutzutage ja nicht nur alle Rechte, sondern die Linken haben mittlerweile dafür gesorgt, dass sie auf jeden Fall
noch viel rechter haben, wenn es um ihre Rechte geht, insbe-
sondere das Recht auf Diskriminierung.

Im Nachhinein denke ich, wir hätten unser Treffen einfach nur ›Adventsfrühschoppen‹ nennen sollen. Dann hätte
sich kein Schwein dafür interessiert, die Frauen wären sowieso alle zu Hause geblieben, weil die Sonntagmorgens nie
etwas trinken, und wir hätten unsere Ruhe gehabt. Aber
Manes hatte darauf bestanden, dass es ›Männerstammtisch‹
hieß, und weil er nun mal der König war, stand auf der Ein-
ladung eben ›Männerstammtisch‹.

Er hatte die Rechnung ohne die noch amtierende Königin
gemacht – den Titel hatte man Maria natürlich nicht offiziell
aberkannt, zumal die beiden ja noch lange nicht geschieden

waren. Dass Zoff auch vor Königs nicht halt macht, hatten die europäischen Fürstenhäuser uns schon vorgemacht, aber da sah man auch zu, wie man alles unterm Deckel hielt.

Nicht so Maria.

Als wir am Sonntag um zehn bei der Moni aufliefen, hatte sie schon so ein verräterisches Grinsen in den Augenwinkeln, während sie mit dem Daumen über die Schulter in den Hinterraum wies.

»Nur hereinspaziert! Ich hoffe, ihr findet noch Platz.«

Wir Idioten haben uns noch gefreut, dass so viele Männer unserem Aufruf gefolgt zu sein schienen. Aber als Rudi die Tür aufstieß, da hörte ich ihn kurz und scharf die Luft einziehen und »Ach, du Scheiße!« sagen. Und dann sahen wir es auch. Der Raum war rappelvoll. Moni musste sämtliche Klappstühle aus dem Keller geholt haben, damit die Weiber überhaupt Platz fanden. Wir haben vermutlich ziemlich bescheuert geguckt. Der ganze Saal gackerte los. Maria hielt triumphierend ein Glas Sekt in die Höhe und schrie: »Prost, die Herren!« Und Helga, die falsche Schlange, sich an den Busen ihrer ehemaligen Rivalin schmiegend, kreischte: »Willkommen zum Männchenstammtisch!« Ruth, Waltraud, Regina, alle Frauen aus Bürrig schienen sich versammelt zu haben, katholisch, evangelisch, ganz egal. Sie prosteten uns zu, kreischten und johlten.

Wir machten auf dem Absatz kehrt und suchten Zuflucht im ›Dampfkessel‹, wo noch einige versprengte Männer zu uns stießen. Aber von dem Feuer, das uns vor zwei Wochen noch beseelt und zu diesem unseligen Treffen veranlasst hatte, war nichts mehr zu spüren. Gedemütigt, verhöhnt, vereimert und ziemlich verkatert schlichen wir nach Hause.

»Man muss nackten Tatsachen ins Auge sehen«, sagte Rudi abends im ›Dampfkessel‹ düster. »Das ist eine Belastungsprobe für den ganzen Verein.«

Auch wenn mir bei ›nackten Tatsachen‹ eher kontraproduktive Bilder kamen, war ich doch froh, dass Rudi als der Älteste es so deutlich aussprach. Es war höchste Zeit für die Gretchenfrage – wieso überhaupt Gretchenfrage? Hier war die eiserne Faust gefragt! »Der Junggesellenklub J.G.K. Fidelio Leverkusen-Bürrig 1929 steht Spitz auf Knopf«, pflichtete ich ihm düster bei.

»Nomen est nicht mehr Omen«, ergänzte Walter spitzfindig. »Mit der Aufnahme der Frauen haben wir uns doch selbst abgeschafft – Junggesellen, bah!« Die letzten Worte spuckte er so verächtlich über die Theke, dass Hübi unwillkürlich mit dem Spüllappen hinterher feudelte.

Wir fühlten uns wie die letzten Musketiere, als wir uns am Ende zu viert zuprosteten und beschlossen, auf einer gemeinsamen Weihnachtsfeier Pläne für einen Neuanfang zu schmieden. Nur wir vier. Keine Zeugen. Die anderen würden sowieso mit ihren Familien feiern. Wir wollten uns noch einmal in unserem Vereinszimmer bei Moni zusammensetzen und alles in Ruhe bedenken. Auch wenn wir Moni nicht mehr über den Weg trauten. Aber in ihrem Hinterzimmer stand nun mal unsere Standarte und der Korb mit dem Hahn. Manes wollte gleich am nächsten Tag den Raum für Heiligabend reservieren. Nur für uns.

Anderntags traf ich Rudi zufällig im Kaufpark. Er winkte mich in den Gang mit den Cerealien. »René, du musst mir einen Gefallen tun! Ich hatte mich so auf Flönz gefreut, die gibt's im Angebot! Aber wer steht prompt hinter der Theke?«

Ich schlenderte also zur Fleischtheke und ließ mir von Ruth ein Stück Blutwurst einpacken.

»Ganz allein, schöner Mann?«, grinste sie.

»Sollte ich einen neben mir gehen haben?«, knurrte ich.

»Der ist beim Müsli besser aufgehoben«, gab sie zurück. »Aber richte ihm einen schönen Gruß aus. Moni hat gesagt, ihr hättet Weihnachten was vor – wir auch.«

»Ah ja. Und in China fällt ein Sack Reis um.« Ich wandte mich zum Gehen.

»Blöder Sack!«, sagte Ruth. »Ihr könnt aber gerne mit uns feiern. Wir sind Heiligabend auf jeden Fall auch da.«

So weit war es also gekommen.

Nach eingehender Beratung beschlossen wir unsere Weihnachtsfeier in den ›Dampfkessel‹ zu verlegen. Den Hahn wollten wir den Weibern trotzdem nicht überlassen. Jedenfalls nicht kampflos. Auf jeden Fall mit Denkzettel. Das Fest würden wir ihnen auch versauen. Das stand mal fest. Wozu war der Manes schließlich bei der Freiwilligen Feuerwehr?

Manes kümmerte sich um alles Weitere. Er war es auch, der sich kurz vor Heiligabend noch einmal in die Höhle des Löwen schlich und den Hahn präparierte. Mit einem Zigarillo. Zumindest sah er so aus. Manes hatte uns den Zünder gezeigt. Eine Art verkappter Silvesterböller. Aber Manes schwor, dass man damit den ganzen Kreml in die Luft jagen könnte. »Großartig!«, sagte Walter, und Rudi fragte misstrauisch: »Was soll das heißen? Hast du etwa was gegen meinen Krempel im Bügelzimmer?«

»Wir lassen uns nicht mehr abbügeln!«, schrie Walter. »Wenn schon ein Ende, dann mit Schrecken!«

Darin waren wir uns auf jeden Fall einig.

Der Heiligabend kam. Wir fanden uns bei Hübi ein. Gedämpfte Stimmung. Point of no Return.

»Doppelkopf?«, fragte ich. Wir versuchten es. Vergebens. Unsere Gedanken waren gegenüber. Bei Moni. Bei unserem Hahn, der bald seinen letzten Krächzer tun würde. Bei unseren weihnachtsfeiernden Ex-Frauen, die bald ihren letzten Schnaufer tun würden.

Kurz vor Mitternacht orderte Hübi Pekingente für uns und ließ ›Ihr Kinderlein, kommet‹ laufen.

Kaum war der letzte Ton verklungen, sprang die Tür auf. Da waren sie. Ruth, Waltraud, Maria und Regina. Im Gänsemarsch hintereinander. Und der Hahn im Korb. Maria war die letzte. Sie hielt ihn hoch wie eine Opfergabe.

»Frohes Fest!«, riefen die Weiber. Maria ergänzte: »Friede auf Erden!« Regina kicherte: »Allen ein Wohlgelallen!« Ganz offensichtlich hatten die Mädels deutlich über den Durst getrunken.

»Frieden, Frieden!«, schrie Maria wieder.

»Nehmt sie hin, unsere Geste der Versöhnung!«, kicherte Waltraud, und dann fingen sie auf einmal im Kanon an zu singen: »Der Hahn ist tot, der Hahn ist tot!«

Ich vermute, dass ich mit offenem Mund dastand, sonst hätte Manes mich nicht so heftig am Ellbogen gepackt. »Raus!«, schrie er. »Nichts wie raus!«

Walter und Rudi stürzten zur Tür, während Manes sich bemühte mich aus meiner Trance zu befreien, indem er mich hinter sich her zerrte.

»René, nix wie raus!«

Es war eine Minute vor zwölf.

Als wir vor dem ›Dampfkessel‹ standen, war der Mond hinter einer Wolke aufgetaucht und blinzelte uns zu.

»Scheiße!«, sagte Rudi mit zittriger Stimme und fingerte nach den Gauloises in der Brusttasche seines Hemds. Dreimal riss er ein Streichholz an, ehe er die Fluppe ankriegte.

»Was ist denn das für ein Zigarillo?«, fragte Rudi. Ich folgte seinem Blick und sah etwas Längliches. Es lag da auf dem Abfallbehälter mit Ascher, den Hübi vor dem ›Dampfkessel‹ für die Raucher aufgestellt hatte. Lag da, sah aus wie eine Stange Dynamit mit Fernzünder und grinste mich an. Das Teil, das Manes im Schnabel unseres Hahns deponiert hatte. Die blöden Weiber mussten den Hahn vor der Übergabe …

Als ich wieder zu mir kam, war ich komplett in Weiß. Gips und Wickel. Die anderen lagen zum Glück auf der gleichen Station.

Wir haben teuer bezahlt. Ein Arm, zwei Beine, drei Hände vier Finger. Mischen impossible. Aber was soll's. Doppelkopf geht sowieso nicht mehr, und ich hasse Skat.

DIE AUTOREN

Eva Lirot, Jahrgang 1966, geboren in Diez an der Lahn, schloss ihr Literaturstudium mit einem Magister ab. Nach einigen Auslandsaufenthalten in den USA und Kanada lebt sie heute in Limburg. Sie veröffentlicht Kurzkrimis und die Krimi/Thriller-Serie mit Großstadtsheriff Jim Devcons außergewöhnlichen Fällen. Sie ist Mitglied im ›Syndikat‹.

~ www.evalirot.com

Hughes Schlueter, Jahrgang 1962, geboren im Rhein-Main-Gebiet, ist Wirtschaftswissenschaftler. Er lebte und arbeitete in Luxemburg, Frankreich und Großbritannien. Autor der Luxemburg-Kriminalromane mit Fashion-Fotograf Lou Schleck, Mitautor der ARD Buchmesse-Krimis und Mitherausgeber von Anthologien. Texte und Satiren in weiteren Büchern. Hughes Schlueter ist Mitglied im ›Syndikat‹ und AIEP/IACW – International Association of Crime Writers.

~ www.hughesschlueter.com

Sophie Sumburane, Jahrgang 1987, geboren in Potsdam, ist neben ihrem schriftstellerischen Schaffen bei dem E-Book-Verlag ›CulturBooks‹ tätig. Des Weiteren schreibt sie Reportagen, Portraits und Rezensionen für CulturMag und andere Medien und pflegt ihre Liebe zum afrikanischen Kontinent. Sie ist Mitglied im ›Syndikat‹.

~ *www.sophie-sumburane.de*

Christiane Nitsche, Jahrgang 1964, geboren in Köln, ist freie Journalistin, Fotoreporterin, Dozentin für kreatives Schreiben und Deutsch für Migranten sowie Pressereferentin für Einrichtungen und Vereine. Sie schreibt unter anderem leidenschaftlich gern Reportagen, Krimis, Geschichten, Romane und Songs. Sie ist Mitglied bei den ›Mörderischen Schwestern‹.

~ *www.weibtisch.blogspot.de*

Volly Tanner, Jahrgang 1970, geboren in Halle, ist Schriftsteller, Journalist und Sänger. Er veröffentlichte mehrere Bücher, Tonträger und Filme, er ist auch Schauspieler. Darüber hinaus ist Volly Tanner Vorstandsmitglied im Friedrich Bödecker Kreis Sachsen und im Sächsischen Literaturrat. Seit 1995 ist er unter anderem als Journalist für Zeitungen und Magazine tätig und hatte eine eigene Radiosendung auf Radio Blau. Lebt noch!

~ *www.volly-tanner.de*

Maria Schmidt, Jahrgang 1990, geboren in Thüringen, kam 2008 zum Studieren nach Leipzig. Viel wichtiger als die trockene Theorie des Studiums wurden ihr schon bald die Arbeit mit dem Performancekollektiv FormLos und die Schriftstellerei.

~ *www.musenliebenwurstbrote.wordpress.com*

Jan Flieger, Jahrgang 1941, geboren in Berlin, ist Dipl.-Wirtsch.-Ing und schreibt Krimis und Thriller. Kriminalgeschichten in vielen Anthologien, auch in der Schweiz und in Österreich. Zwei Krimis bei S.Fischer. Aktuell erregt sein Selbstjustiz-Thriller ›Auf den Schwingen der Hölle‹ Aufsehen. In Tokyo entstand ›Man stirbt nicht lautlos in Tokyo‹. Er ist Miglied im ›Syndikat‹.

~ *www.janflieger.de*

Christiane Geldmacher, Jahrgang 1959, geboren in Wiesbaden, ist freie Journalistin, Texterin und Lektorin. Sie studierte Germanistik/Amerikanistik, Theater-, Film- und Fernsehwissenschaften an der Universität Frankfurt/M. Seit 2001 wurden von ihr mehrere Kurzgeschichten in Anthologien veröffentlicht. Im Herbst 2012 erschien ihr Roman ›Love@ Miriam‹ im Bookspot Verlag, München. Sie ist Mitglied im ›Syndikat‹

~ *www.christiane-geldmacher.de*

Frank Kreisler, Jahrgang 1962, geboren in Rostock, lebt seit 1985 in Leipzig. Nach seinem Studium am Literaturinstitut Leipzig ist er seit 1995 freiberuflich tätig. Bisher hat Frank Kreisler zahlreiche Kinder- und Jugendbücher veröffentlicht. Er tourt erfolgreich mit konzeptionell ausgefeilten, interaktiven Veranstaltungen für Kinder durch Schulen und Bibliotheken. Er ist Mitglied im ›Syndikat‹.

~ *www.frank-kreisler.de*

Astrid Vehstedt, geboren in Hamburg, arbeitet als Regisseurin und Autorin in London, Paris und Brüssel. Zu ihren literarischen Arbeiten zählen ›Das laboratorium mundi des Herrn Agrippa‹, ›Missa e Combattimento - Scenes from a Holy War‹ und ›Umpolung‹. Im fhl-Verlag erschien ihr Kriminalroman ›Sonutarium Labyrinth‹. Sie ist Mitglied im Verband deutscher Schriftsteller.

~ *www.astrid-vehstedt.de*

Franjo Terhart, Jahrgang 1954, geboren in Essen, ist Schriftsteller und lebt in Neukirchen-Vluyn am Niederrhein. Im Jahr 1982 erhielt er den Essener Kulturpreis für Lyrik. Franjo Terhart veröffentlichte bereits mehr als 70 Romane, darunter sehr erfolgreiche ›Römerkrimis‹ für Kids. Sein jüngster Krimi ›Die Mithrasmorde von Moers‹ erschien im November 2013.

~ *www.franjo-terhart.de*

Petra Tessendorf, Jahrgang 1960, geboren in Wuppertal, lebt als freie Autorin und Herausgeberin von Krimianthologien in Berlin. Ihr erster Roman ›Der Wald steht schwarz und schweiget‹ wurde 2010 im Münchner dtv-Verlag veröffentlicht. Des Weiteren erschienen Ihre Kurzgeschichten in verschiedenen Verlagen. Sie ist Mitglied im ›Syndikat‹ und bei den ›Mörderischen Schwestern‹.

~ *www.petratessendorf.de*

Gudrun Lerchbaum, Jahrgang 1965, geboren in Wien, ist freiberufliche Architektin und Künstlerin. Sie lebt nach Zwischenstationen in Paris und Düsseldorf mit ihrer Familie wieder in ihrer Geburtsstadt. Seit 2006 schreibt sie Romane und Kurzgeschichten. Des Weiteren erfolgten diverse Veröffentlichungen in Anthologien und Literaturzeitschriften. Sie ist Mitglied bei den ›Mörderischen Schwestern‹.

~ *www.gudrun-lerchbaum.at*

Andreas M. Sturm, Jahrgang 1962, geboren in Dresden, ist Diplom Betriebswirt und war viele Jahre in der Informatik tätig. Sein Faible für Kriminalromane brachte ihn dazu, ab 2009 selbst zur Tastatur zu greifen. Bei Streifzügen durch seine Heimatstadt entdeckt er die Geschichten für seine Dresden Krimis. Er ist Mitglied im ›Syndikat‹.

~ *www.krimisturm.de*

Mandy Kämpf, Jahrgang 1977, geboren in Leipzig, lebt als Unternehmerin und Künstlerin in der Bücherstadt Leipzig. Freiberuflich arbeitet sie als Trainerin und Beraterin in der TK-Branche und lebt ihre künstlerische Seite neben dem Schreiben, in der Fotografie und Illustrationen aus. Bis heute hat sie eine Sammlung von Kurzgeschichten niedergeschrieben und arbeitet derzeit an 3 Büchern.

~ *www.mandykaempf.de*

Ingrid Schmitz, Jahrgang 1955, geboren in Düsseldorf, ist seit 2000 hauptberufliche Autorin. Bisher veröffentlichte sie über 50 Kurzkrimis, drei Romane, 14 Kriminalanthologien, Hörbücher und eine eigene eBook-Reihe. 2014 wird der vierte Roman ›Liebeskiller‹ veröffentlicht. Sie ist unter anderem Mitglied bei den ›Mörderischen Schwestern‹ und im ›Syndikat‹.

~ *www.krimischmitz.de*

Andrea Gerecke, Jahrgang 1957, geboren in Berlin, ist freie Autorin und überregionale Journalistin. Kurz vor dem Jahrtausendwechsel entdeckte sie ihre Liebe zum Landleben und zog in das vorletzte Haus an einer Dorfstraße in NRW. Ihre literarischen Spezialitäten sind mörderische Kurzgeschichten und Minden-Krimis. Des Weiteren ist sie Mitglied im ›Syndikat‹ und bei den ›Mörderischen Schwestern‹.

~ *www.autorin-andrea-gerecke.de*

Kristina Herzog, Jahrgang 1972, geboren in Berlin, studierte nach einem Freiwilligen Sozialen Jahr Jura und Mediation in Berlin und Heidelberg. Sie veröffentlichte bereits mehrere Kurzkrimis, von denen einige für Preise nominiert wurden. Ihr erster Thriller ›Führers Vermächtnis‹ erschien 2013. Sie ist Mitglied bei den ›Mörderischen Schwestern‹.

~ *www.kristinaherzog.de*

Gisela Witte, geboren in Zittau/Sachsen, ist gelernte Buchhändlerin und Diplom-Pädagogin. Ihre langen Auslandsaufenthalte führten sie nach England, Frankreich, in die Schweiz und die USA und nach Indien. Gisela Witte betrieb eine eigene Galerie und veröffentlichte den Erzählband ›Die silberne Kugel‹ und Kurzkrimis in Anthologien.

Stefan B. Meyer, Jahrgang 1963, geboren in Erfurt, arbeitete bis 1987 als Baumonteur und Gerüstbauer am Aufbau des Sozialismus. Später folgten verschiedene sowohl sozialversicherungspflichtige als auch freiberufliche Tätigkeiten. Seit 1999 lebt er mit Frau und Kindern in Leipzig. Die beiden bisher erschienenen Kriminalromane ›Wie in Schigago‹ und ›Im falschen Revier‹ erschienen 2007 bzw. 2012 im Mitteldeutschen Verlag.

Heike Gellert, Jahrgang 1958, geboren in Unna, wohnt heute in Kamen. Nach über 20 Jahren in der Kreisverwaltung Unna widmet sich die Autorin den vielen K's: Kurzkrimi, Kurzgeschichte, Kriminalroman, Kräutermärchen und Kreativität. 2012 erschien ihr Genusskrimi ›Blancmanger‹. Sie ist Mitglied bei den ›Mörderischen Schwestern‹ und im ›Syndikat‹.

~ www.ewas-apfelernte.de

Sarah N. Masur, Jahrgang 1963, geboren in Dillingen/ Donau, lebt seit 1982 in Berlin, wo Sie Betriebswirtschaft und Jura studierte. Neben Ihrer Tätigkeit als Rechtsanwältin schreibt sie Krimikurzgeschichten und Theaterstücke. Sie ist Dozentin an verschiedenen Kunsthochschulen und die Schatzmeisterin der Verein ›Mörderischen Schwerstern e.V.‹.

Anne Kuhlmeyer, Jahrgang 1961, geboren in Leipzig, arbeitete 20 Jahre als Anästhesistin, Rettungsmedizinerin und Schmerztherapeutin. Heute ist sie als ärztliche Psychotherapeutin tätig und lebt mit ihrer Familie im Münsterland. Sie schreibt Kriminalromane, Novellen, Kurzgeschichten und Lyrik. Sie ist Mitglied im ›Syndikat‹.

~ www.autorin-anne-kuhlmeyer.de

Eric Berg, Jahrgang 1966, geboren in Königstein im Taunus, schrieb unter seinem Geburtsnamen Eric Walz zahlreiche Historische Romane, die in fünf Sprachen übersetzt wurden. Sein erster Kriminalroman – den er unter dem Pseudonym Eric Berg schrieb – erschien im März 2013 im Limes Verlag und kam in die Spiegel-Bestsellerliste.

~ *www.ericwalz.eu*

Regina Schleheck, Jahrgang 1959, geboren in Wuppertal, ist Oberstudienrätin, freiberufliche Referentin, Autorin, Herausgeberin und fünffache Mutter. Ihre Veröffentlichungen im Bereich Kurzprosa und Hörspiel wurden vielfach ausgezeichnet, unter anderem mit dem Friedrich-Glauser-Preis 2013 für die Sparte Kurzkrimi. Regina Schleheck gehört den ›Mörderischen Schwestern‹ und dem ›Syndikat‹ an.

~ *www.regina-schleheck.de*